FATA DE LA MARGINEA VIETII

生命边缘的女孩

Mircea Cartarescu

[罗马尼亚] 米尔恰·格尔特雷斯库 / 著

张志鹏 林惠芬 陈进 李昕 / 译

南方出版传媒
花城出版社
中国·广州

图书在版编目（CIP）数据

生命边缘的女孩 ／（罗）米尔恰·格尔特雷斯库著；张志鹏等译. -- 广州：花城出版社，2020.12
（蓝色东欧 ／ 高兴主编. 第6辑）
ISBN 978-7-5360-8651-7

Ⅰ. ①生… Ⅱ. ①米… ②张… Ⅲ. ①短篇小说－小说集－罗马尼亚－现代 Ⅳ. ①I542.45

中国版本图书馆CIP数据核字（2020）第269068号

合同版权登记号：图字19-2017-015号
Fata de la marginea vietii by Mircea Cartarescu
Copyright © Mircea Cartarescu, 2014
Published by EDITURA HUMANITAS, 2014

出 版 人：	肖延兵
丛书策划：	朱燕玲
出版统筹：	李倩倩　夏显夫　欧阳佳子
责任编辑：	夏显夫
技术编辑：	薛伟民　凌春梅
封面供图：	子夏
装帧设计：	棱角视觉 ANGULAR VISION

书　　名	生命边缘的女孩 SHENGMING BIANYUAN DE NÜHAI
出版发行	花城出版社（广州市环市东路水荫路11号）
经　　销	全国新华书店
印　　刷	恒美印务（广州）有限公司（广州南沙经济技术开发区环市大道南路334号）
开　　本	880毫米×1230毫米　32开
印　　张	8　2插页
字　　数	195,000字
版　　次	2020年12月第1版　2020年12月第1次印刷
定　　价	54.00元

本书中文专有出版权归花城出版社独家所有，非经本社同意不得连载、摘编或复制。
如发现印装质量问题，请直接与印刷厂联系调换。
购书热线：020-37604658　37602954
欢迎登陆花城出版社网站：http://www.fcph.com.cn

生命边缘的女孩

目 录
CONTENTS

记忆，阅读，另一种目光（总序）/ 高兴　/　1

文学虚构与现实景象——我所了解的罗马尼亚

（中译本前言）/ 张志鹏　/　1

生命边缘的女孩　/　1

彼得鲁策　/　9

倒挂金钟　/　16

轮盘赌枪手　/　22

女孩诗人瓦西里斯卡的故事　/　44

黑海　/　52

耷拉着耳朵　/　70

萨拉萨　/　75

夜幕降临　/　83

我的布加勒斯特　/　88

纳博科夫在布拉索夫　/　99

纸鬼　/　110

一无所知者的故事　/　117

爱的褐色眼睛 / 125

炭疽 / 132

我的青春魔幻之书 / 163

金炸弹 / 166

关于达尔文的日记 / 172

速示器 / 179

爱尔兰奶油 / 186

钟医生的故事 / 197

阿达-卡雷赫,阿达-卡雷赫 / 206

第四颗心 / 221

记忆，阅读，另一种目光

（总序）

高兴

昆德拉说过："人的一生注定扎根于前十年中。"我想稍稍修改一下他的说法："人的一生注定扎根于童年和少年中。"童年和少年确定内心的基调，影响一生的基本走向。

不得不承认，二十世纪五六十年代出生的人都有着不同程度的俄罗斯情结和东欧情结。这与我们的成长有关，与我们的童年、少年和青春岁月有关。而那段岁月中，电影，尤其是露天电影又有着怎样重要的影响。那时，少有的几部外国电影便是最最好看的电影，它们大多来自东欧国家，几乎吸引了所有人的目光，是我们童年的节日。在某种意义上，甚至可以说，它们还是我们的艺术启蒙和人生启蒙，构成童年最温馨、最美好和最结实的部分。

还有电影中的台词和暗号。你怎能忘记那些台词和暗号。它们已成为我们青春的经典。最最难忘的是《瓦尔特保卫萨拉热窝》。"'空气在颤抖，仿佛天空在燃烧。''是啊，暴风雨来了。'""看，这座城市，它就是瓦尔特。"简直就是诗歌。是我们接触到的最初的诗歌。那么悲壮有力的诗歌。真正有震撼力的诗歌。诗歌，就这样和英雄主义和浪漫主义，紧紧地连接在了一道。

还有那些柔情的诗歌。裴多菲，爱明内斯库，密茨凯维奇。要知道，在二十世纪七八十年代，读到他们的诗句，绝对会有触电般的感觉。而所有这一切，似乎就浓缩成了几粒种子，在内心深处生根，发芽，成长为东欧情结之树。

然而，时过境迁，我们需要重新打量"东欧"以及"东欧文学"这一概念。严格来说，"东欧"是个政治概念，也是个历史概念。过去，它主要指波兰、捷克斯洛伐克、匈牙利、罗马尼亚、保加利亚、南斯拉夫、阿尔巴尼亚七个国家。因此，在当时，"东欧文学"也就是指上述七个国家的文学。这七个国家，加上原先的东德，都曾经是以苏联为首的华沙条约组织的成员。

一九八九年底，东欧发生剧变。此后，苏联解体，华沙条约组织解散，捷克和斯洛伐克分离，南斯拉夫各共和国相继独立，所有这些都在不断改变着"东欧"这一概念。而实际情况是，波兰、捷克、匈牙利、罗马尼亚等国家甚至都不再愿意被称为东欧国家，它们更愿意被称为中欧或中南欧国家。同样，不少上述国家的作家也竭力抵制和否定这一概念。在他们看来，东欧是个高度政治化、笼统化的概念，对文学定位和评判，不太有利。这是一种微妙的姿态。在这种姿态中，民族自尊心也发挥着不可估量的作用。

但在中国，"东欧"和"东欧文学"这一概念早已深入人心，有广泛的群众和读者基础，有一定的号召力和亲和力。因此，继续使用"东欧"和"东欧文学"这一概念，我觉得无可厚非，有利于研究、译介和推广这些特定国家的文学作品。事实上，欧美一些大学、研究中心也还在继续使用这一概念。只不过,今日,当我们提到这一概念,涉及的就不仅仅是七个国家,而应该包含更多的国家:立陶宛、摩尔多瓦等独联体国家,还有波黑、克罗地亚、斯洛文尼亚、塞尔维亚、黑山等从南斯拉夫联盟独立出来的国家。我们之所以还能把它们作为一个整体来谈论,是因为它们有着太多的共同点:都是欧洲弱小国家,历史上都曾不断遭受侵略、瓜分、吞并和异族统治,都曾把民族复兴当作最高目标,都是到了十九世纪末二十世纪初才相继获得独立,或得到统一,第二次世界大战后都走过一段相同或相似的社会主义道路,一九八九年后又相继走上了资本主义发展道路。之后,又几乎都把加入北约、进入欧盟当作国家政策的重中之重。这二十年来,发展得都不太顺当,作家和文学都陷入不同程度的困境。用饱经风雨、饱经磨难来形容这些国家,十分恰当。

  换一个角度,侵略,瓜分,异族统治,动荡,迁徙,这一切同时也意味着方方面面的影响和交融。甚至可以说,影响和交融,是东欧文化和文学的两个关键词。看一看布拉格吧。生长在布拉格的捷克著名小说家伊凡·克里玛,在谈到自己的城市时,有一种掩饰不住的骄傲:"这是一个神秘的和令人兴奋的城市,有着数十年甚至几个世纪生活在一起的三种文化优异的和富有刺激性的混合,从而创造了一种激发人们创造的空气,即捷克、德国和犹太文化。"①

  克里玛又借用被他称作"说德语的布拉格人"乌兹迪尔的笔为我们描绘了一个形象的、感性的、有声有色的布拉格。这是一个具有超民族性的神秘的世界。在这里,你很容易成为一个世界主义者。这里有幽静的小巷、热闹的夜总会、露天舞台、剧院和形形色色的小餐馆、小店铺、小咖啡屋和小酒店。还有无数学生社团和文艺沙龙。自然也有五花八门的妓院和赌场。布拉格是敞开的,是包容的,是休闲的,是艺术的,是世俗的,有时还是颓废的。

---

  ① 见伊凡·克里玛《布拉格精神》第44页,崔卫平译,作家出版社1998年版。

布拉格也是一个有着无数伤口的城市。战争、暴力、流亡、占领、起义、颠覆、出卖和解放充满了这个城市的历史。饱经磨难和沧桑,却依然存在,且魅力不减,用克里玛的话说,那是因为它非常结实,有罕见的从灾难中重新恢复的能力,有不屈不挠同时又灵活善变的精神。如果要用一个词来形容布拉格的话,克里玛觉得就是:悖谬。悖谬是布拉格的精神。

或许悖谬恰恰是艺术的福音,是艺术的全部深刻所在。要不然从这里怎会走出如此众多的杰出人物:德沃夏克、雅那切克、斯美塔那、哈谢克、卡夫卡、布洛德、里尔克、塞弗尔特,等等。这一大串的名字就足以让我们对这座中欧古城表示敬意。

布拉格如此,萨拉热窝、华沙、布加勒斯特、克拉科夫、布达佩斯等众多东欧城市,均如此。走进这些城市,你都会看到一道道影响和交融的影子。

在影响和交融中,确立并发出自己的声音,十分重要。不少东欧作家为此做出了开拓性和创造性的贡献。我们不妨将哈谢克和贡布罗维奇当作两个案例,稍加分析。

说到捷克作家哈谢克,我们会想起他的代表作《好兵帅克》。以往,谈论这部作品,人们往往仅仅停留于政治性评价。这不够全面,也容易流于庸俗。《好兵帅克》几乎没有什么中心情节,有的只是一堆零碎的琐事,有的只是帅克闹出的一个又一个的乱子,有的只是幽默和讽刺。可以说,幽默和讽刺是哈谢克的基本语调。正是在幽默和讽刺中,战争变成了一个喜剧大舞台,帅克变成了一个喜剧大明星,一个典型的"反英雄"。看得出,哈谢克在写帅克的时候,并没有考虑什么文学的严肃性。很大程度上,他恰恰要打破文学的严肃性和神圣感。他就想让大家哈哈一笑。至于笑过之后的感悟,那就是读者自己的事情了。这种轻松的姿态反而让他彻底放开了。借用帅克这一人物,哈谢克把皇帝、奥匈帝国、密探、将军、走狗等等统统给骂了。他骂得很过瘾,很解气,很痛快。读者,尤其是捷克读者,读得也很过瘾，很解气，很痛快。幽默和讽刺于是又变成了一件有力的武器，特别适用于捷克这么一个弱小的民族。哈谢克最大的贡献也正在于此：为捷克民族和捷克文学找到了一种声音，确立了一种传统。

而波兰作家贡布罗维奇与哈谢克不同，恰恰是以反传统而引起世人瞩目的。他坚决主张让文学独立自主。在二十世纪三四十年代，贡布罗维奇的作品在波兰文坛显得格外怪异离谱，他的文字往往夸张扭曲，人物常常是漫画式的，他们随时都受到外界的侵扰和威胁，内心充满了不安和恐惧，像一群长不大的孩子。作家并不依靠完整的故事情节，而是主要通过人物荒诞怪僻的行为，表现社会的混乱、荒谬和丑恶，表现外部世界对人性的影响和摧残，表现人类的无奈和异化以及人际关系的异常和紧张。长篇小说《费尔迪杜凯》就充分体现出了他的艺术个性和创作特色。

捷克的赫拉巴尔、昆德拉、克里玛、霍朗，波兰的米沃什、赫贝特、希姆博尔斯卡，罗马尼亚的埃里亚德、索雷斯库、齐奥朗，匈牙利的凯尔泰斯、艾什特哈兹，塞尔维亚的帕维奇、波帕，阿尔巴尼亚的卡达莱……如此具有独特风格和魅力的当代东欧作家实在是不胜枚举。

某种程度上，东欧曾经高度政治化的现实，以及多灾多难的痛苦经历，恰好为文学和文学家提供了特别的土壤。没有捷克经历，昆德拉不可能成为现在的昆德拉，不可能写出《可笑的爱》《玩笑》《不朽》和《难以承受的存在之轻》这样独特的杰作。没有波兰经历，米沃什也不可能成为我们所熟悉的将道德感同诗意紧密融合的诗歌大师。但另一方面，需要注意的是，由于语言的局限以及话语权的控制，东欧文学也极易被涂上浓郁的意识形态色彩。应该承认，恰恰是意识形态色彩成全了不少作家的声名。昆德拉如此，卡达莱如此，马内阿如此。赫尔塔·米勒亦如此。我们在阅读和研究这些作家时，需要格外地警惕。过分地强调政治性，有可能会忽略他们的艺术性和丰富性。而过分地强调艺术性，又有可能会看不到他们的政治性和复杂性。如何客观地、准确地认识和评价他们，同样需要我们的敏感和平衡。

一个美国作家，一个英国作家，或一个法国作家，在写出一部作品时，就已自然而然地拥有了世界各地广大的读者，因而，不管自觉与否，他，或她，很容易获得一种语言和心理上的优越感和骄傲感。这种感觉东欧作家难以体会。有抱负的东欧作家往往会生出一种紧迫感和危机感。他们要用尽全力将弱势转化为优势。昆德拉就反复强调，身处小国，你"要么做一个可怜的、眼光狭窄的人"，要么成为一个广闻博识的"世界性的人"。别无选择，有时，恰恰是最好的选择。因此，东欧作家大多会自觉地"同其他诗人，其他世界，和其他传统相遇"（萨拉蒙语）。昆德拉、米沃什、齐奥朗、贡布罗维奇、赫贝特、卡达莱、萨拉蒙等等东欧作家都最终成为"世界性的人"。

关注东欧文学，我们会发现，不少作家，基本上，都在出走后，都在定居那些发达国家后，才获得一定的国际声誉。贡布罗维奇、昆德拉、齐奥朗、埃里亚德、扎加耶夫斯基、米沃什、马内阿、史克沃莱茨基等等都属于这样的情形。各种各样的原因，让他们选择了出走。生活和写作环境、意识形态、文学抱负、机缘等，都有。再说，东欧国家都是小国，读者有限，天地有限。

在走和留之间，这基本上是所有东欧作家都会面临的问题。因此，我们谈论东欧文学，实际上，也就是在谈论两部分东欧文学：海外东欧文学和本土东欧文学。它们缺一不可，已成为一种事实。

在我国，东欧文学译介一直处于某种"非正常状态"。正是由于这种"非正常状态"，在很长一段岁月里，东欧文学被染上了太多的艺术之外的色彩。直至今日，东欧文学还依然更多地让人想到那些红色经典。阿尔巴尼亚的反法西斯电影，捷克作家伏契克的《绞刑架下的报告》，保加利亚的革命文学，都是典型的例子。红色经典当然是东欧文学的组成部分，这毫无疑义。我个人阅读某些红色经典作品时，曾深受感动。但需要指出的是，红色经典并不是东欧文学的全部。若认为红色经典就能代表东欧文学,那实在是种误解和误导,是对东欧文学的狭隘理解和片面认识。因此,用艺术目光重新打量、重新梳理东欧文学已成为一种必须。为了更加客观、全面地翻译和介绍东欧文学,突出东欧文学的艺术性,有必要颠覆一下这一概念。蓝色是流经东欧不少国家的多瑙河的颜色,也是大海和天空的颜色,有广阔和博大的意味。"蓝色东欧"正是旨在让读者看到另一种色彩的东欧文学,看到更加广阔和博大的东欧文学。

二○一三年十月三十一日定稿于北京

主编简介:高兴,诗人、翻译家,一九六三年出生于江苏省吴江市。中国作家协会会员。国务院政府特殊津贴专家。现为中国社会科学院外国文学研究所研究员,《世界文学》主编。曾以作家、翻译家、外交官和访问学者身份游历过欧美数十个国家。出版过《米兰·昆德拉传》《东欧文学大花园》《布拉格,那蓝雨中的石子路》等专著和随笔集;主编过《二十世纪外国短篇小说编年·美国卷》(上、下册)、《伊凡·克里玛作品系列》(5卷)、《水怎样开始演奏》《诗歌中的诗歌》《小说中的小说》(2卷)等大型图书。主要译著有《梵高》《黛西·米勒》《雅克和他的主人》《可笑的爱》《安娜·布兰迪亚娜诗选》《我的初恋》《索雷斯库诗选》《梦幻宫殿》《托马斯·温茨洛瓦诗选》等。

文学虚构与现实景象

——我所了解的罗马尼亚

———

（中译本前言）

张志鹏

米尔恰·格尔特雷斯库（1956—　）是罗马尼亚重要诗人、小说家和评论家。他生于布加勒斯特。一九八〇年毕业于布加勒斯特大学语言文学系。毕业后，当过一段时间中学老师，还曾在作家联合会工作，同时在《批评》杂志任编辑。一九九〇年起，在布加勒斯特大学任教。已出版《灯塔，橱窗，照片》《含有钻石的空气》《爱情诗篇》《一切》《利凡特》等诗集，以及《耀眼。身躯》《我们为何爱女人》《耀眼。右翅》《生命边缘的女孩》等小说和小说集。在诗歌领域，罗马尼亚文学评论界认为"他是尼基塔·斯特内斯库以来诗歌语言最现代化的诗人，词语想象力异常丰富，无穷无尽"。进入二十一世纪后，格尔特雷斯库主要致力于小说创作,已在小说领域取得令人瞩目的成就。半个多世纪以来,罗马尼亚在政治、经济和社会生活中发生了深刻而激烈的变革。多灾多难的经历对作家而言或许恰恰是弥足珍贵的文学财富。

格尔特雷斯库在《生命边缘的女孩》的前言里指出:"收集在这本书里的小故事,一些是神话,故事,还有一些则是一段一段的笔记。所有这些最终都是真实或虚构的记忆,它们并非现实的景象,而是大脑从我们日常的超现实中剪裁而成。"

虽然作者说书里所写的并非现实的景象,但书里却出现了诸如"一九四四年美国飞机对罗马尼亚的大轰炸"、令人毛骨悚然的"安全部门"、因"我们要面包"而酿成的"布拉索夫事件"、"偷渡南斯拉夫"和因强拆而造成堆积如山的建筑垃圾等现实景象。除三篇小说中提到的一九四四年美国轰炸罗马尼亚之外,其他似乎都与齐奥塞斯库政权垮台前后的事情密切相关。

对罗马尼亚一九八九年十二月事件和齐奥塞斯库政权的是非功过见仁见智。一九八九年十二月二十五日,伊利埃斯库领导的救国阵线接管政权,授权设立特别军事法庭,以"实施种族灭绝,屠杀六万人""危害国家""破坏公共财产""破坏国民经济""在国外银行有超过十亿美元的秘密存款并企图叛逃国外"等六项指控判处齐奥塞斯库夫妇死刑并立即执行。时间证明,这些指控有的实属夸大其词,有的纯属子虚乌有。三十多年后进行的一次民调显示,超过60%的罗马尼亚民众反对处决齐奥塞斯库夫妇。但不争的事实是人民再也不愿回到那个持续了十多年的"饥饿、寒冷和恐惧"的时代。齐奥塞斯库执政后期,政治高压,百姓生活艰难。一九九八年秋访问罗马尼亚时,我特意拜访了齐奥塞斯库当年的新闻顾问。对此,他也表达了同样的看法和感慨。水能载舟,亦能覆舟。

全面、客观、准确地评价齐奥塞斯库是罗马尼亚人民的事情,是历史的责任。笔者只能就《生命边缘的女孩》一书中所涉及的一些事情与读者分享本人在罗马尼亚的见闻,希望或多或少能有助于读者理解格尔特雷斯库的作品。

笔者在罗马尼亚学习、工作和生活了近十年，几乎跑遍了全国各地，切身感到素有"天堂一角"美称的罗马尼亚名副其实。罗马尼亚山川锦绣，国土面积近二十四万平方公里，人口大约两千万。地貌多样，山地、丘陵和平原各占三分之一。伟岸壮美的喀尔巴阡山雄踞在国土中央。著名的多瑙河流经罗马尼亚的部分长达一千零七十五公里，构成与塞尔维亚、保加利亚等国的界河和重要的航运动脉、生态地带。在它的入海处有欧洲面积最大、保存最完好的三角洲，大部分位于罗马尼亚境内。罗马尼亚东濒黑海，康斯坦察是黑海最大的港口城市之一。罗马尼亚资源丰富，蕴藏着大量石油、天然气、岩盐、煤，等等。

《生命边缘的女孩》中有三篇小说提到了一九四四年美国对罗马尼亚的大轰炸。情况是这样的：一九四〇年，时任罗马尼亚王国陆军部长的安东内斯库将军发动政变，成立军政府。他欲借助希特勒德国的力量收复一九四〇年苏联强迫割让的比萨拉比亚、北布科维纳和黑尔察，而希特勒为了使他的战争机器能够正常运转，则看中了罗马尼亚丰富的战略物资石油以及它那比轴心国意大利还强大的军事实力，他们互有所图。这样，罗马尼亚就投靠希特勒德国，加入了轴心国集团，从而成了希特勒德国的重要仆从。一九四一年六月二十二日参加入侵苏联的战争，曾先后派遣二十二个师投入东线作战。书中提到的美国轰炸罗马尼亚就发生在这样的背景下。当年美国轰炸的主要目标是布加勒斯特以北几十公里的石油重镇普罗耶什蒂。战争后期，随着轴心国的溃败，安东内斯库投靠希特勒德国的政策彻底破产。在苏军大举反攻节节胜利的形势下，罗马尼亚国王米哈伊一世下令逮捕安东内斯库，决定掉转枪口反戈一击，对希特勒德国宣战。虽然罗马尼亚在一九四四年八月至一九四五年五月九个月的时间内投入了巨大的人力和物力与同盟国协同作战，但一九四七年二月十日签订的《巴黎和约》却拒绝承认罗马尼亚的参战国地位，责令其支付三亿美元的巨额战争赔款。为此，罗马尼亚人感到委屈，愤愤不平。笔者多次听到罗马尼亚人抱怨："二战结束后好多年，我们被迫把整列装满小麦的火车运往苏联。"

一九六五年三月，罗马尼亚最高领导人乔治乌-德治逝世后，就资历、能力、水平和年龄结构而言，齐奥塞斯库是不二人选，可以说他是乔治乌-德治的理想接班人。二十世纪七十年代末，罗马尼亚经济和社会发展取得了令世界瞩目的成就。由于经济迅速发展，人民生活水平明显改善，经济实力迅速提高，令国际社会，包括西方和苏联集团刮目相看，齐奥塞斯库的政绩获得普遍赞誉。

一九七五年夏初，我国尚未走出"文化大革命"的阴霾，我随中国考察团访问罗马尼亚。我们都是第一次出国。第二天上午趁无日程安排，我们身着在出国人员服务部订制的毛的确良中山装，背着人造革拉链挎包，时刻牢记国格人格，到布加勒斯特市中心游览，在十九层高的洲际饭店前摄影留念，因为我们谁也没见过如此之高的宏伟建筑。在罗马尼亚逗留期间，为了给国家节约开支，除早餐外，我们基本上在街上餐馆用餐。我们发现，大小餐馆的餐桌上一律铺着雪白的桌布，服务员个个彬彬有礼，热情周到，吃饭一律不收粮票。在雅西市，我惊喜地见到了我的罗马尼亚乔苏老师和他夫人。一天，当地接待人员带上鸡腿、啤酒和葡萄酒，邀请我们一行同我的老师一起去野外烧烤，使我有机会同阔别多年的老师共叙师生情。次日傍晚，老师邀请我们一行到他家做客。老两口在市中心拥有一套高层单元住房，成套的家具什物一应俱全，当时我感到不解的是卫生间的一个墙角的不锈钢三角架上放着不同颜色大小不一的瓶瓶罐罐。若干年后我明白了那些五颜六色的东西无非是各种品牌的沐浴用品罢了。那时我已经毕业十四年，在北外住的还是筒子楼，晚上看书、备课和翻译一点东西时用的还是公家配备的一张旧课桌。离开雅西时，我发现老师夫妇驾着一辆崭新的红色达契亚小轿车，到车站广场前来与我们话别。这一幕已经过去了四十五年，至今还定格在我的脑海里。

一九七八年夏初，我又作为翻译随中国代表团访问罗马尼亚。我们曾前往港口城市康斯坦察和三角洲参观访问。公路两侧是一望无际长势喜人的庄稼。我平生第一次看到喷灌机在给农作物进行喷水灌溉作业，田地里几乎看不到有人干活。到达市区后，主人请我们在一个度假村品尝在加热后的沙子上煮的土耳其咖啡和风味小吃，热情好客的罗方陪同人员安排我们参观罗马尼亚乃至欧洲各地游客趋之若鹜的海滨休养胜地。在长达七十多公里的海岸线上建起的现代化高楼鳞次栉比，风格各异的别墅星罗棋布，此外还有多处设施完备的沙滩浴场。次日，主人邀请我们一行乘游艇游览观光欧洲面积最大、保存最完好的多瑙河三角洲。这里风光绮丽，大大小小的岛屿星罗棋布，岛上芦苇茂密，水道纵横交错。这里水产资源丰富，被誉为"欧洲最大的地质生物实验室"。

遗憾的是，齐奥塞斯库后来大权独揽，成了名副其实的独裁者。他虽然对外依然坚持独立自主政策，在国内政策上却长期推行以"高积累、高指标、高速度"为特点的经济发展战略，好大喜功，急于求成，不思改革，将罗马尼亚拖入了贫困境地。而恰恰就在这期间，中国的改革开放经过了最初的拨乱反正和国民经济调整后，基本上使国民生产总值和城乡居民收入大体上翻了一番。就在中国的改革开放方兴未艾时，罗马尼亚经济却走向了衰落，齐奥塞斯库体制走向它的反面。

上述见闻，或许能为中国读者了解书中大多数故事的时代和社会背景，提供一些基本线索。

近几年来，笔者接触过一点点马诺内斯库、布兰迪亚娜、毕特尔、内德尔丘和米胡列亚克等罗马尼亚作家的作品，他们各有特色。这次比较集中地翻译《生命边缘的女孩》中的一些作品时，觉得格尔特雷斯库的写作风格似乎更加特别，有其独到之处。小说《黑海》就给笔者留下了深刻的印象，它由七个近乎独立的篇章组成。第一部分中的"我"是个小学生,祖祖辈辈没见过大海,自然心里充满着对大海的憧憬。参加学校组织的夏令营使"我"有机会看到神往已久的大海,于是,大海激发起"我"的幻想、理想和感慨。第二部分,若干年后的一个冬天,"我"参加了一个当警察的亲戚的亲戚的婚礼,夹在两个完全陌生的人中间,感到十分别扭和尴尬。文中描写了当地十分有趣的风土人情。第二天"我"到老城一游,发现老城已经死亡,用桃仁蜂蜜做的糕点不见了,水烟袋没有了,土耳其人没有了,屋子里连电和暖气都没有了。大赌场俱乐部是康斯坦察黑海岸边的一个地标性建筑,造型新颖别致,气势恢宏。然而"我"却把这个像白雪公主水晶宫那样娇弱而冰冷的建筑比作令人害怕的几十亿条互相缠绕在一起的蛇……接着是一个令人毛骨悚然的神话传说。第三部分全是以奥维德命名的眼镜店、酒店、大学、房地产公司、足球俱乐部、乡村旅游、葡萄酒品牌等各式各样五花八门的商业广告。第四部分为神话传说:相传很久很久以前,一个名叫伊阿宋的男子寻找金羊毛。埃厄忒斯国王把心爱的公主美狄亚关在海上用岩石修建起来的塔楼顶上。伊阿宋在美狄亚的两条腿之间找到了这个神奇无比的金羊毛。他们决定私奔,把她弟弟劫持为人质。国王发现后,派兵追赶,伊阿宋和美狄亚以其弟作为条件,为了拖延时间,他们决定一边逃一边把弟弟大卸八块。美狄亚同伊阿宋一起真的边逃边残忍地杀害了弟弟。成功后,伊阿宋对爱情不忠,美狄亚找到了几条吐芯子发出响声的蛇,她自己也从而变成了美杜莎。第五部分是关于古罗马诗人奥维德流放黑海边的托弥即后来的康斯坦察的传说。第六部分,一九九五年八月,即一九八九年十二月事件过去了十五年之后,故事中的"我"再一次造访黑海之滨的康斯坦察,见到的景象是破烂不堪的造船厂,海滩上大腹便便的男男女女就像为了争夺一块沙滩而相互撕咬的海狮。尽管时代变了,出现了如比萨、外币兑换亭和只为外国人设置却没有外国人的贵得要命的迪斯科舞厅这样一些现代的事物,然而人们却没有忘记奥维德,他的铜像依然存在,甚至有些人给小孩起名都叫奥维德。第七部分讲述海港城市康斯坦察名称的历史沿革。但无论历史怎样变迁,当年流放在黑海岸边的康斯坦察的伟大的罗马诗人奥维德却依然活在人们心中。作者最后写道:"一个个帝国崩溃了,一个个权力无限的国王已被忘却,但变为底座上青铜像的奥维德两千年来却依然活着。"表面上看,每一部分似乎互不衔接,但黑海是所有故事共同的背景。黑海不仅是背景,还是见证,见证内心,见证历史的变迁,见证神话的起源,见证时光中的永恒。小说《黑海》颇能体现格尔特雷斯库的创作特色。

从《生命边缘的女孩》一书的诸多篇故事中,我们发现或感觉到,格尔特雷斯库的写作从整体上体现出了如下特点:事实与虚构的巧妙结合,科幻与虚构的结合,文学与亚文学或非文学的结合以及童话或神话与虚构的结合。可以说,文学虚构与现实景象的艺术结合,正是格尔特雷斯库成功的关键所在。

在谈到格尔特雷斯库的创作时,罗马尼亚文学研究者高兴说道:"小说创作显然为他提供了更加广阔更加自由的天地。他也因此迸发出惊人的创作活力。存在中的一切都能激发他的创作热情:日常,情感,历史,欲望,性,内心,宇宙,未知世界,童年记忆,个人经验,等等。很难用一个标签来界定他的创作,因为,他的创作呈现出了让人炫目的丰富性、内在性和多元性。他什么都写,现实主义、浪漫主义、现代主义、后现代主义、日记体、魔幻、神话、小品、科幻等各种各样的作品,你都可以读到。凭借超凡的想象、丰富的词汇、饱满的寓意和哲思,以及多变的手法和文体,他仿佛掌握了一套小说艺术点金术,能让任何平凡的题材和古老的主题焕发出耀眼的光泽。我愿意称他为一名充满好奇、激情、想象的存在的勘探者。我甚至觉得,本质上,他还是个充满诗意的浪漫主义者。小说创作已为他赢得了广泛的声名和无数的荣誉。目前,他已成为罗马尼亚国内最具国际影响力的作家。"

此前，笔者只零星翻译过米尔恰·格尔特雷斯库的短篇小说，对他作品的了解微乎其微。此次同几位朋友合作翻译了这部《生命边缘的女孩》，希望通过花城出版社的推介，中国广大读者有机会感受罗马尼亚文学"一种新的气息，一种质朴却又独特的气息，一种真正属于生命和心灵的气息"。

二〇二〇年五月一日写于北京昌平王府公寓

生命边缘的女孩

　　从前,在一个遥远的地方——如此遥远,需要像魔术师在马戏团表演时从嘴里扯出来的彩带都打着结那样,将十次生命一一连接起来方能抵达——生活着一个肚子里装着表芯的女孩。这倒也没什么特别的:那个遥远地方所有的居民肚子里都装着表芯,不然,他们又如何活动呢?他们的手上和脚上都长着由肚子里的传动轮、平衡轮和齿轮驱动的细细的铜杆。就连下巴都靠这样一个固定在颌骨上的铜杆才能活动,好让那些生物吃饭饮水。夜晚,你常常可以看到那个国家的居民,在擦得十分光滑的几重天底下,双双聚在一起,互相为对方体内的表芯拧动发条。那些落单的可就惨了,因为上发条的钥匙在肩胛骨中间,而肩胛骨像两副金色的翅膀在皮肤里鼓起,这样,无论如何,他们那短小的胳膊和笨拙的手指都难以够到。

　　倘若我说到的那个女孩和她的同胞一样,肚子里都装着表芯,那么,她究竟还有什么特别之处竟然成了故事的主人公?什么特别之处都没有。事实上,那个小小世界的全体居民都是故事的主人公。他们中的每一个都被一名来自遥远国度的作家选作主角,这也正是他们的狡猾之处,他们的生存之道:以这种或那种方式吸引来自另一国度的作家,而一旦成为故事角色,便可变得长生不老。

　　他们的行事方式迥然不同:一些居民干脆从自己的机芯上拆下一个小齿轮,沿着那十次生命,朝着他们觉得尚未降生但已在等待的那位作家的方向滚动。虽然他们会磕磕碰碰,不太顺利,可有时也还值得。历经挫折，有一回，小齿轮真的到了作家跟前，而一旦手里握着这枚铜陀螺般的小巧玲珑的齿轮，作家别无他法，只好等着变老和死去。他在第二次生命里复活，不知在什么垃圾箱或旧货箱或塞满了油腻棉丝的工具箱里重新找到了小齿轮，然后在第三次、第四次直至第十次生命里不断再生，最终成功降生在那遥远的国度，以便结识自己将要书写的人物。在遇见并充分考察了该人物后，作家便沿着那些生命线索返回，重新回到他自己的世界里开始写作，就像鲑鱼逆流而上，回到上游产卵那样。

另一些居民，就像人们一只手接一只手传递东西那样，一次生命接一次生命地传递着那些能引起惊奇的五花八门的小物件：一小罐香料，一只柄上饰有精美图案的调羹，一块禽类叉骨，带有两个巧克力似的包金角，一个玫瑰色，另一个紫色，一颗绿色包裹着的带刺的板栗，或者自己的一缕头发，那可比人的头发漂亮多了。在历次生命的旅途中，如果稍有运气，你还会遇到那些贪得无厌的家伙，他们不再继续传递物件，而是将它们占为己有，当然这些信息最终都将到达收件者那里。

我的情况则不同。女孩长大了，生性胆怯，好长时间都找不到什么人，可以为她拧动肩胛骨间那把小钥匙。因此，随着她肚子里的小发条越来越松弛，她的动作也一天比一天更加迟缓。渐近的发条环圈慢慢大得透过那平平的肚皮都清晰可见，实在不太美观。出现这种状况时，通常漠然的女孩，最后还是决心做点什么。她巧妙地发明了一套顶端带有小钳子的杠杆系统，用它可抓住钥匙的两翼，然后朝所需方向拧动发条。女孩起先很高兴，但她很快发现，这种办法也有不良后果：那把金色钥匙的两翼展开过度，反而拽住了小钳子，从而变成了布满神经的大翅膀，就像蜻蜓翅膀那样。有了翅膀，女孩可以在她的世界上空飞翔，并且发现自己的世界跟作家们来的那些地方一样,并非球体状,而是扁扁的,平平的,无边无际。所有其他世界不是在这一望无际的表皮之上,就是在它之下。

有一天,女孩在自己国度上空飞翔时,碰见了一片云,那个世界里唯一的一片云,如同红外海洋上面一个巨大无比的飞吻,正朝南伸展。那片云气味浓烈,射出一种浸透所有经过它周围的生物的芳香光线。然而,那个世界任何一种生物飞行之前都不可能不被女孩发现。女孩停在云上,全身浸透着夹竹桃花的芳香。自然,在那个世界里,没有任何人在自家台阶上的大陶瓷花盆里种有夹竹桃,但那种芳香与我的世界里夹竹桃的芳香则别无二致。

女孩回到了同类中间,她发现自己比从前更加孤单,更加孤立。并非仅仅因为谁也不再为她一劳永逸地扭动肩胛骨间那把小钥匙,而且因为她的同类们忍受不了她那崭新的从未遇过的香气。那时我就知道,她的命运已然注定。当然,她也会成为故事人物。因为这是他们大家的命运,她也会长生不死,但是作为反面人物,作为散发浓重气味、谁也不能接近的一种生物。她咒骂飞翔,咒骂光亮的苍穹上那片唯一的云:怎么偏偏是她撞上了那片云的散发芳香的脸庞?

如果说女孩最终成了这个故事的神秘人物,那么原因就是,碰巧,我的世界里夹竹桃的芳香是最甜蜜、最沁人肺腑、只要鼻孔闻到一次就不能忘怀的那种芳香,那是爱的芳香、怀念的芳香和幸福的芳香。在经过另外几个季节之后,不是那些按照时间回转的季节,而是在所有的头脑里鱼贯而过的四种思维之后,女孩感觉到,找到自己的作家的时刻已经来临。她清楚自己的弱点,并不抱不切实际的幻想:就从一个发育不良的世界里找一个可怜兮兮的作者算了,反正不管怎么着,既不会有谁读他的书,也不会有谁爱上他。而女孩生性出奇地羞怯，情况对她反而更加适宜：她只要能得到一点点不朽即可。哪怕只有一个读者读完她的故事，她也会感到心满意足，也会竭尽全力扮演好她的反派角色，仅仅为了他。

她用几千年进化的产物——她那特殊器官，感觉到或预感到了我这个没有天资、不被赏识的穷作家怎样待在我那墙角上挂着蜘蛛网的房间里，沮丧地凝视着壁炉里的火。她觉得我是那个适合的人，值得她将自己《圣经》里的命运同我的命运结合在一起。她用机械的动作抚摸着那只肚子里也有表芯背上也有小钥匙的公猫，女主人每天晚上都虔诚地给它拧动钥匙，在整个那照例的十次生命期间，她都琢磨着那个可以向我传递的信息。

那十个不同躯体中的十次生命魂牵梦萦的一个字，独一无二的字或许就是她的猫，或许就是南方红外海洋中的一滴海水。或许是任何一样东西，一只用针扎过的金属鳃角金龟手镯，一件唇膏小雕塑，一片看不见的树叶。到后来，女孩从自己那比人的头发漂亮得多的头发中剪下一缕，放在手心上，朝我这个尚未降生的作家的方向轻轻一吹，那缕头发立马在女孩四周散发出夹竹桃的芳香，一会儿，就见它在那个世界的柔玻璃的空气中闪闪发光，犹如一些细细的蛛丝。由于宇宙中任何东西都不能超过生命流经的速度，那缕头发只有在我的十次生命流逝之后才能赶上我。果然，在非常遥远的未来，在我那小小城市的严冬里，我老态龙钟，疾病缠身，孤苦伶仃地待在壁炉旁，正思忖着多么愚蠢地浪费了自己的才华与生命时，鼻孔里突然感觉到了甜甜的、温柔的、令人心碎的夹竹桃芳香，芳香中，一缕头发留在了我的左手背上，那缕头发轻如蒲公英绒毛，比我们世界女人的头发要漂亮得多。

我说不上我剩下该活的时间是怎样流逝的。不久之前我刚刚在一所穷人医院死去,当时身边空无一人,我手里攥着那缕芳香的头发进了坟墓。然后,我在无边无际的俄罗斯北极圈外的一个女人的肚子里得以再生,在冰雪中度过了我的青少年时期。十三岁时,我在一艘渔船的甲板上把一条抹香鲸开膛破肚,恰好就在充满血和鲸脑油的肚子里,我重新找到了那缕三十岁的头发。我冻成了冰,手里攥着那缕散发着夹竹桃芳香的头发,若干年之后,依旧被冻着,时至今日,在西伯利亚的深处,一直被风舔着,被北极熊闻着。然而在此期间,我在老挝的一个搬运工家里重新诞生,他们家共有十四个孩子,我排行老八。在我用黄包车拉着一个欧洲女人经过广场时,发现她头发里有一股夹竹桃的芳香,由于她一缕头发都不愿给我,我便薅了一撮攥在手里,撒腿就跑,这样我也就找到了死亡,被那个国家凶狠的警察射杀。后来,我作为女人得以再生,在我奥克兰的办公室里有时幸福,有时不幸福。我有一个女儿,后来在新几内亚当护士。她降生的时候,产房里充满夹竹桃的气味。那些人从来都没能将那气味从她的皮肤里驱散。临近生命终点,我发现自己痛苦多于幸福,因此就自我了断,手心里依然攥着我那永远流落异乡的女儿的一缕头发。后来,我又在格拉兹市当过精神分析学家,在布鲁日做过钻石琢磨工,在秘鲁干过向导,在史前洞穴里捕捉过带长牙的老虎,还曾是大卫之书中的圣人之一,他们讲着奥秘的语言,在尘土飞扬的道路上预卜。在走向远方女孩那漫长而艰辛的道路上,我所经历的最后一次生命比所有其他生命都更奇特。在这次生命里,我成了一名炼丹术士,效力于一个疯子国王。我从铅里提炼出金子,从月圆时采集的草中炮制出长生不老药。我等候着,月圆时刻一到,我便起飞,像梦中那样飞向月亮。到达月球表面的环状山口后,在沥青般漆黑的指甲状的阴影里,我快快地采集一束草,急急地带着它飞回地面,等待着我的是国王般的报偿:整整一把经过磨光的钻石。当我第一百次飞抵月亮后,在环状山口的阴影里,我辨认出了一片非同寻常的草丛,可以叫时间倒流,可以让皱纹舒展。原来那是一片鲜花盛开的夹竹桃,正将神奇的气味散发到夜间天体肉眼可见的所有地域。共有几百几千株夹竹桃,尖尖的叶子,粉红色的花序,它们口中散发出的芳香宛如向大海漫射的一颗看得见的五彩缤纷的液珠。我恰恰降临到了它们中间,并且决定留在那里,因为我从未如此幸福过。在月亮上,我握着树枝上捡到的一缕非尘世头发,在繁茂的花丛的簇拥下死去。

我随即发现自己迷失于一个平庸世界的路的尽头。那个即将成为我书中人物的女孩,正在该世界一个偏远地区等着我。当地居民看着我从一个女人的肚子里出生,起先只是一个看不见的卵子,接着变成一个胚胎,后来作为婴儿来到世上,再后来成为儿童,渐渐长大,长成青少年,然后成为年轻的男子汉。实际上,我的成长只是前景效应,因为我来自远方,慢慢接近他们,每年都明显长高几厘米。因为我再生母亲的肚子里充满各种各样的轮子和发条,我动不动就被刺伤或拉伤,现在回忆起来都很不开心。

后来,经过无数的意外事件之后,在我的作家本能引导下,我也有了自己的幸免于死的机制,虽然这种机制并不一定在所有情况下都追求永生不死。我来到了女孩家门口,她家位于一片住宅的边上,紧挨着一个巨坑,坑壁为类似玉髓的那种物质。房舍之间应该有树木,但我的眼睛看不见。它们颜色最浅和最深的果实在原本该是枝条的空中飘浮着,而像人那么高的昆虫,长着聪慧的眼睛,正趴在疑似气柱上。

夜幕降临在广阔无垠的原野上,女孩坐在屋前的一条长凳上,而她那两只蜻蜓翅膀,沾上了抹灰泥暖暖的石灰,像一副衣领在头的两侧竖立起来。她心不在焉地拧动着怀里那只公猫的钥匙,而猫咪则幸福地打着呼噜。她一看见我,便把猫咪放在身边的长凳上,起身迎接我。她的秀发比我们世界上所有女人的头发都要漂亮得多,夹竹桃的气味闪烁着,犹如玫瑰色的光环。我们彼此慢慢走近,我像一颗流星进入她那芳香大气之中,浑身起火,在燃尽自己之前,触摸到了她的外表,她那熔化的珍珠般的肌肤,羽毛的衣裙。当我们的身体紧紧贴在一起时,就像本该发生的那样,她腹内的表芯慢慢折断成两半,其中一半通风结构严密,闪闪发光的齿轮结构复杂,像蒲公英一样轻巧,缓缓向我迁移并在我腹内建成一个寄居处。正当我望着在十次生命之外呼唤我的女孩的眼睛(那个被放逐的遗弃者悲伤的眼睛)时,我立刻就感觉到细细的铜杆像伞形花序植物那细细空空的茎秆在我的四肢延长,巧妙地与我腹内的机芯连接起来。我感觉到钥匙从颈部破皮而出,宛如一株绿色植物在阳光中舒展着自己的子叶。她从漂泊在天体物质的褶皱和几十亿眩晕的作家中间独独选中我,我久久地待在玉髓巨坑边上的屋里,任由她那秀发间夹竹桃的芳香,她那三角铁的声音,她那刺着花纹的双唇,她那偶尔清晰可见的额头,以及透过闪光的玻璃体可见的她与某个季节相通的思想,缓缓地浸透我的全身。

她身上的表芯,就像携带独居马蜂卵的毛虫,被注入我的体内。当我必须离开时,我第一次恍然大悟,原来我一向那么孤独。我把她留在门前,她那绿色纤维翅膀在身后展开,每一只眼睛下都挂着一滴玻璃泪珠。她机械地朝我挥手,在红宝石般深红色的晚霞里,透过手指透明的肉,我头一回看见了她每个指骨上的小铜杆。在她那夹竹桃的芳香中,在房舍、长凳上的猫咪、看不见的树木、朝向南方呼啸的红外海洋这些不堪忍受的景象中,我在她面前因孤独和不幸而死去。我在我的第十次生命中再生,并且通过另外那九次生命，在同一缕非尘世头发的指引下，踏上了归途。

经过极其漫长的岁月后，我诞生在注定成为作家的世界里，诞生在我的和正在阅读这些文字的你的世界里。在这个既亲切又残酷的世界里，我们在生命凄惨的道路上毕竟艰难地穿越了几年和几十年。我有时会遇见一只善良的手，在深夜为我拧动肩胛骨间的钥匙。

现在正值隆冬时节，暴风雪击打着玻璃窗。我在城北森林里的房间写作。恰恰就在此刻，游星齿轮、平衡轮、微小的红宝石、换向器以及我机芯的所有其他零碎部件都在我肚子里嘀嗒作响。它们驱动着我手臂和指头上的所有铜杆，让我在电脑键盘上写下曾出现在她那天真无邪的显示屏上的第一篇故事的字母和文字。并不是我在写，而是机芯在口述，因为，遥远国度的居民们是不会轻易放弃自己的永生的。

我的头脑犹如大城市喧嚣上空的一片云，监控着我那不断运动着的手指。我一边机械地心不在焉地写着，一边想着那个女孩，在犹如十片动荡的大海般的十次生命的那一端，依然一动不动地坐在屋前的长凳上，身着她那羽毛衣裙，散发着夹竹桃的芳香，超越思想与愿望，时间与空间，生与死，存在与非存在。超越虚无，而虚无的反面还是虚无。

（张志鹏译）

彼得鲁策

在我上四年级时,我的结核菌素试验肿块变得超大。虽然是注射,可我们都不太害怕,因为用的是简直细得可笑的针头,在我们前臂打进一丁点儿液体。我当然喜欢用方糖制的疫苗,但这显然不是。我们在医务室门前排队,捋着袖子等候。我进到里面时,首先看到的是医生在给前面的人注射,我们拿女孩子们以及那些胆小的男孩开涮,但轮到我们时,一边儿伸出胳膊,一边儿眼睛却看着别的地方。过了几天,我的苦恼就开始了。

这是头一回,我连想都没想过,那小小的"疫苗"把我搞得这么突然。给你注射在腿上的那个可恶的东西,第二天疼得要命,腿都不能弯,尤其是同学们趁你不注意时拍打一下那个地方之后。跟它一比,结核菌素试验则纯属小事一桩。助理医生进了教室,从第一个座位开始挨个儿检查。我在男生中虽然个头最小,却坐在最后一排。挨着我的那位普伊克·扬已经留级两次,怎么说呢,我应该把他引到正道上来。普伊克是一个少见的什么都在乎的主儿。学校里有个名望很高的老教师,在雪后结冰的路面上滑倒被孩子们扶起,在她的阅读课上,普伊克大声地对着她说:"老——太——婆——在一个臭——虫上滑倒①。"糟糕透顶,在给我们注射完两天之后,他第一个看见了我的结核菌素试验肿块,拿他的跟我的一比,立刻把我给吓坏了。他的针眼周围只有一点点发红,而我那细细的左胳臂上,肿块大得像个紫色的小盘

---

① 罗马尼亚语中"雪后结冰"与"臭虫"发音近似。

子，蓝色静脉上面的皮肤几乎透明。"嘿，肺痨，"他对我说，"我不跟你坐一块儿了！"同学们也聚在我周围开始起哄："肺痨！肺痨！"这个词儿连着刺痛了我好几年，开始时我还感到很吃惊，因为对我而言，肺痨是一个人打扑克或者踢足球时发火才说的："得你的肺痨去吧！"别人就跟着喊："肺痨是绝症，有人却得了它！……"就这样对肺结核患者唱着。我们楼的住户当中肺痨最重的是伦波，排在第二的就是那个"交响乐 D 大调"。

在助理医生还没有来到我的座位之前，我本想把胳膊藏起来，可班上的同学们使劲儿把我的胳膊拉到课桌上面："同志！同志！您看看这小子！"于是，助理医生便把其他人放在一边，直接来到教室最后一排。这样，我便在众目睽睽之下站起来。我现在都还记得，当时我全身都在发抖。同学们大笑起来并向我撇嘴。助理医生拉过我胳臂，用一把塑料尺子量了量肿块大小，摇了摇头，同女辅导员耳语一下，然后就让我们下课了。

过了一段时间，在不让班上同学知道的情况下，我一个人重新做了结核菌素试验，结果同上次一样。我再一次看到肿块大起来时，感到十分羞愧。我难过的不仅仅是同学们的骚扰，整个月他们都把一些诗歌和歌曲换了歌词，当面哼着这种侮辱人的话：

  我有我的红领巾，
  我是肺痨患者！
  我为此而骄傲，
  我是肺痨患者！

他们向我唱着，推推搡搡，往我脸上吹气。上完罗语课《普雷达·布泽斯库》①之后，又对我朗诵起：

> 肺痨患者举起战斧，
> 砍的是普雷达，打破的却是盾牌。

那个红红的肿块一天比一天大，而我却束手无策，这使我更加恼怒。我觉得好像有人拿着红红的烙铁在烫我的额头。为了让它变小，哪怕稍微小一丁点也好，每次一刻钟，我用纱布热敷一次，但徒劳无功。我是个得了痨病的人，等待着我的就是进隔离所。助理医生跟女辅导员耳语时声音大了一点，孩子们听到了，他们学着动画片里的声音，嘀嘀咕咕地冲我喊叫："隔离所！隔离所！"

我们班有个女孩叫彼得鲁策，面庞黑黑，穿了一件全班最褪色的制服短裤。她家长没钱给她也买一本全班人人都有的黄色登记册。她妈妈用黄色的线在一块破棉布上给她缝了号码。全班唯一的一次合影，洗了四遍，虽然照得不清楚——因为是彩色的，每张十个列伊，强迫我们大家非买不可，彼得鲁策在中间那一行，第二排桌，旁边是弗莱谢留·达恩。几乎看不到我，在教室最后的我不过就是一个黑点。彼得鲁策整天乐呵呵的，灵巧得像只麻雀，一个男朋友都没有，尽管这方面我们班很乱，几乎人人都有男女朋友，比如像阿波斯托尔就有好几个女朋友，班上竟然达到了拿接吻打赌的程度，跳到长椅上在空中做飞吻或真的亲脸……我喜欢莉莉，可我特别害羞，只要莉莉一看我，我撒腿就

---

① 普雷达·布泽斯库（1594—1608），罗马尼亚重要的历史人物，出身于16世纪的贵族世家，在勇敢的米哈伊和拉杜·塞尔班大公时期，该家族地位显赫，他本人曾任宫廷侍从长和奥尔特尼亚地区总督。

跑。然而自打做了结核菌素试验后，从前仅有的那么一点儿勇气也没有了，每次课间休息时，我都把自己关进男生厕所偷偷看胳臂上的肿块。我忍不住看一看小一点了没有。出来时免不了有人对我喊叫："搞什么鬼呢，肺痨，吃药片了吗？"厕所墙壁上到处画着乌七八糟的画，写的是乌七八糟的诗。画面上是一些劈开双腿的女孩，画得十分丑陋，箭头直接指向她们的那个小东西，而且写着十分丑的"屄"字。诗里面也有这个字和别的字。一个大一点的男孩——一个混混儿用圆珠笔在门上写的一首诗是：

你妈的屄在两棵树中间！
它有五只蟑螂：
一只在摇动着，
另一只在吃着，
另一只摇动着风车，
一只做粉丝，
而另一只则把鸡巴插进去。

一天，我上完厕所回到教室，正赶上许多同学围在一条长凳周围，长凳上坐着彼得鲁策和约苏波，而彼得鲁策正在开导同学们，就是给他们念一个笔记本里的问题：有没有异性朋友，有的话是哪班的，是高个儿还是矮个儿，是黄头发还是黑头发，学习好还是不好等等，为每个答案在笔记本上画一条线，然后把线分成三段，这样就会出现一些数字：三二三，一二三，二三一，等等。根据这些数字，就能告诉你想的那个人爱不爱你，或者只是喜欢你以及可能还有其他的答案。大家哈哈大笑，十分开心，尤其是每个人都想知道别人想的是谁，谁跟谁相爱。恰恰在彼得鲁策说完最后一个答案时，课间休息时间（为二十分钟，但女同学半个钟头都不会回来的）还未到，这么说我来得正是时候。"你也跟肺痨说说，"大家开始喊叫，"没准儿他还爱的是哪个肺痨丫头呢！"我逃脱不掉，他们把我往长凳上的女生们面前一推，等着彼得鲁策继续提问题。她一开始不乐意，很快合上了笔记本想塞进书包里："得啦，女辅导员来了！""丫头，你也给他出一道题，还没来呢！"她旁边的约苏波喊叫着并且抢过笔记本，这样一来，彼得鲁策也得给我预测一下了。

不知为什么，我想的恰恰还就是她。她很贫穷，黄褐色皮肤……头发，我不知该怎样说，有点油乎乎的……还有，在家一会儿也不得空闲，要不停地干活儿，做饭，照看两个小弟弟。我是从妈妈那里知道的，她去开家长会发现的这些。尽管如此，她照样做作业，甚至在每页的边角画的都是芍药花和蝴蝶，就为这个，那位女辅导员还给她加分。彼得鲁策开始问我。我回答说我想的就是她，但是我眼睛却望着其他地方，为的是不让任何人知道我在想谁。

就在我回答问题时，突然之间发生了什么事情。我在彼得鲁策那里发现了什么。我认为她只是不再快乐了，可我不知道我感觉到了什么，事实上，就好像周围其他所有人都无所谓，只有我独自一人同她在那空荡荡的教室里一样。就好像她已经明白我在想谁。就在我回答完所有问题之后，我画完了所有的线，权威性的结论出来："她爱你，但隐藏着。"大家开始笑了，恰恰就在那一刻那位女辅导员进来，把我们驱赶到各自座位后开始一个个点名。

那天最后一节课已经很晚了，那是一节图画课。给我们上那节课的不是那位女辅导员，而是一个来实习的女大学生，我们班上的那帮混混儿，尤其是斯特里努和杜比努克，像折磨盗马贼那样折磨她。她常常是号啕大哭着走出教室："你该去一个什么窑洞那样的地方。"有一次因斯特里努的尖叫声而情绪失控,女大学生眼里含着眼泪对他说:"如果你们背着我,我就去!"为这件事情,校长当着全班的面整整痛打了他十分钟,打得他浑身是血。但事态并未平息下来。

我们透过教室玻璃窗看见外面大雪纷飞。天已经黑了下来。现在雪花呈现出粉红色,若看得时间长,你会觉得整个教室往上飞,往天上飞。现在彼得鲁策跟我坐在同一条长凳上,因为上图画课想跟谁坐一起就跟谁坐一起。这样一来,男女同学们就跟各自的朋友坐一起了。彼得鲁策突然来到我的长凳上,我去另一条长凳,可她又坐到我旁边。我简直吓死了,千万别让同学们认为我爱她!到头来我还是依她了。我们在图画本上画覆盖着雪的房子和雪人。我在图画本上画了许多幅图画,因为画的画太多,一些纸页显得皱巴巴的。我们恰巧画了房子覆盖着雪的烟囱和从烟囱里冒出的烟,我们四周一片宁静。我害怕地望着彼得鲁策,可她不再画了,实际上她已经绝对什么也不画了,她的那张纸则白得像雪。怎么此前我就没有看到呢?她只是低着头,我可以看见她那长长的睫毛。我稍不注意,她便把沾满颜色的左手指轻轻放在我的手上。我感觉到心脏突然跳得厉害起来,这并非因为她的手放到了我的手上,而是因为她的手把我的手臂举起来,把我校服衬衫的袖子轻轻向上一推!被她手指轻轻揭示出的我那可怕的红红的肿块已经暴露在众目睽睽之下,胳膊抬得越高,肿块则显得越大。不知何故,我竟然一动也不动,不把胳膊收回来!我那只软软的胳膊平放在脏兮兮的课桌上,那个红色的肿块看得一清二楚,圆圆的,滚烫的,好像是烙铁给我烫出来的。其他所有同学现在就是一种胡乱涂抹的彩色图画,雪停后,落在窗户上的雪花一动不动地闪闪发光。

教室里寂静无声,彼得鲁策比触摸一片雪花还要小心翼翼,轻轻地把手掌放在那个肿块上。我的那个肿块慢慢变白，轮廓变得模糊起来，几分钟之内颜色就在皮下消失了，只是针眼像一个小小的黑点还留在臂上。现在我的手臂像任何一个小孩的手臂一样，白白的，上面分布着一条条小血管。彼得鲁策又看了看我，那么严肃，随时都要哭起来似的，就像得了一个坏分数那样，然后就跑到另外一条长凳那里，而我则茫然不知所措，揉搓着我那裸露着的手臂。雪又下了起来，很美，很急，而杜比努克又在教室后面嘀嘀咕咕地叫了起来。

　　第二天，助理医生见了我之后非常吃惊。人们把我送去医院，给我做了各种化验，没有在我的血液里发现任何细菌的痕迹。我的父母为了在沃伊拉给我办理隔离所手续，曾四处求情。现在又要为我重新办理入学手续，麻烦透了。可他们至少应该高兴才是，因为他们的孩子不是肺痨，否则，仅仅为了药品就得伤透脑筋，再加上因为我咳嗽他们也得彻夜难眠。

　　自此之后，结核菌素试验肿块未见扩大，可我的同学们依然管我叫肺痨（之后，不知何故，则开始叫我猛犸或者象鼻子）。彼得鲁策在我们班一直到学期末，后来她父母搬到另一个区，把她转到那里的一个学校。现在她在灰鹤商场钟表部当售货员。我偶尔，不太经常地路过那里向她询问一点事情……她只是瞟我一眼，职业性地回答我。三十年后，她认不出我倒也属正常。

（张志鹏译）

倒挂金钟

　　亲爱的女读者，我相信，生活中你也曾几次经历过那样的感觉，地点相同，感觉各异，似乎应该留下来却无姓名，可毕竟有"无为"这样一个既糟糕又有道教意味的名称。因为当你经历这样一种事情时，使你感动的并非表面上重复你生活中的一个场景（说穿了，我们的生命就是由一系列重复组成的：一年当中我们要系和解几千个纽扣？我们组织多少个一模一样的欢聚，还不都是有同样的两三个朋友参加，并且都是讲那些缺席者的坏话？似乎应该把我们所经历的每一刻都称之为"无为"），而是迷惘，就像在一种不明所以的情况下，你所感觉到的那种强烈魅力给你造成的迷惘。一天下午，你百无聊赖地坐在电视机前，心不在焉地看着你并不感兴趣的节目，突然之间你似乎在一团强光中爆发了：嘿，你也经历过这样的时刻呀！当然，当然，的确如此！但你不知道像以前那样究竟发生了什么，你也没有能力明明白白地去想一想，因为突然之间一种幸福感——里面既夹杂着某种极端的恐怖，又有令人撕心裂肺的怀旧——控制了你："是的，是的，当时就是这样！"你总是这样说，并且只有当这种精神恍惚状态离开你时，就好像你曾经是一个水上漂着的软木塞，一会儿被推向浪尖，一会儿又被浪涛打下，你开始扪心自问：从电视里看到的那场狂风暴雨在你的记忆中引起了什么？无论你怎样探求，都是找不到答案的。或许你将会回忆起某一句话或者某一形象，但在重新回忆时，它们不再使你产生那种性高潮的感觉和令人痛苦的解脱。同样，你也没有能力回忆起从前什么时刻你曾经心荡神驰；你忘记了，就如同醒来之后瞬间如此鲜活的梦蒸发了一样。你剩下的仅仅是感觉你体会到了无限珍贵的什么，觉得刹那之间完完全全地回到了小姑娘的躯体之中，或许通过返祖遗传的追忆，你回到了你母亲、你奶奶的躯体之中，或者进一步回到凯尔特人、罗克苏兰人或者萨尔马提亚人①的躯体之中。我认为，你也把这些感觉收藏起来，希望有朝一日找到它们隐藏的含义。

至于我，除了我脑子里其他许许多多的离奇古怪的事情之外，我有时还想，对一个心理医生，甚至对神经病科医生来说，我作为研究资料该是何等宝贵，可我没想这样廉价出卖我的皮肤——"无为"的感觉在生命中曾永恒不变地伴随着我，幸亏并非如此频繁以至我都不以为然。青少年时期（当时事实上一切都正在开始）已经开始了，一个秋日，我就是平平常常地走在去中学的路上，突然感到一阵晕厥，从而陷入怀旧之中。我与一个女人迎头相撞，她向相反方向行走并且身上散发着某种香水味——一种甜甜的薄荷气味的香水，确切地说，与其说是女用香水，不如说是糖果点心店的那种气味。那女人身穿玫瑰色的同样面料的上衣和裙子。我想起了那种怎么也混淆不了的香气，也想起了那个女人，事实上我对她非常了解！我目瞪口呆，我回头一看，那个女人虽然渐行渐远，她身上散发出的一股香水味依然飘到了我身边，她的容貌使我更加怦然心动，心乱如麻。实际上，我认为，这种莫名的感觉恰似一场未能分享或失去爱情的那种强烈的痛苦。我继续艰难地向高中走去。我害怕起来：我会疯了吗？一想起那芳香，一旦回到我的头脑里，我就觉得那个准备把我重新举起的浪涛又靠近了我。

以后的十年中，在不同地方我又七八次地感觉到了那芳香像

---

① 这三种人均为早期进入达契亚的游牧民族。

一颗子弹那样飞进了我的脑子。我不明白我怎么活了过来。当我还是一名大学生的时候，我与一位带着那种芳香气味的女士上电梯。她下去之后，我把电梯停在两层楼之间，我蜷缩在地板上，这样整整一个钟头，深深吸着那玫瑰色的芳香，试图弄明白，在我那遥远的过去，在什么地方我曾被如此巨大的力量揪住并拉扯着。在人们拥挤的地方，在商店里和无轨电车上，与其说在富人当中还不如说在普通大众当中，我还感觉到了那种芳香。谁知道那是一种什么廉价的香水啊，我思忖可能就是从前那种拿小汽车形状的小瓶子装着卖的……我每一次都盘算着去追赶那个散发着既如此可怕却又诱人的气味的姑娘，拉过她的肩膀问她："我是从哪儿认识你的？"或者"你的香水叫什么？"或者"你愿意嫁给我吗？"因为兴奋过度，我觉得这些问题的价值是一模一样的。直到最后我都没问过一次。这并不是因为一切如马泰尤·卡拉贾莱①的作品里所说"在秘密的标记下"——恰恰相反，闪电般的非空间的回忆起的这种芳香让我回到一个神秘的地方，并且经常不断地像折磨阿兰·傅尔尼埃②的大莫纳一样折磨我——而是因为我常常拼命试图在那极端幸福苦难的爆发中尽量喘口气，随便一个很快就消失在人群中的女人对我来说已经无关紧要了。只有一次我曾有过这样一种幻觉，最终我在遥远的地方建立起一个桥头堡：正值春天，我站在模拟契什米鸠公园里用树干搭起来的带水泥栏杆的小桥上，望着桥下过往的一条条船儿。气味突然向我袭来，又一次使一切都要爆炸。在回家之前，我突然看到一群滑着旱冰的女孩从桥上经过，我曾以为，我终于有了一个映象。在

---

① 马泰尤·卡拉贾莱（1885—1936），罗马尼亚作家。
② 阿兰·傅尔尼埃（1996—1914），法国小说家，代表作为《大个子莫纳》。

我的记忆中我又想起了这个并且曾经认为,我将陷入无穷的怀旧之中:那是一个摆放巧克力糖果的橱窗,糖果用闪闪发光的红色、浅绿色、深紫色的锡纸包裹成小星星和小方块形状,橱窗前站着一个女人(身穿一件粉红色外衣)和其他什么,最令人不可思议的是,居然有一个影子,一个巨大的影子落在橱窗上。一切持续了一眨眼的工夫,一切似乎都铺展在我记忆中的最敏感部位。并非只是一个映象,而是一个活生生的东西,那种我什么时候曾经历过并且奇迹般地深入现实中的一瞬间……无论我怎样绞尽脑汁都不能在我的记忆中找到那个闪电般幻觉的方位。我曾经想过,或许就是出于一场梦幻……

此后几年,我再也没有过"无为"的那种感觉了。但我并不抱怨:我有过其他的,一个比一个更加神奇。那个阶段,我已经开始有"来访者"了。半夜时分,我一睁眼就看到他们:一个男人或者女人坐在我旁边的床上看着我怎样睡觉。我现在记得很清楚,我可以把他们当中每一个人都画下来,可他们是另一个故事里的。事实是,一段时期内,我正处于我生活中非常困惑的阶段,杂乱无章,从一个女人到另一个女人,我不知道我要的是什么以及我是何许人也。我认识了一个年纪比我大得多的女士,我喜欢得一塌糊涂的成熟的女性,那些常常显得如此庄重,如此不可触犯,如此镶嵌在自己生活的框框里,可一旦决心摆脱这些条条框框,就变得最甜蜜,变得要多性感有多性感的情人。就这样,一个迷人的女人在一个冬日的夜晚冒雪来到我这里。我们喝着葡萄酒聊了一会儿天,我们实际上只是在思忖着即将发生的什么,事情朝着其正常的结果按部就班地进行着。接着我们经历了爱的一夜,这肯定将会是一个独一无二的爱的一夜。我们当中没有任何一个人不想从对方那里得到更多。但在床上我就不安地意识到,那天晚上在她喷洒的浓烈法国香水气味之下,她温柔的皮肤散发出的气味是极其淡雅的，实话实说，是混淆不了的，我接着扯下了那个包裹着她私密部位的花边内衣，可我的思想已经不在那里了。为了那结实而活跃的躯体，任何情况下我都曾不惜任何代价，它现在却丝毫吸引不了我，似乎现在的我跟之前不是同一物种。这是一件奇特的事情，却依然美丽，但很奇特。在一个女人旁边，我从未发生过这样彻头彻尾的变化，无常且既不感到难为情也不感到有什么过错。我们像特里斯坦和伊索尔德那样天真无邪地相互挨着入睡了，并且快到清晨时我在梦中终于走上了那遥远的地方。

在我心目中妈妈总是跟巨人似的。当时我三岁，也许还不到。我坐着摇摇晃晃的电车去伯母家。穿着衬衫的有轨电车司机的后背好像鼓胀的帆船的船帆。我在龙德站下了车，车站周围是碎石路面。广场周围装饰着蛇发女怪头像和石膏地图的怪里怪气的建筑物比比皆是，位于广场中央的塑像显得无比高大，投下的影子就像糖果点心店的橱窗上的日晷影子。我们朝着那个带铃铛的门走去。橱窗里有用亮晶晶彩色纸包装的巧克力糖果，妈妈就进去一会儿，让我在外面等着。戴头盔的塑像把天上的云彩撕成一条一缕。我们的电车驶过，广场空空荡荡，只有铁轨闪闪发光。陌生的建筑物之间万籁俱寂。可妈妈再也没有从糖果点心店出来，没有了妈妈我茫然不知所措，只能待在有那巨大塑像的广场。我蹲着声嘶力竭地尖叫起来，门开开后，我朦朦胧胧地看见一只玫瑰色的衣袖，我知道这是妈妈。一个爱的波浪——似乎我知道再也感受不到了——使我激动万分。妈妈，她那卷曲的褐色头发，文雅的面庞，她的脖颈，她那双臂！我紧紧抱住她的腰，笑得流出眼泪，我感觉到了芳香。我永远忘不了那一股甜甜的略带薄荷味的芬芳。妈妈手里有一个口上呈锯齿形的纸袋，"你看我给你买什么了？"袋子里有妈妈以前说的"倒挂金钟"，那是一种可拉长的糖做成的粉红色的圆盘状的糖果。它们散发出的那种气味整个广场都闻得到，塑像犹如在雾中依稀可见。

在那里，在梦中，我的头脑又爆炸起来，我因幸福或不幸而哭泣起来，直至我的女友吃惊地唤醒我并给我擦拭了眼泪。

（张志鹏译）

轮盘赌枪手

主啊,你把和平赐给那个已经八十岁
却在大地上没有任何未来的以色列吧。

我这里抄录的是(为了什么?)艾略特[①]的诗句。无论怎么说,我都不是为我的某一本书作可能的警句,因为我永远不会再写任何东西了。即使再写这些文字,我也丝毫不会把这些视为文学。我写的文学作品已经足够了,写了差不多六十年,现在,到头来,我清醒地意识到:我三十岁之后写的全部东西,只不过是令人难以忍受的假冒伪劣品而已。既然无望实现自我超越,既然无望跳出阴影,那么我对写作已经厌倦。诚然,直至某一点之前,我对自己是诚实的,对于一个艺术家而言,唯一的可能,就是把关于我自己的一切,全部的一切统统说出来。但幻想却如此痛苦,因为文学并非一种合适的手段,通过它你不能说哪怕一丁点关于你自己真实的东西。自打你铺上纸写头几行文字起,你握着自来水笔的手就像戴上了镣铐,变得陌生,变得像是嘲弄人,而你在页面中的映象如水银一样四处飘散,以至从它那变了形的小颗粒中凝结出蜘蛛、蠕虫、太监、独角兽或者神。而实际上,你想说的只是关于你自己而已。文学即畸形学。

---

① 托马斯·斯特恩斯·艾略特(1888—1965),英国著名现代派诗人、评论家、剧作家,1948 年获诺贝尔文学奖。

这几年我睡觉总是焦躁不安,常常梦见一个孤独得发了疯的老者。只有梦还真实地反映我。我孤独得哭泣着醒来。并且白天我在我那些还活着的朋友中间自我感觉良好。我再也忍受不了生命,而今天或明天我将进入无穷无尽的死亡之中,这就让我试图进行思考。因为我必须考虑,就像那个被投进迷宫的人必须在涂了牲口粪便的墙壁之间,或者甚至通过一个老鼠洞寻找一个出口一样,仅仅出于这个缘由,我写下了这些文字。我并非刻意要证明上帝存在。虽然我竭尽全力,可遗憾的是,我却从未虔诚过,却也从未有过怀疑或否定危机。或许我还是虔诚一些为好,因为写作要求戏剧性,而戏剧性往往从希望和绝望之间令人痛苦的斗争中产生,我设想,信仰在那里具有实质性作用。我年轻时,一半作家改变了信仰,而另一半丧失了信仰。就他们的文学作品来说,差不多也是这样。我曾多么羡慕魔鬼在他们作为艺术家寻欢作乐时,在他们的大锅底下扇起的火焰啊!而角落之中的我,就是一堆破烂儿和软骨头,没有任何人会拿我的脑子或心脏或信仰去打赌,因为从我这里再也没有什么好拿走的。

我躺在单人沙发上,一想到外面,除了像一条没有尽头的沥青冰锥那样结实的黑夜,除了像一场随着我的年龄增大,慢慢吞噬了城镇、房舍、街道和一张张熟悉的脸的浓雾之外,其他的什么都不存在,这使我感到很恐怖。台灯发出的光似乎是宇宙中唯一的光亮,而它照亮的唯一东西,则是我布满皱纹的脸。

我死后,我的地下墓室,我的隐蔽之处将依旧飘浮在黑黑的浓雾中,不把这些书页带到任何地方让人阅读。但最终一切都在其中。我写了几千页的文字、粉末和灰烬。阴谋诡计十分巧妙地引导着带着直流电微笑的木偶,但在这个无边无际的艺术契约中,怎么会让你说点什么呢?根本不可能。你想靠近读者的心,他会怎么做呢?他三点钟看完你的书,那么四点钟就会开始读另外一本，不管你放在他怀里的书多么好。可这十到十五页是另一码事，另外一种游戏。现在我的读者只剩下死亡。我竟然看到了它那黑黑的、水汪汪的、专注得像少女的眼睛，我写一行看一行。这些文字里包含着我那不朽的计划。

我所说的计划，就是我的辉煌和希望，这一切都千真万确。多么奇怪啊，我书里所写的人物绝大多数是虚构的，可所有人都觉得他们是从现实中拷贝下来的。到了现在，我才有勇气写一个真实的人，他在我身边生活了很久，在我的契约中他似乎是完全不可信的。任何一个读者都不会相信，在他的世界里竟然生活着这样一个人，跟他们蜷缩在同样的有轨电车里，呼吸的是同样的空气，他的生活实际上是一种制度的数学演算，今天没有人相信，或者大家都认为是荒谬的。可天哪，轮盘赌枪手既不是一场梦，脑硬化的一个幻觉，也不是一种托词。现在，每当我想到他时都确信，我也认识桥头的那个叫花子，里尔克①写过他，人们现在还围着他转。

这样说来，亲爱的读者，轮盘赌枪手真实存在过，轮盘赌也真实存在过。可能对于轮盘赌你闻所未闻，但你告诉我，你听说过空心地球吗？我可经历过轮盘赌那难以置信的世道，我看见过在火药的残暴光线下财富的崩溃与积累；当一个脑浆崩裂的人被弄出去时，我在低矮的地下室里吼叫过，我也曾幸福地哭过。我结识了轮盘赌的巨头们，他们往往都是用数目巨大的金钱打赌的实业家、土地所有者、银行家。十多年的时间，轮盘赌曾经是我们那个阴森地狱里的面包和马戏。难道四十多年来，关于这种事就没人私下讨论过？你想一想吧，那些希腊神话过去几千年了，难道今天有谁清楚当年那些岩洞里真正发生过什么吗？无论什么

---

① 赖内·马利亚·里尔克（1875—1926），奥地利诗人。

地方，只要一谈到血，就噤若寒蝉，人人都默默无语。或者说不定每个知情者死后都会留下一些毫无用处的纸片，唯有死神用瘦骨嶙峋的手指去追踪它们。每个个体的死亡，都是与他同时出生的黑色孪生兄弟。

我这里所写的那个人的名字普普通通，已被人们所遗忘，因为大家很快就称之为轮盘赌枪手了。只要一提起"轮盘赌枪手"的大名，指的只能是他，尽管当时轮盘赌枪手大有人在。我现在可以毫无困难地回忆起他的样子，一副闷闷不乐的样子，瘦瘦长长且苍白的脖子上托着的一张三角脸，皮肤干燥，头发几乎是煮虾般的鲜红色。一双大小不一的眼睛，充满着愁苦的神色。他给人脏兮兮，不整洁的感觉，就算是身着公司制服和无尾长礼服依然是这个样子。天哪，我抽什么风在这儿揭起人家老底来了，用超强之光照亮了他的脸，并让他的眼睛喷射出火焰！就让我咬紧牙关吞下这些卑劣的坏毛病吧。轮盘赌枪手有着一张衣食无忧的农民那种阴沉的脸，牙齿又黑又硬，从我听说他直到他死（死于左轮手枪但不是死于子弹）都是这个样子。他毕竟是唯一一个能隐约看见命运的轮盘，并且还能试着操控它的人。

我认识他并且能写一写他，这没有任何功劳可言。我仅仅是把一具巨大的多分支骨架，一个纸糊的通天塔，一部一千页以描述主人公成长历程为主题的鸿篇巨制展示在众人眼前，这相比于他的形象而言，还远远不够。在这部小说里，我这个卑微的塞雷努斯·察特布洛姆，将会一门心思地一步一步地把新的阿德里安妖魔化。① 然后呢？可能要花六十年的工夫才能完成这部杰作，我扪心自问，这么做的好处何在？为了我的最终目的，为了我的

---

① 托马斯·曼《浮士德博士》中的主人公哲学博士雷努斯·察特布洛姆通过撰写回忆录，描述了作曲家阿德里安·莱弗金的一生经历。

巨大赌注（世间万物，除了这些杰作之外，都是沙漏中的尘土和蒲公英的绒毛），我把一个精神变态者的年轻生命罗列成三行就够了：那个把昆虫剁得粉碎、用石头块砸死飞禽、热衷于玩玻璃球、往小木桩投掷马蹄铁的脸色阴沉、粗野、缺乏教养的孩子（我记得他总是不断地输钱、输球和输纽扣，而且之后就死命地打架斗殴）；青少年期便不时癫狂的暴怒，太强的性欲，因强奸和流氓罪被关押。在他非常曲折的整个生命过程中，我认为我是他唯一"亲近的人"，或许，因为我们打小就在一起，我们从小就是邻居。无论怎么说，他从未打过我，他看我也不像看其他孩子时那么强烈地怀疑。我还记得，我几次到监狱探监，在那全部刷成冰冷的绿色的谈话室里，他一个劲儿地抱怨，骂得厉害，骂他打扑克时倒霉，并且向我要钱，抱怨曾低三下四地想金盆洗手，抱怨千百次地同别人赌博，可一次都没赢过。这个坐在绿板凳上的小个子男人，因为结膜炎而两眼通红。

　　不，真实地谈他我做不到。让我怎样真实地呈现一个活生生的寓言呢？任何诡计，任何转折变化或者哪怕一点点无意识的修辞行为都使我沮丧，令我作呕。再说，他出狱之后就沾染上了嗜酒如命的坏毛病，短短一年的工夫就堕落得吓人了。他没有差事可干，你总能在那几家普普通通的酒馆里找到他，其实，我认为那也是他睡觉的地方。他一副酒鬼们常见的打扮（光皮上衣，裤脚拖地），我看见过他逐桌地讨一扎啤酒。我经常既痛心又可笑地看到，酒馆里那些常客对他所做的恶作剧：他们把他叫到桌子旁对他说，如果从他手里攥着的那两根火柴中找出那根长的，就能得到啤酒。但他抽出来的总是那根短的，于是大家就开心得满地打滚儿。我敢肯定，他从来没这样赢过啤酒。

　　差不多就在那个时候，我在杂志上发表了我的头几篇短篇小说，过了一段时间，出版了第一部小说集。我至今认为，这是我干过的最好的事情。我对我所写的每一行字都感到满意，我觉得我不是在与我那一代人较劲，而是在与世界上的大作家们竞争。我慢慢地就进入公众的视野和文学圈中了。我受到的褒贬程度一样。我第一次结婚并且最终我觉得我还活着。但是，这对我来说却是致命的，因为写作通常不太与富裕和幸福相包容。自然我已经忘记了我的朋友，几年之后，我在对他而言最难以置信的地方与他重逢：在市中心的一家餐厅，在映射着彩虹般七色光彩的枝形大吊灯的昏暗的灯光下，我与我老婆正说着话。我环视大厅，一帮生意人突然吸引了我的视线。他们点了一桌炫富般的酒席，我的朋友身处其中，并处于令人瞩目的焦点位置。他面孔瘦长，眼窝深陷，目光无神，虽然梳妆打扮得油光闪亮，但依旧像游手好闲的二流子。当其他人开着有些粗俗的玩笑时，他却在椅子上无动于衷。我向来厌恶那些油头粉面却身着不合时宜的服装显摆自己的人。当然，首先我对我朋友的物质状况好转遥遥无期感到不悦。我走到他们桌旁，向他伸出手。我不知道他是否高兴见到我，对此我捉摸不透，但他请我们同他们坐在一起。随着时间的推移，他们谈论的那些平庸琐事和连篇蠢事当中，开始夹杂一些令人捉摸不透的话，一些神神秘秘的用语。这帮生意人除了极尽奢华的饕餮大餐之外，还夹杂着这样一些东西，我不知如何是好。此后的几周时间，我切切实实地感受到了恐怖，对于我下意识地隐约看到的那个资产阶级世界，尽管经过了我们所经历的那种低俗艺术的美化。在大街上甚至在我的办公室里，我多次产生被监视和调查的感觉，这种感觉就像是傍晚的烟雾溶解于空气中一样在我四周萦绕着。现在我可以肯定，我的的确确遭到了仔细的审查，因为我的朋友曾经建议我加入轮盘赌的地下世界。

有时我庆幸地想，或许上帝不存在。几年之前，我觉得天堂是血腥的（那时我的生命恰似曼特尼亚笔下的耶稣，出现在一幅通过透视技法缩短了身高的淡绿色的画作中)①,可现在我觉得地狱像被遗忘而变得委婉和温文尔雅,但未必就不令人恐怖。我第一次下到地下室时,他们为了鼓励我,说只是头一场游戏比较难以忍受,一旦你了解了轮盘赌之后,就不仅不会感到恶心,还会发现这种游戏真正美妙的魅力;他们继续说,一旦这种游戏进入你的血液之中,那么对你来说,它就会像葡萄美酒和女人那样变得须臾不可或缺。头一天夜里,他们蒙上了我的眼睛,在一次次地换车之后,把我带到市区的一条街道上。当时我被弄得晕头转向,甚至连我是谁、我在什么地方都已经搞不清楚。然后,他们就把我拖到了一个弯弯曲曲的走廊,我顺着散发着潮湿气息和死猫气味的台阶走下去,头顶上不时传来阵阵有轨电车的轰鸣声。当蒙在眼睛上的破布被摘下时,我发现自己身处一个燃着几支蜡烛的昏暗地下室里,在一个有拱廊的拱顶下,几个沙丁鱼桶放在一起权当桌子,几个小一点的箱子或者用树干锯成的厚厚的木墩当作凳子。所有这一切都让人想起乡村那种榨葡萄酒的屋子。十几个衣冠楚楚的人围坐在木桶周围,端着铁皮做的缸子和啤酒杯,看着我,兴致勃勃地边喝边聊,这一切更让我感觉到这里充满乡土气息。泥地上爬着大个的蟑螂,一些被脚踩得半死,腿和触角还在颤动。我坐的地方原来还有个赤褐色头发的朋友,他已经走去下赌注了,赌注用粉笔写在一块小黑板上。赌注很大,比我此前看过的任何一场打赌下的赌注都大。这么说来,我推测我暂时只是个旁观者而已。突然之间,我发现那些被称为庄家的参赌者变得意兴阑珊,杯中的酒剩了下来,咖啡色的空气中氤氲着酒精和变了味的啤酒那酸酸的气味。地下室里那些人越来越频繁

---

① 曼特尼亚是文艺复兴初期意大利著名画家,他通过透视法技巧创作出许多耶稣受难作品,耶稣的身高越看越短,面部也不断变形。

地把目光投向低矮的门。一会儿,后门打开了,进来的那人酷似我的发小,他看起来时运不济,衣服口袋都是破的,鞋子拿包装用的绳子缠着,从一头乱发中露出来一张醉鬼的脸。他的外表像一个腋下夹着油乎乎木盒子的酒吧间侍者,被一个场主(这是对雇用轮盘赌枪手者的称谓)从后面推着。这酒鬼坐在了一只枞木箱上,一动不动,驼着背,滑稽可笑,俨然一副奥运会获奖者的姿态。庄家们望着他焦躁不安起来,对着他的外表评头品足。我突然发现一个人在偷偷地画十字,另一个人暴怒地咬着自己指甲边上的皮,还有一个人对场主喊叫着什么。但场主打开箱子的响声使喧闹声戛然而止。所有人都被迷住了似的伸长了脖子,眼睛盯着那个小小黑黑的物件,它像镶嵌着宝石一样闪闪发亮。那是一把擦得油光锃亮的左轮手枪,可以上六发子弹。场主像一个魔术师一样,在即将完成奇迹之前展示了一下自己那双空荡荡的手掌,慢慢地、用几乎是礼仪般的规定动作向在场的人们进行介绍。他把手掌放在左轮手枪的转轮上,转动了一下,这把手枪便发出像土地神的笑声那样细细的、打齿的响声。他放下手枪,并且从一个硬纸盒里取出一颗亮晶晶的铜壳子弹,把它递给最近的那个庄家。此人仔仔细细、全神贯注地检查了每一个部分,然后点了点头,把它递给旁边的那个人。子弹在室内所有人的手上转了一圈,我也碰了一下。不知道为什么,我原本以为子弹要么冰凉要么发烫,给人的感觉却是温温的。子弹回到场主手上,他动作精准而熟练地把子弹塞进转轮六个孔中的一个,然后重新把手掌放到转轮上,再次转动转轮,熟悉的尖厉刺耳的响声再次响起。最后,他怀着莫名的敬意把枪交给箱子上的那个人。我至今都记得,屋子里死一般的沉寂,连蟑螂爬动和触角碰撞发出的微弱响声都听得见,那个人把左轮手枪对准了自己的太阳穴。由于高度的恐惧感加之光线昏暗,突然之间,我的眼睛开始模糊起来，出现了几个黄得发绿的磷光色的斑点，那个拿手枪对着自己太阳穴的落魄身影，在我的视线中开始变形。他身后白色墙壁上的粗灰泥夸张地突显出来：我们看到了每一个凹点、每一个石灰颗粒，像一个老人面部的皮肤那样粗糙，在墙壁上留下蓝色的痕迹。突然之间，地下室里开始散发出麝香和汗臭气味。木箱上的人眼睛圆睁，嘴巴歪斜，就像感觉到了这种可怕的味道，手里依然紧紧地扣着扳机。

然后，他微笑了一下，轻轻扣动扳机。响声过后，他从箱子上走下来，瘫倒在箱子上。场主急忙向他跑了过去，把他抱在怀里拼命摇晃。与此相反，室内的人们像发了疯一样大声吼叫和谩骂。当场主和他的轮盘赌枪手从低矮的门走出去时，陪伴他们的只有拳击比赛时才能听到的野蛮的起哄声。

非常少见，他是我见到的第一个死里逃生的轮盘赌枪手。从那以后，我连续很多年出席过几百场轮盘赌，我多次目睹一个难以描绘的场景：人脑这个神奇的物质，那个充满无所不能的奇幻魔力的地方，与脑壳的碎片混杂在一起，散落在墙壁和地上。你想象一下西班牙的斗牛士或者古罗马的角斗者就会明白，为什么这种赌博很快就进入我的血液之中，并且改变了我的生活。原则上，轮盘赌形式简单，但又有蜘蛛网一样的力量：枪手、场主和那些庄家就像是戏剧中的主要人物，场地主人、四周巡逻的警察、雇来清理尸体的搬运工则为次要角色。轮盘赌在他们身上只须花费一点点钱，但对他们来说，已然是一笔很大的财富。轮盘赌枪手自然是轮盘赌的明星，而且是轮盘赌存在的理由。酒鬼、刚刚刑满释放人员像流浪狗一样四处觅食，轮盘赌枪手就是从他们当中招募而来的。不管是谁，只要是肯为了很多很多的钱玩命（可这种情况下钱又意味着什么？），都可以成为轮盘赌枪手。轮盘赌枪手最好不要有什么社会关系：例如家庭成员、同事、亲密的朋友。左轮手枪里通常只装一颗子弹，如果侥幸不死，轮盘赌枪手可以获得场主所赢钱数的百分之十。但是，场主必须拥有雄厚的资金，因为一旦他的轮盘赌枪手死亡，他必须支付所有庄家所下的赌注。庄家们只有六分之一赢的机会，但当轮盘赌枪手死亡时，根据事先与场主达成的协议，他们可以要求十倍甚至二十倍的赌注。但轮盘赌枪手除了第一场游戏之外，并非都有六分之五的逃生机会。如果再次把手枪对准自己的脑袋，他逃生的机会就减少。第六次较量时，他的机会则降低为零。事实上，自从我的老友进入轮盘赌世界后，他就成了一个鼎鼎大名的轮盘赌枪手，即使开四枪，他还是能够死里逃生。大部分的轮盘赌者也不图这世上的什么东西，自然不会重复这个可怕的游戏。只有那么几个人为赚大钱的前景所吸引，通常会雇用个轮盘赌枪手，他们自己当场主，特别是在参加过一次轮盘赌游戏之后。

　　继续在这里详细描述这种游戏毫无意义，它像任何游戏一样令人着迷且十分刺激，实话实说，人性中嗜血的阴暗面让它充满了迷人的魅力。我们现在说回那个把轮盘赌游戏玩到极致，最终毁掉了这个游戏的人。相传（当时在全城所有酒馆都能打听到），他不是被什么场主招来的，而是发现了轮盘赌游戏主动出卖自己的。我怀疑那个雇了他的场主一定沾沾自喜，这么简单就搞到了一个轮盘赌枪手，因为通常会特别费时费力，伤透脑筋，要同那些拍卖自己性命的人反反复复地讨价还价。一开始，每一个流浪汉都会漫天要价，你必须有本事让他相信他的生命与鲜血不值大价钱，只能得到为数不多的一点钞票，并且还取决于市场供求。你不用跟一个轮盘赌枪手者说他一钱不值，也用不着拿警察来吓唬他。你不情愿地跟这个你都不拿正眼看的家伙说了一个价码，他毫不犹豫就接受了，这种事情真是可遇而不可求。我朋友参加的那头几场轮盘赌，并没有什么特别值得说的。他第一次、第二次甚至第三次死里逃生时,场主并没有觉察出什么来,充其量只不过认为他是一个运气好的轮盘赌枪手而已。可第四场和第五场轮盘赌之后,他就已经成为轮盘赌界的焦点人物,一个活着的神话。后来的那些年里,关于他的神话越传越邪乎。两年时间里,到我们在餐厅的那次见面之前,在我们城市各种地下组织操控的轮盘赌游戏中,他已经第八次把左轮手枪对着自己的脑袋了。他每次向我讲述时(后来我也相信了),那张神情痛苦的脸上,印着极度恐惧的表情,像一个受惊吓的小动物,简直惨不忍睹。但似乎正是这种恐惧的表情,使命运屈服并助他解困。当他紧闭双眼,狞笑着突然扣动扳机时,紧张的情绪达到顶点。听到松开扳机的响声后,他沉重的身体像突然失去了力气一样,软绵绵地瘫倒在地上,并且晕了过去。他耗干了所有的精力,但卧床休息几天之后,很快就恢复了健康,重新在夜总会和窑子里混日子。他拼命地干,不再想入非非,不再挣多少花多少,就这样,他变得越来越富有。他早已摆脱了场主的控制,并且自己成了一名场主。可他为何还要做轮盘赌枪手?这是个谜。只可能有一种解释,但上帝知道这种解释多有道理,就是说他这么做为的是某种名望,像一个在任何一场比赛中都力求超越自我的运动员。如果事实果真如此,那倒是件新鲜事儿,因为做轮盘赌枪手完完全全就是为了金钱。谁会脑子里想过要在死里逃生方面成为世界冠军?事实上,轮盘赌枪手如果一直做下去,死亡是摆脱不了的结局。正当人们七嘴八舌地议论说没什么新鲜之处的当儿(那些来参加我朋友轮盘赌的人只是想看一看他如何成功脱险,不是为了下赌注,因为他们越来越感觉到下赌注没有赢的可能),我朋友的一个举动,让其他的轮盘赌枪手在他面前再也不值一提,并且最终毁掉了轮盘赌这个活动。那年冬天,他通过轮盘赌界快捷可靠的情报系统通知所有人,在圣诞之夜,他将组织轮盘赌专场:

这一次左轮手枪的弹槽里将装入两颗子弹而不是一颗。

逃生的机会变成了三分之一，多场游戏之后还会进一步降低。许多知情者甚至在轮盘赌枪手死后还认为，圣诞节的这场轮盘赌真的是他的一个天才想法，后来的事情虽然更加精彩，但只不过是这个举动产生的结果而已。圣诞节的那场轮盘赌我在场。地下大厅原来是一家威士忌酒厂，仍然保存着劣质化学饮料的气味。尽管场地比我之前见过的任何一个都大，但那天夜里依然爆满，座无虚席。场地里满是熟悉的面孔，军官和画家，几个留着大胡子的神父，实业家和上流社会贵妇人，所有人都对轮盘赌的这种耳目一新的创新兴奋不已。记录板占了整整一面墙，两个身穿衬衣的年轻人站在记录板旁边，前面就是轮盘赌枪手要登上去的那个木箱。出场一段时间之后，人们才透过地下大厅里弥漫着的蓝色烟雾隐约看见他的身影。他登上木箱，接过枪和子弹，仔仔细细地开始了检查的仪式。这次比通常持续时间更长一些，因为没有任何一个人会拒绝享受摸一摸左轮手枪枪管的这种乐趣。他拿起手枪，把两颗子弹随便往膛孔里一塞，转动了一下，把枪握在自己手里。寂静的大厅里又一次传来齿轮的响声，但像往常一样，宁静未被爆炸声打破，并且刷了石灰的墙面也未溅上一片血花。轮盘赌枪手从木箱上摔下来，瘫倒在前几排人的怀里，打翻了临时搭起的小桌子上的杯子，杯子从纸包着的一卷卷的硬币上翻滚下来。我当时既紧张又绝望，像个孩子似的哭了起来，因为我像其他所有人一样，觉得轮盘赌枪手这次输定了，于是便押上了一笔对我来说数目很大的赌注，结果输掉了，这让我的情绪更加激动。我像往常一样，随着三三两两的人群走出弯弯曲曲的走廊，整个夜晚都在外面，感受郊区的宁静。一路上，我感觉看到的每个人都是那种茫然的目光。地上覆盖着一层雪，放射出刺眼的荧光，橱窗用圣诞树和银纸做的小星星装饰起来，稀稀拉拉的行人拿着大大小小的包裹，孩子们穿着鼓鼓囊囊的冬装，鼻子和嘴巴用围巾包裹起来。一个身穿毛皮上衣的女人，脸冻得绯红，把一个看上去像是男友或丈夫的人拉到陈设着女靴和丝巾的橱窗前，琳琅满目的货物在他们脸上投上绿松石色、天蓝色、紫罗兰色的影子。我回家的那条路从儿童公园旁边经过，那里总是有一群满脸抹着焦糖的淘气孩子，傻里傻气地聚在几家卖汽水和甜饼的店铺前。一个身穿厚厚衣服的老兄，在结了一层薄冰的路上拉着他小女儿骑爬犁，向我使了个眼色。他是我在另一家轮盘赌认识的一个场主。我一下子感觉毛骨悚然。

老实说，我经常打算同轮盘赌一刀两断。可那段时间，我每年都出那么两三本书，每次出书之后，我就把这个念头忘得一干二净。每次因为轮盘赌受到损失之后，我都要用出一本新书来自我恢复，然后又陷入其中。那个地下室对我们的吸引力似乎已刻在了骨子里。我现在对自己的书里充满"唯心主义的""敏感的"内容，以及曾令我自鸣得意、实则令人作呕的平铺直叙的风格而吃惊不已。典雅的思考，高贵的举止，华丽的边饰，绝顶聪慧的名言警句，还有一个无所不知的故事作家，用他那有实质或无实质内容的故事搞了成千上万个微妙的骗局。随着轮盘赌枪手重新加入轮盘赌游戏，有关他用自己非凡的人格魅力，使游戏出现了一些新变化的消息，像一股越来越热烈、越来越令人兴奋的浪潮一样，立马让我震惊不已。在又重复了两场两发子弹的轮盘赌后，他已经变得如此之富有，在整个国家工业方面投资了几十个行当，并占有股份，以至轮盘赌这个他曾经发家致富的手段，因为鄙俗而越来越被他看不起。另一方面，那些曾经拼命做他对手的狂热者一个个破产，敢于同轮盘赌枪手对赌的人越来越少，而一旦有他参与的消息，大家就会疯狂地下注赌他赢。场主和庄家们试图重新组织新的轮盘赌，但观众对于一个可怜巴巴的流浪汉拿手枪对准自己的脑袋这种无聊的方式感到厌倦,只有轮盘赌枪手还在组织赌局,但一切都变成了表演,以门票代替赌注,整场演出只有一个表演者,就像一个冒着生命危险站在舞台上的角斗士。轮盘赌租用的场地也越来越大,不像以前耗子洞般逼仄,也没有了血腥味和动物粪便的臭味,也放弃了伦勃朗①的名号。地下大厅现在被装饰着各式各样油光滑亮的绫罗绸缎,桌子上铺着荷兰锯齿形花边桌布,上面摆放着水晶酒杯,大厅里到处都是镶嵌着各种花的家具,上百个棱镜和水晶装饰的枝形吊灯熠熠生辉。喝的不是普通的啤酒,而是用各种奇形怪状的瓶子装的名贵饮品,身着晚礼服的女人们被引导到桌旁,然后好奇地望着舞台。那里有乐队在演奏,小号、萨克斯和长号共同奏出优美动听的音乐。

在我印象中,轮盘赌枪手第一次在左轮手枪里装上三发子弹时,那个大厅也是这个样子。现在他逃生的可能性与他最后一次玩这种癫狂游戏的可能性完全相等,因为故意用奢华的物品来装点轮盘赌的场所,只会增加观众对死亡来临时的刺激感而已。接下来,一切都是真实的,要多真实有多真实。的确,现在轮盘赌枪手头上打着发蜡,身穿那个时代的无尾长礼服和肥腿裤,而左轮手枪是实实在在的,子弹也是实实在在的。那么死亡的概率可想而知——比以往任何时候都大。手枪重新在所有人的手里过了一遍,每个人的指间都留下了淡淡的油味。就连最温文尔雅的女士都隐藏不住闪烁的目光,看得出她非常渴望目睹传闻中轮盘赌的最终结局:脑袋像蛋壳一样破裂,崩裂的脑浆溅到裙摆上。尽管如此,女人们依然渴望靠近死亡,她们痴迷于那些天生就有火

---

① 伦勃朗·哈尔曼松·凡·莱因(1606—1669),欧洲17世纪最伟大的画家之一,也是荷兰历史上最伟大的画家。

药味的男人，这让我不寒而栗。那些既蠢又丑的人对女人有着让人难以置信的吸引力，难怪他们时不时就拿自己的生命开玩笑。我觉得那些女人在目睹了他的死亡之后，跟她们的情人一到家，就把自己身上沾满污血的裙子像被灰尘和眼泪弄脏的纱布一样往地上一扔，会带着前所未有的激情去做爱。轮盘赌枪手走上罩着红色金银丝锦缎的木箱，举起手枪对准太阳穴，面带极端恐惧的表情扣动扳机。几秒钟的沉默过后，只听到他的身体砰的一声倒在地上。在医院梦呓了几天后，轮盘赌枪手又重新开始了他习惯的生活。但他仰面朝天躺在布哈拉地毯上受折磨的样子，让我久久难以忘却。以往，凡是死里逃生的轮盘赌枪手都会被喝倒彩，有时还会遭到那些绝望的庄家的殴打。然而现在，我的朋友却像大电影明星那样受到鼓掌喝彩。人们敬仰地围着他那失去知觉的躯体。年轻的姑娘们发了疯般地蜂拥而至，哪怕只是轻轻摸一下他，也备感荣幸。

在我的脑海里，枪膛里装上三发子弹的那场轮盘赌与后来发生的那些混淆在一起。狂妄自大的心理像恶魔一般，一步一步把轮盘赌枪手推向了幸运女神的对立面。不久，他就发布了一场装四发子弹的轮盘赌信息进而发展到装五发子弹。在六个弹孔中仅仅留一个空位，那唯一逃生的机会！游戏已不再是游戏，那些在天鹅绒软椅中就座的人当中那个最浅薄的人，既不是用他的头脑，也不是用他的内心，而是用骨头和愤怒来感知轮盘赌的奇迹。轮盘赌枪手装好子弹后，黑色的手枪又一次发出断断续续的狞笑声，六角形的枪膛因为装了子弹而变得异常沉重，最终，击发装置停在了唯一的空位上。随着冷酷无情的扣动扳机声，在一片神圣的静谧中，轮盘赌枪手再一次瘫倒在地。

现在我围着毛毯坐在写字台旁，依然感觉到刺骨的寒冷。写下这些文字的时候，我的房间，我的墓穴在浓浓的黑雾中迅速游动，让我感到一阵阵晕眩。我整夜躺在床上辗转反侧，仿佛一只无力的袋子，装着冒着热气的骨头。屋子外面什么都不存在，无论你走得多么遥远，无论你走向什么方向，无论你走多长时间，四周都是沥青般浓密的黑雾。轮盘赌枪手是我的赌注，他本该成为一块面团，可以用来重造世界的松软面包。否则，所有一切，假如存在着一个所有一切的话，就如同扁圆形面包那样平淡无味。但是假如他存在过，确实存在过——这就是我的赌注——那么世界就存在着，我就无须被迫闭上眼睛，并凭着一身起皱的皮囊和血红的骨肉，就这样随着永恒继续前行。我的这个故事就像一个破破烂烂的鱼缸，而我和他就是鱼缸里面相濡以沫的两条鱼，两条半透明的鱼儿，一游动就看得见心脏，身后还拖着一条细细的粪便。一想到鱼缸即将破洞，我就感到害怕。为了上帝，让我尽力吧，尽管我已经半截身子入了黄土……

　　那几年的时间，轮盘赌枪手就像是抓住了天使的衣服一样幸运，几经颠簸之后，他终于走上了人生的巅峰。但就在这时，夜幕降临了。上帝让他变成了残疾，并且让他之后的人生完全变了样……那天晚上进行了最后一场轮盘赌，全城的达官贵人都聚集在屠宰场地下室的巨大冷库里。大厅的装潢显得比较怪异，与暴发户们以前所习惯的那种耀眼的奢华不同。我不知道是谁的直觉或者反乎常理的模糊记忆导致了那种怀旧般的混杂，导致了那种淫乱与雅致有点反常的混合，其效果可比仅仅几个月之前的奢华要强烈得多。乍一看，除了大厅的面积变大了之外，你会觉得仿佛置身于轮盘赌刚出现时寒酸的地窖里。墙壁上到处都是乱涂乱抹的色情图画，以及用炭笔写下的潦草文字，但如果你多少有点艺术修养的话，你会从画中察觉到美学上的考究，以及一位大艺术家的严谨和艺术感染力。这个艺术家的名字，出于显而易见的理由，我还是不提为好。名贵木材做的茶几刷满了金粉，模仿的是昔日庄家们坐的装沙丁鱼的木桶。水晶啤酒杯那微绿的色调和人造的残缺，惟妙惟肖地模仿着廉价玻璃杯。昏暗的荧光灯散发着火把一样的微光，大厅里弥漫着蓝色的烟雾，带着麝香的芳香，很容易就引起一种思乡之情。大厅前面的台子上，有一箱刚运来的柑橘，上面还写着一家阿拉伯公司的名字。大厅里，满是被这场神奇的轮盘赌吸引而来的人，有身穿阿拉伯特色带风帽的白色羊皮长袍的石油大亨，有电影明星和当红的歌星，有身穿笔挺西装的实业家，在领口处装饰用的纽孔上别着石竹花。每一位观众在入口处都要用一条丝带蒙上眼睛，入场后才能取下。虽然令人生厌，但不谦虚地说，那天晚上，我吸引了周围那群麻木不仁的人的眼球，成了场上的明星。我的书从来没有得到过这么多的关注，大家都说我的书变得越来越厚并且越来越符合他们的胃口：典雅，对，首先是典雅，然后是格调高尚。评审委员会在授予我国家奖励时这样说："鉴于其书籍典雅和崇高的人性，为其完美掌握并富于表现力的语言。"

  当轮盘赌枪手身穿那些颇具品位模仿褴褛衣裳的古怪的毛料布条出现在大厅时，当打扮成庄家的赌场主打开夹在胳膊下面带进来的盒子，取出一把象牙手柄、枪管锃亮的绝妙的温彻斯特式连发手枪（现在为私人收藏）时，我们都屏住呼吸，不敢相信将要发生的事情竟然会是真的。因为，轮盘赌枪手几周之前已经告知，下一场轮盘赌他将把六发子弹全部都装进左轮手枪！从一发增加到五发子弹，即使如此已经令人难以置信，而现在则疯狂到连一丝逃命的机会都不再保留，所有人都认为，这一次轮盘赌枪手真的是必死无疑了。验子弹和左轮手枪的过程持续了足足几个小时。当子弹和手枪重新回到轮盘赌枪手手里之后，他便登上了属于他的那个箱子,把手枪握在手里,就像握着骰子一样发出哗啦的响声,然后把子弹一发一发地装进弹槽,手掌猛地一动,弹槽转回枪内,赌局即将开始!我记得,即使有人在我旁边耳语,枪膛内的齿轮声依然听得清清楚楚。轮盘赌枪手面部抽搐了一下,那惊恐的眼神只在那些生命垂危的人身上看到过,他举起手枪对准脑门,观众纷纷从座位上站立起来。

　　我紧张地凝视着他,感觉头上的血管都膨胀起来了。我看见左轮手枪颤抖着慢慢抬起。突然之间,一股巨大的震动感传到了大厅内,我感觉脚下的大地在逃脱,我还看到了轮盘赌枪手从箱子上瘫倒下来,手枪开枪时恐怖的响声、女人的尖叫声以及玻璃瓶打翻在地时发出的破碎声混杂在一起。在这封闭的空间里,人们惊慌失措,互相踩踏着拼命向外拥去。混乱的局面持续了好几分钟,整条整条的街道满是砖石瓦块和歪七扭八的钢筋。就在出口处,一辆脱轨的电车冲进了一家家具店,橱窗被撞得粉碎。一小时之后,又开始地震了,比第一次弱一些。那天夜里谁还敢待在家里?我们在街上转来转去,直至晨雾把天际染成白色。路面落满了从坍塌的建筑物里飘落下来的灰尘,那时我才想起,可能轮盘赌枪手还被遗弃在地下大厅里,我得返回去看看他是否还活着。回到大厅,我见他躺在地上,几个人在照看着他。他的一条腿从臀部脱臼了,疼得直喘气。左轮手枪在他身旁,还散发着火药味。枪膛里还有五发子弹,第六发子弹在大厅一面墙壁上靠近天花板的地方留下一个黑洞。我拦下大街上的一辆汽车,把我的发小送去医院。他恢复得很快,又活了一年,只是人变得一瘸一拐。那天晚上之后,轮盘赌从所有人的脑子里消失了,就像我们忘记任何一件我们刻意做得尽善尽美的事情一样。战后较为年轻的一代代人没有领略过那些奥妙。我只是还想做证——但对你,谁也不是,对任何人,对你,什么也不是。

从地震那天夜晚起，轮盘赌枪手就从大众的视线里消失了，像往常一样，他身后留下的是一连串掩饰不住的丑闻，似乎是再没有想过轮盘赌。

我这一天竟然连一页文字都写不出来，两条腿和腰都疼痛不已，手指、耳朵、脸皮也在疼。将来会怎样，死后会怎样？我想，经过了这件事之后，我要开始一种新的生活，现在是理想状态的开始。我既然存在，就应找到确保自己持久存在的一种手段。我将转变成无限复杂的其他什么，否则将是荒谬的，况且我也看不到在世界的设计中还有荒谬的一席之地。数十亿个银河系，不可感知的各种场，最终，这个像一个光环那样围绕着我脑壳的世界，假如无需我完整地去认识，去占有，去成为它，那它也就不可能存在了。昨天夜里，我蜷缩在被子里，突然产生了这样的想法。我们刚刚从一个长圆形的，血红血红的，猥亵得令人难以启齿的肚子里生出来。我以一个奇怪的转身动作，飞快地从肚子里出来，后面留下一道道眼泪、淋巴液和血迹。夜里我像螺丝那样缩成一团，突然间，一个巨大的光芒万丈的上帝，从黑夜的边缘迎面向我走来。他如此巨大，让我无法感知，也无法理解。我朝着他巨大的胸膛走去，而他表情严峻地向上溜走，在我视野的边缘消失。不一会儿，我又看见了他，并且滚动着穿透了他胸前巨大的黄色光芒在他无边无际的肉体里航行很久，我终于从他的后背出来了。在飞走之际我向后看了一眼，看到了巨大的上帝面朝下向左坠落下去，他慢慢变小并消失，在那无边无际的黑夜中，我又成了孤家寡人。不知道过了多久（但我称之为永恒）之后，在我的视线尽头，另一位一模一样的巨大的上帝站起来，我也把他穿透，突然向前闯进虚空。然后，上帝一个接着一个出现，形成一个越来越长的链条。成百上千个，都是面朝下，一会儿向右倒，一会儿向左倒，就像一条巨大的火焰拉链。我飞翔着拉开拉链，揭示出真正上帝的胸膛，其轮廓比世界上任何东西都更加雄伟壮丽。我转动着，被他的光烧成了炭，我飞得尽可能高，这样我看到了他的全貌。他是何等漂亮啊！毛茸茸的胸膛，简直就像公牛，有两个女人般的乳房。看起来很年轻，头上戴着编成几千个发辫的火焰，肥臀掩藏了有男子气魄的强大男根。全身上下，从头到脚都散发着光芒，半睁着两只眼睛，面带恍惚的表情和伤心的微笑，而心脏正对着的左乳房下，有一个吓人的伤口。他的右手姿势优雅地拿着一枝红玫瑰，仰卧着飘浮在那个满满包容着他的空间里，而这个空间似乎也被他所吸引、所充满……我在我的房间里醒来，身边是冰冷的家具，衰老的感觉让我欲哭无泪。我曾想过把收集在此处的写着无聊内容的纸张统统扔掉，可我这个写了一辈子文学的人还能干什么呢？要怎样做，我才能在纸上书写那种摆脱了艺术契约束缚的真实的文字呢？我竭尽全力鼓足勇气承认：无论如何都办不到！我一开始就知道这结果，但我以食肉动物的狡诈，隐藏了我的游戏、我的赌注、我的打赌，规避了你的目光。因为归根到底，我赌的还是文学。在我患受虐狂和帕斯卡似的推理中，我采用的一切，恰恰都像在与我作对。这就是我的全部推理，这就是使我进行到底（只有我知道付出了多么大的努力）的故事：我所了解的轮盘赌枪手。我一点儿也不怀疑这个故事，尽管像他这样的人是不可能存在的，可他毕竟存在了。看似不可能的事情在一种情况下是可能存在的，即虚构中，也就是说在文学里。在那里，逻辑是可以违反的，可以出现一个比想象中更强大的人。轮盘赌枪手不可能在我们的世界存在，这是一种说法，即他所生活的世界是虚构的，是文学世界。我丝毫不怀疑，轮盘赌枪手是一个人物。那么我也是一个人物，我会因此而欣喜若狂。因为人物是永远不死的，只要他们的世界被"阅读"，他们就多少次地活着。古希腊瓶画上的牧人就算永远亲吻不到自己的情人，但他至少会永久地望着她。这就是我的赌注和我的希望。我衷心地希望和轮盘赌枪手一样，我也是一个故事里的人物，虽然我已经八十岁了，但我永远不会死亡，因为我并没有生活在一个现实的世界。或许，我没有生活在一个有价值的故事里，或许，我只是个次要人物，但对一个到了生命尽头的人而言，任何前景都比那个永远消失的前景更可取。

为什么轮盘赌枪手总是能神奇地逃生，人们曾经做过几百种设想，可以再加上一条，至少总比其他的设想更严密一些吧？轮盘赌枪手我从小就认识，我知道，事实上他不是一个幸运的人，相反，他从小就是个超乎想象的倒霉蛋。就连只需要一点点运气的那种最最普通的小孩子游戏，他也从来没有享受过一次赢的快乐。从玩弹球到赛马，从投掷马蹄铁到打扑克，似乎命运总是把他当成一个小丑，常常以挖苦的目光看他。因此对他来说，轮盘赌是一个巨大的机遇，并且令人惊诧的是，这个头脑简单的人竟然还有双面手段，像一个蝎子那样利用自己仅有的强点来刺透命运的铠甲，把永远的羞辱变为一场永恒的胜利。他是怎样做到的呢？我觉得简单来说，轮盘赌枪手把自己当作对家。当他把手枪对着自己脑袋时，他就是一个双面人：意志的一面对付身体的一面，并且想方设法想要把他弄死。每一次他都确信自己会死，所以脸上才会显露出无限恐惧的表情。但他就是那么倒霉，因此自取灭亡的念头也就只能永远遭受失败。也许这种解释不过是胡言乱语，可就像我之前所说的，你找不出另外一种更能站得住脚的解释，因为，现在所有一切都无所谓了……

我累了。我拼命地想再写一页。这将是最后的一页，因为骰子已经掷出去了，鱼缸也已准备就绪。让我把还在漏水的最后一个裂缝堵好，然后我就一声不吭并且一动不动地留在那里。只有鱼缸里那些动物的尾和鳍还将时不时地使我们热血沸腾。我怀着如此的快感期盼着那一刻，急不可待地要让轮盘赌枪手的故事善始善终。从六发子弹的轮盘赌中逃生后，他的末日很快就来到了。此后不到一年时间，在一个大雾弥漫的清晨，他从赌场回来，突然被拖进了一条他时常走的杂乱不堪的小巷里。一个还不满十七岁的少年用左轮手枪对着他的脑袋向他讨钱。几小时后他被人发现时，人已经死了，身旁是那倒霉孩子连指纹都还没来得及擦掉的那把左轮手枪。尸体上没有任何伤痕，法医鉴定为心脏病突发致死。况且，左轮手枪并没有发射过，枪里也没有一发子弹。同一天，那个年轻人被找到，他藏在朋友那里。一切真相大白，动机只是图财，假装开枪仅仅是为了吓唬他。被袭击的那个醉汉十分害怕，重重地瘫倒在地，年轻人吓昏了头，扔下左轮手枪逃之夭夭。因为没有亲属，好像也没有人认识他，轮盘赌枪手被匆忙埋掉，坟头插上一个木制的十字架。

  这样吧，我用我的文字当作十字架和盖尸布来结尾，像拉撒路一样，亲爱的女读者，当我听到你那铿锵有力且清脆的声音时，我期待起死回生。为使墓碑有一个墓志铭，为了让天空阴暗下来，我以我所如此热爱的艾略特的诗句作为结尾：

    主啊，你把和平赐给那个已经八十岁
    却在大地上没有任何未来的以色列吧！

（张志鹏译）

女孩诗人瓦西里斯卡的故事

罗波悬挂在那五颜六色的风筝上,倾听铃兰草场上的隐士说话,尽量做到有礼貌不打哈欠。某人正从覆盖着骨头的草棚里惊奇地注视着他。那是瓦西里斯卡,她是一个非常年轻的女毒龙。她仔细品味着陌生者的话语,力图做到牢记于心,她曾以同样的激情把古老的战歌倒背如流,并且曾怀着同样的激情望着田野上那些美丽的昆虫。她如饥似渴地把宽广世界的景象与色彩、声音与微风、消息还有想象中的奇迹美妙,统统都收集到她那王室宝库一样宽广的心灵里。尽管这些奇珍异宝使瓦西里斯卡兴奋不已,但悲伤却总是挥之不去。

当她还是个小女孩时,就觉得自己同爸爸妈妈和兄弟姐妹不同。她从鼻孔里喷出的小小火焰,就像一颗小小的粉红色糖果,她的心灵也从不鼓动她去干血淋淋的事情。自从她在隐士家出生之后,隐士的所有亲属都对她唯恐避之不及,左邻右舍也不像从前那样光顾。不仅如此,全家对她也不信任。小家伙伤心地想着,一定是爸爸像往常那样漫不经心,在给妈妈施魔法时竟然连"快逃啊,快逃啊,女毒龙诗人,女毒龙诗人"① 这样的咒语都忘记了。只有这样才能解释她每次走出那简陋的小屋去铃兰草场时,为什么总是那样胆战心惊,为什么她对那些蓝色带黏性的花朵爱不释手,而她的哥哥们却只知狼吞虎咽地吃这些花朵。七岁时,她第一次感觉到下巴上有一个透明的嫩芽,对此她毫不吃

---

① 神话传说里,诗人是指用下巴驱赶星星的不幸者。

惊，只是心中默认了这个命中注定的结果：毫无疑问，她就是个女诗人，一个用下巴驱赶星星的苦命者。在任何长着獠牙的正直毒龙看来，她就是个丑八怪。以前是女毒龙诗人，永远都是女毒龙诗人。

只有对父亲——和蔼可亲的隐士的爱，给了她忍受周围所有人的讥讽和辱骂的力量。这是一个不修边幅的老者，全身长满歪七扭八的鳞甲，缺少六颗犬牙。蓝色的舌头常常从犬牙脱落的窟窿里伸出来，情意绵绵地舔舐自己的女儿，伤心地叹息：

"瓦西里斯卡，我的乖女儿，神仙们赋予你的负担太过沉重了。你可要勇敢啊！要不然情况还会更糟。你看你这个小家伙都已经弯腰驼背了，你姐姐们的乳房却长到了后颈上。你也会和其他所有人一起吃那些苍白的蛀虫，而我是不会因此生出怜悯之情的。"

可她无法忍受那些母毒龙特别是那两个公主带给她的屈辱，她们给她起了绰号叫克胡法①，还有"小胡子"。于是，一天早晨，瓦西里斯卡决心离家出走。她把三只干蛀虫、六对香料、十二件东西（带有装爬行动物尾巴口袋的长袍、九套日常穿的披风、四件披风礼服、十个鼻环、二十六个前脚爪指环，还有将近六十个后脚爪指环、两个涂唇棒（用一种非洲肉豆蔻制作的小棒，皮肤碰到它就会起黑疣）打成一个包裹，肩上带着她的小宠物——一个幸福得不时打呼噜，睡梦中还不住摆动触角的女妖。

"皮希娜，"一离开老家消失在树林之后，年轻的女孩就对女妖说，"你知道我心里面装着什么吗？就连我们头顶上悬挂着冰凌的广阔无垠的苍穹都让我感到非常压抑，这个世界如同石壁一般挤压着我啊！我对所有那些肩上扛着狼牙棒的野蛮同类感到恐

---

① 传奇诗人，她的名字是带有侮辱性的。——原注

惧，我对他们的自吹自擂感到恶心，对他们那些关于可怕的美男子和残忍的皇帝们的老掉牙的故事感到厌烦。皮希娜，我想要去的那个地方，能让我亲眼看见与我类似的其他生物，如果找不到，我就倒在路旁结束我的生命。"

皮希娜伤感地晃动了一下小爪子，用她那带毒刺的柔软的尾巴温柔地抓挠女主人的后颈。她们认真地走了很久，饿了就抓一只肉质肥美的小动物充饥，赶上哪儿就囫囵睡哪儿。她们经过火焰直射苍穹的火山，骑在善良的母马背上横跨一个个水银湖泊，碰见了昔日闻名遐迩的要塞废墟。在大石块和成堆的巨大横梁之间，瓦西里斯卡朗诵着令她心醉的英雄之梦。她越是热情奔放地朗诵，就越发感觉下巴上钻出嫩芽时的疼痛，但又有一种说不出来的甜蜜。那个嫩芽初次绽放出它那娇嫩的花序和奶油咖啡色的薄花丝。女孩徒劳地仰望天穹，天穹虽然拥有各种各样的钟乳石和矿花，但一点都不显露出来。

她们已不再指望找到容身之处了，筋疲力尽地穿过一条液体硫的小瀑布之后，隐约看见远方有一个地方像铜一样闪闪发光。

"是一个铜矿，"女妖用触角触摸着年轻女主人的前额，语速飞快地说，"哪里有矿，哪里就有毒龙。你不要忘记'来了就是客'的规矩，他们会欢迎我们的。"

瓦西里斯卡没有忘记这个，那个世世代代拥有矿产的毒龙家族，带着十分的不情愿，放弃了吞噬打老远就看见的瓦西里斯卡的念头，因为他们原则上不吃同类。他们一个个都长着一副野蛮人的嘴脸，总为了那两根狼牙棒和地窖里的那唯一一个女人——美丽又善良的林中仙女而争吵不休，他们把瓦西里斯卡留在林中仙女处过夜。后者对长相丑陋的瓦西里斯卡感到害怕，后来她确信她很友善，甚至也敢伸出她那戴着戒指的纤细指头去摸一摸她的后背。她们蜷缩在一个小屋子里的干草上，因此两个年轻人之间很快就建立起了真诚的友谊。瓦西里斯卡发现林中仙女漂亮——因为她不可能不漂亮，按照上面那些可怜虫的标准——名叫伊莱亚娜，像所有其他的仙女一样。

"这些狗毒龙，把我囚禁在这里……"

"对不起，他们不是狗毒龙。"瓦西里斯卡打断她。

"啊，对不起，我经常说话不得体。我知道你也是……"

"我说的不是这个，但他们不是狗毒龙，是地道的毒龙。完全不是……"

"看怎么说吧，还是一些狗东西……"

"不好意思，"瓦西里斯卡开口说道，但不接话茬，"你为什么这么说呢？"

"这些没教养的家伙已经把我扣留在这里三年多了。我就靠吃蛀虫和喝有铜臭味的水活着。我一想到我肚子里将要怀上他们那肮脏爱情的果实就害怕。我曾想过拿鞋带上吊一死了之，可他们从爸爸那里把我偷来时我是赤脚。我们都是被他们直接从池子里偷来的。"

小女巨人灵机一动，想出一个好主意，通过心电感应传递给皮希娜。她飞快地用触角碰了一下瓦西里斯卡的前额，表示赞许。

"伊莱亚娜，你告诉我，尽管你很为难，毒龙们到现在为止对你施过魔法没有？"

"谢天谢地，他们之间为我而争斗。只要他们当中有谁接近我的囚室，其他的人就会把他给揪回去。现在他们任要为了我去毒龙的母后那里评理。我的命运很快就会有个了断的。"

"我来教你破咒口令怎样？"

"瓦西里斯卡，我亲爱的，"林中仙女一下子跳了起来，"如果你为我这样做，我就告诉你一个天大的秘密。"

起誓发愿过后，小女巨人贴着她耳朵悄悄告诉她魔术。然后她们相互搂抱着入睡，小女巨人的呼噜声像柴油发动机的响声。

　　第二天，那三个毒龙去评理。三天之后，一个靠讲道理独自满意而归，裁定他获得了胜利。他首先在手里掂量一下父亲仅仅为他留下的那两个名字，然后往天上一扔，用手接住，把它们挂在了墙上。他整理好了额头上翘起来的一片鳞甲后，便坚定不移地向关着林中仙女的铁笼子走去。

　　到现在我们都没有机会更详细地说一说魔法，它像诅咒一样，是毒龙脑子里一个非常重要的功能。像所有牲畜一样，公毒龙没办法与母毒龙或人类中的女性交配，他们在头顶上脑壳下面，有一个形状和大小像李子那样，并且颜色金黄的脑部位，用以施展魔法。借助这个，它们可以在雌性的头脑里设计出任何一种心仪形象，然后拿世界上的各种彩带、边饰和款式来招引。当母毒龙、公主或美丽善良的林中仙女接受了想象中的东西时，就突然感觉到肚子里有一个剧烈疼痛的旋涡，从那一刻起她们就怀孕了，因为对抗魔法是非常非常困难的！

　　那个叫沃拉这样可爱名字的头部长满犄角的毒龙狞笑着，挤眉弄眼地走近伊莱亚娜，跟她悄悄耳语：

　　"亲爱的，你猜一猜，我从集市上给你带来什么啦？"

　　"能是什么呢，会是什么呢？"伊莱亚娜装糊涂。

　　"倒也算不上什么，不过是一件梦幻般的红色法拉利而已。"

　　"是吗？你就放在你口袋里吧，跟我有什么关系？"

　　"不尽然，就在你的后背上，公主！"

　　伊莱亚娜往后背一看便屏住了呼吸，因为的确是一部传说中的车篷可拆的红色高级轿车，灰色皮坐垫，亮闪闪的角质方向盘，轮盖明亮如镜。伊莱亚娜打开车门坐上去，与其说坐不如说是深深陷进柔软的坐垫里。发出叮当响声的钥匙启动了车子，收音机开始工作,从音箱里发出爆炸性的音乐。她只要关上车门,松开离合器就……

"傻瓜,口令!"她听到了嗖嗖的细语声,比毒龙的声线还高。

"瓦西里斯卡,可是这种东西却之不恭,那可是我……"

"口令!立刻!魔力就到了!伊莱亚娜,你注意:五……四……三……二……"

的的确确,从毒龙歪歪的脑壳里发出一个橘红色的旋风,像一颗急速飞行的彗星,后面拖着一条嗖嗖作响的尾巴。精子直直地冲向伊莱亚娜的肚子,她来不及眨眼,拼命叫喊:"这样说来,你喜欢行魔法啦?那你就自己施展魔法吧,可要省着点儿啊!"

转眼之间,像一颗塑料糖果一样,那辆锃光发亮的豪华轿车消失不见,林中仙女一屁股倒在坚硬的土地上。沃拉一下子感到很愕然,脸一会儿红、一会儿白、一会儿变得发紫,气得头都要炸了,因为他从未受过如此羞辱。姑娘们互相拥抱起来。

"你可要知道,如果波尔斯凯在的话,我就不会在乎肚子里的那个小毒龙了。但其他姑娘倒过霉!"

"好在波尔斯凯不在,现在就兑现承诺吧!"

林中仙女说完笑话,脸变得严肃而神秘起来。她把女毒龙拉到一旁低声耳语:

"你知道这个世界不只是这个可怜的洞穴吗?你知道上面某个地方有一片蓝蓝的天空,还有太阳以及满是鲜花的草地吗?你知道还有缀满石榴和无花果的树木吗?你知道有布满树林的丘陵和山峦,有纯净的甘泉,牲畜在那里可以无比悠闲地饮水吗?你知道那里的天空中飞翔的可不是这样一些令人讨厌的灰白色的鸟,而是色彩缤纷的蝴蝶和会说话的鹦鹉,并且随时准备落在你肩上吗?啊,瓦西里斯卡,你若是没有看见过我的世界,上面世界，上面的那个神创造的奇妙事物，你可就虚度此生了！"

"旧梦说……"瓦西里斯卡刚想说点什么，伊莱亚娜像鬼魂附身一般继续说：

"不能说出来。只能用你的眼睛观看夏日云彩的祝福与布满绿色岛屿和船只的海洋的祝福。白天的魔力以及夜晚的魔力，瓦西里斯卡，休息和爱的夜晚的魔力！当麦田和城堡上空的月亮变圆之时，当夜来香开始散发出芳香，当繁星宛如一支镶着钻石的大军冲向苍穹时，像一百万个头顶上都戴着火圈的女性舞者……看吧，这就是我的报偿，我赠送给你的礼物：你会发现，离这里不远的地方有一个梅尔称之为凯尔特的人，这位杰出的诗人在指导他。你告诉梅尔：我，伊莱亚娜现在就把容貌赠送给你。"

尽管伊莱亚娜全身布满金黄色的毛毛，还有一双奇异的蓝色眼睛，但在改变面貌的时刻，瓦西里斯卡不仅觉得伊莱亚娜不那么丑陋可怕，甚至觉得她变得美丽了。她几乎不再听林中仙女说话了。因为林中仙女曾经同她说过，古代传说里也说过，但她总认为不过是一些美丽的谎言而已。第二天，林中仙女朝着那个通向她父母城堡的、相反方向的出口出发了，瓦西里斯卡同她告别之后，肩上扛着女妖，沿着一丛丛发着荧光的苔藓中间的蜿蜒小路走着。她们走了许许多多个日日夜夜，直到看见远方黄铁矿的闪光。在路的尽头，有一个非常宽敞的圆圆的窑洞，在一堆堆发光的矿石周围，坐着差不多二十个雄毒龙和雌毒龙。那些长着犄角的雄毒龙看上去很特别，它们属于另外的物种，都是一些下颚长着长长的直指苍穹的冰凌的毒龙诗人。梅尔亲自迎接她们，长谈中，他们对年轻的瓦西里斯卡的才华和学识没有丝毫怀疑，欣然同意把她接纳到大家庭之中。这样，她结识了祖尔、希尔德加德、邦巴斯还有……（那个默默发誓并在沉默中为自己起名的毒龙）。她听着他们唱着那些居心不良的歌曲和他们之间的嘀嘀咕咕，分享着他们的趣味和价值。几周之后，她那些简短的诗篇开始在毒龙诗人们中间广泛流传，或被赞赏，或遭嫉妒。她对邦巴斯的施魔企图颇感奇怪，一开始他的颌骨结晶器官就让她感到极为滑稽可笑。她不太在意这个，因为这是她有生以来第一次置身于相类似的生物中间，对此已颇感荣幸。

一天夜里，诗人们似乎接收到一个看不见的信号，全部站立起来，排成一长串默默无声地走向出口。瓦西里斯卡这才发现，支撑着东面那堵墙的那块巨石距他们竟然如此之近。他们围在巨石周围，念着咒语，用带树皮的苹果树桩打开了通向新世界的窗户。

窗户布满繁星。他们跨过门槛走了出去，因为所处之处地势高耸，他们仿佛被星星所包围。空气浓烈而甜蜜，黑夜深沉而芳香，瓦西里斯卡陶醉在美丽的景色之中，同其他所有毒龙一样，她仰望着那无边无际的苍穹。为什么她在愚昧之中过了一生？为什么她的年华在地下虚度？面庞被繁星照亮，因接受了星辰清凉的酒气而激动不已的女孩放声歌唱起来。

第二天，美妙神奇的天色刚破晓，瓦西里斯卡平生第一次看到了她一直所寻求的，我们——毒龙和人类都在寻求，并将永远一直寻求的：清澈、柔媚、透明和无穷无尽的光。

（张志鹏译）

黑 海

一

我十二岁时去康斯坦察夏令营，头一回看到了海。当然，我从电视里的儿童节目《瓦尔沃尔德日船长》里看到过大海，一艘小帆船像小道具一样在海浪上摇晃，大海一点儿都不蓝（电视仅仅是黑白的，屏幕才巴掌那么大）。我曾一口气啃完了拉杜·图多朗那本五百页厚的《扬帆》，由此知道了大海；书中那艘船叫希望号，是一艘穿过大洋直到沃尔帕莱索和处女角的百吨级纵帆帆船。我从这本书里知道了什么是纵帆帆船，什么是双桅横帆船、三桅战舰；了解了前桅、舱口、舱盖、缆绳、左舷、右舷、舵轮、后桅驶风杆，甚至计程仪这样的词（只是我不知道该怎么发音）。我梦想当一名在南十字星座下漂浮着的帆船上的小水手。

我的父母从来没有见过大海。我的爷爷奶奶都是农民，他们也没见过大海。也许我们家族从没有人见过大海，也许我命中注定要第一个看到大海。也许我们家族祖祖辈辈想看大海的愿望一代又一代地传了下来，就像黑色的细线条通过蜗牛的小犄角那透明的肉向上趴着，为的是到达顶端时变成眼睛。我的父母和祖父母不知道大海的颜色，就像我们在红外线中看不到任何颜色那样。瞧，这次我可要大开眼界了。

我跟几十个不认识的孩子一起坐在公共汽车里，一路都沉默不语，但激动不已：我就要看见大海了。它会是什么样子呢？我不知道。无论如何，跟这个世界上任何一个地方都不一样。我知道有独角兽，我也知道有大海。一个软玻璃似的怪物，长满绿蛇般的毛发。我想着拖网渔船、牵引船、双体船，想着遥远的岛屿，想着除了水之外任何东西。我想象中的海跟水没有关系。当经过一个个陌生的村庄，沿着看不到尽头的铁路行驶时，我看见了我那瘦小的脸反射在公共汽车车窗上。天空很大，但不如我想象中的大海那么大。在天空的肉身上，树木就像天空的内脏器官一样在抖动，刷了油漆的电线杆上，电缆吱吱作响。我们还从长满罂粟的田野旁经过，透过车窗望去，干燥的天空中有许多鲜红的斑点。

  我沉浸在对大海的思绪中，突然之间看见了大海，却没有认出。我仿佛看见了什么，情不自禁地屏住了呼吸，可我觉得那不是大海，却又不知道它究竟是什么。就像你刚出生时，连脐带都还未剪断，你一睁开眼睛，就看见一道吓人的光线向你袭来，你不知道那是光，也不知道那是什么，你脑子里还没有什么概念，也不会看见什么。随着距离变近，我们在楼房之间隐约看见了什么，是一个闪闪发光的蓝蓝绿绿的透明带状物，一直爬到四层楼，所有楼房都有一半陷在那条带子里。海！海！孩子们叫了起来，所有人都拥到汽车的左侧，塔拉萨！① 塔拉萨！

  大海怎么会浮起那么高呢？真了不起！是谁把它直直地建造在那里的？是谁让大海仿佛站立在蓝宝石般的墙壁上？我想象着住在海边四层楼上的孩子们，可能他们的妈妈每天都会对他们说，千万不要用手指头在天边的那条线上划来划去，千万不要在那条闪闪发亮的刀刃上拉口子，不要让他们的血同大海混在一起。

  我们很快就到了夏令营，住在一幢就坐落在海滩上的房子

---

① 塔拉萨是古希腊神话中海洋的化身。

里。从卧室的窗子望出去,我们看到大海矗立在我们头上,似乎被截断了一样,就像科技博物馆里的发动机。透过大海闪闪发光的透明肉体,我们看到了黄虾虎鱼,为了让我们看得更清楚,它们也是被截成一段一段的。还有吐着气泡的珍珠母和海豚,我们可以看见它们跟人一样的心脏和肺。海面上,一艘艘的轮船也是一节一节的,轻得像纸片,在剃须刀一样锋利的波峰上漂浮着,就像用轻质木条搭起的风筝坠落在大海的绿色金子里。

后来,我每天都在海滩上的阴凉处捡拾暗黑木头制成的小鬼、扇形和三角形的贝壳,还时不时地进入黑黑的水母体内,像神话里说的,一个怪物吞下你,为的是千百次优雅地吐出来。我在海边变黑了。夜晚,大海的呼啸让我们彻夜难眠,我们三三两两地走到海滩上,沉着地向海的深处走去,一直走到源自月亮的那条光焰道上,直到看见海堤尽头亮着灯光的灯塔才返回。有一个小伙伴星期四夜里就沿着火道走了,下个星期一才回来。他到了地平线并且从那里瞭望。他看到了那些星球在巨大的空间里围绕着宝石轴承转动。

夏令营一结束我就回家了,我再一次坐在我的座位上,一路上都沉默不语。父母在校园里等着我,但我觉得他们就像两个陌生人一样。黑夜里,我们三个人在一座座房舍之间漫无目的地走着。月亮寸步不离地跟随着我们。月亮很大,月光照在我们身上,把令人烦恼的影子拉得长长的,如同把受刑者拖上受刑台。回到家,我觉得我们那套房间就像是地里挖出来的一个耗子洞。我在浴缸里哭了好几个钟头。我的父母头贴在浴室门上,听见我抽噎着,眼泪滴到了浴缸里。我觉得我跟父母是完全不同的两类人了,因为我看到了大海而且活着回来了,而他们却是一堆破骨头、烂草根和干泥巴做成的人。

二

　　多年以后的一个冬天,我去康斯坦察参加一个婚礼。我一个当警察的亲戚的亲戚娶媳妇。婚礼十分热闹,可我呢?您把卡夫卡派来参加婚礼,您让他坐在一个身穿绿色金属或玻璃碎片一样的衣服的女会计和胖胖的、脖子通红并且长着一双牛眼的新郎官的同事之间的凳子上,您在他面前放上香肠、奶酪和橄榄,您往他杯子里倒上汽油味的李子酒,您让他在那儿一动不动地待上十个钟头。因为拉手风琴那位的领带是用金色鱼鳞做的,就让他去听那些情敌因嫉恨而死的吉卜赛歌曲。让他观看怎样耍弄托盘上一只嘴上叼着烟卷,尾巴上插着一根胡萝卜的母鸡,怎样拿独轮车耍弄公公,怎样把新娘偷出来带到院子深处的雪堆中间,她那像母马脊背那样光光的后脊梁上怎样冒热气,醉得一塌糊涂的新郎官怎样把新娘弄回来。然后您再让他心平气和地看一看他旁边的那个女人——连牙齿都涂满了口红,桌子上的许多空酒杯上都留下了红色的痕迹——怎样从桌子上抄起一瓶"奥维德"牌白兰地,用手指头啪啪啪地使劲儿拍着画得很不像诗人雕塑的商标,一个劲儿地尖声问:"这是谁呀?"然后一个声音浑厚地答道:"奥维德!"回答的恰恰就是诗人本人,他是从他的冥府,从挨着他的荷马、维吉尔和贺拉斯,以及从阿那克里翁,还有那些未洗礼的孩子长眠的星球的边缘处回答的。女人歇斯底里地喊叫起来,这一次她说的是:"进来吧!"举起酒瓶,一仰头一口气把那瓶油乎乎的白兰地喝了差不多四分之一。卡夫卡的那位女杂技高手在舞台上,骑着佩戴着盛典专用马具的马,足足旋转了十小时,这期间,游廊里的年轻人一直都双手托腮低着头。

　　第二天,因为难得来康斯坦察一趟,我还是冒着可怕的暴风雪去了一趟老城。我一想起康斯坦察,脑子里总会浮现出那些歪歪斜斜的街道，那些因散落着清真寺而更加歪歪斜斜的街道，那些蹲在街角刷了粗白灰的"墙根下"抽水烟袋的上了年纪的土耳其人，那些寒酸店铺里卖的肉饼、葵花子糖和桃仁卷心糕点上爬来爬去的苍蝇。你吃桃仁卷心糕点时，浓浓的核桃仁蜜汁直流到袖子上，你不只舔手指头，连整个胳膊都舔，因为你连一滴汁都舍不得放弃，就算它已经凝固成颗粒。那些店铺现在全部关掉了，现在是八十年代，所有城市都已经死亡。用桃仁蜂蜜等做的糕点没有了，水烟袋没有了，土耳其人没有了，屋子里既没有电，也没有暖气。我走在彻底荒凉的街道上，走在风儿呼啸的长廊里，暴风雪把我吹倒在橱窗上和门框上。四周是比我还高的一个个雪堆，我一会儿被吹到这里，一会儿被吹到那里。我低着头，睁不开眼睛。我的头发和眉毛上都是一根根的冰针。低矮的房顶上飘动着一缕微弱、虚幻的光，是一缕不祥的北极光。

　　我茫然地走了许久，我对市里不熟悉，但我知道条条道路都通向那里。眼前豁然开朗，我置身于集剧场、赌场、游乐场于一体的卡希诺屋脊。它的轮廓弯弯曲曲，就像头骨长长的外星生物的巢穴，让人一见就心生不安。这是一座按照一种非人性逻辑建造起来的另一个世界的建筑。维也纳分离派风格的窗户上面，映照着令人恐怖的天空，暴风雪像一只关在铁笼里的野兽，在天空中咆哮回旋。这个像白雪女王水晶宫般娇弱而冰冷的建筑，其设计背景为海——故老相传的黑海——那个憎恶你的海。对它的害怕写在了我们的遗传密码里，如同从未见到过蛇而害怕蛇那样。而它却像是相互缠绕在一起的数十亿条蛇。我走近海边的护栏，抓住上面覆盖着一块厚玻璃的铁栏杆，栏杆下面垂着冰锥。狂风快把我吹倒了，大海在我脚下咆哮、翻腾，似乎没有任何妖魔鬼怪曾使它如此愤怒。海水黑的地方像沥青，白的地方像牛奶，退潮之后，留下一大片黑色的防洪墩，就像是一只只从地狱里探出求救的被灼伤的手臂。顷刻间，整个海底显露出来，干巴巴的，像被烧焦了、干枯了很久一样。然后，大海咆哮着向前冲，把巨大的波涛推向岸边，又被防洪墩撕扯得支离破碎，并且迅速结冰，变为像土耳其弯刀那样锋利的水刃。海水被卡希诺屋脊打碎后，在它上方形成一个柱体，恰似一个由柔软闪亮的流苏组成的孔雀尾，又像一个奇迹般治愈而吸收的肿瘤，后面拖着冻僵的海鸥和岸边连根拔起的树木，再一次把自己的仇恨、轻蔑和疯狂抛到前面。美狄亚①每年冬天都回到这里来，目的就是为了再一次亲手把自己的孩子分尸。而托米斯（黑海）这个词就是"屠杀"的意思。

十分钟的工夫，我身上的衣服就结了冰，硬邦邦的像铁皮。我用围巾把头包裹起来，我现在像诗人那样，面对着暴风雪和大海，面对着从结了冰的多瑙河方向射来的千万支箭。我的睫毛和眉毛像雪一样白。我感觉不到自己的脸，它已经被风吹得像石头一样。冰针一样的寒风以从未见过的速度吹打着我的眼睛。我忘记了自己的语言，开始学习海的野蛮语言。

在同样乳白色的天空下，我沿着同样破败的街巷返回。这一次寒风阵阵，狂风怒雪从背后推着我，把我拧在街道的来复线上，然后就像放飞一只冻僵的海鸥那样，在奥维德大广场把我释放。广场三面是或新或老的建筑，最后一面对着大海。广场中间则是奥维德，他在奶白色的底座上，趴在白鲸上，静静地待在那里。雪比两千年前下得更大，那时他是血肉之躯，还会感觉到寒冷。现在则是青铜，他那件大坎肩的褶皱里都是积雪。昔日那些

---

① 希腊神话中不幸的科尔喀斯公主，曾帮助英雄伊阿宋夺取金羊毛。后因伊阿宋移情别恋，亲手杀死了自己的两个孩子。

地方是他存放塔雷尔①、香水瓶和长诗卷轴之处,而如今则只有雪——唯一积攒下来的东西。现在他同我一样,冻僵的脸,满是冰凌的眉毛,被暴风雪舔舐的双肩。风声嘶力竭地呼啸,撞击着只剩下了空气——那已经憋了一百二十一年的空气的青铜外壳。我用戴着手套的双手护着脸,弯着腰艰难地往前走着。现在我来到他的身旁,在他的双腿处。我也将在他脚边冻僵,如同把鹅毛笔递给杰出人士的缪斯们那样。我们被两米的大理石和两千年的不幸隔开,但冰壳又把我们联系在一起。我们必将长久地连在一起,成为大海前一组木然的雕塑。

然而我那仍然能感知寒冷,却永远不会变成青铜的肉体愤慨不已,把我从塑像旁拉走。在清真寺旁,我被阵阵寒风推着奔跑。从清真寺塔尖发出的大海和穆安津②的呼唤声,如今已被狂风刮弯。我进了第一家酒馆,使劲跺了跺脚,抖掉身上的雪,在一张木桌旁坐下。酒馆里空空荡荡,竟然连服务员都没有。过了半个钟头,服务员依然不露面,我双手捂着脸,头发上的冰凌慢慢融化。

三

奥维德白兰地、奥维德大酒店、玛玛亚、奥维德光学——太阳镜平光镜和镜片、奥维德·莫伊塞摄影、奥维德·普罗代斯库微博、奥维德·科莫尔尼克,我背叛了你、康斯坦察奥维德大学、奥维德布夫尼勒、奥维迪乌罗姆——每个孩子都入学、奥维德·约阿尼佐阿亚、奥维德广场,阿德如德·奥维德寄宿公寓,

---

① 旧时一种银币。
② 伊斯兰教职称谓,意为"宣礼员",即清真寺每天按时呼唤穆斯林做礼拜的人。

奥维德市、奥维德拳击馆、自媒体影响力巨大、奥维德不动产、索林奥维德·温图是怎样到电视台地铁站的、奥维德·希蒙卡、生意：奥维迪乌同意并购第米什瓦拉足球俱乐部、布什特尼·奥维德别墅、演员奥维德、尤利乌·莫尔多万离开生活舞台、奥维德行车路线图、奥维迪乌·利班岑德利格、奥维德·布勒伊洛尤泡了个什么样的妞、奥维德·波勒伊洛市长的黑社会团伙、两棵核桃树公园的奥维德问我为什么搞个博客。"尊敬的普波留斯·奥维德·纳叟，您在黑海岸边流放，曾经历过残酷的年代。顺便说一下，我们充分理解您的沮丧。"（博客网址：WWW.Blogoree.ro/tag/Ovidiu.19k）古兹曼的奥维德平行六边形、奥维德小山羊、奥维德·韦尔德什。美国就有五百零九个叫奥维德的人。给宝宝起名时考虑名字本身的性别是很重要的。人们看到奥维德这个名字时，可能会问，奥维德是男人还是女人？奥维德这个名字的性别是什么？奥维德是男孩的名字。这个名字来源于罗马尼亚语，意思是罗马尼亚语形式的奥维迪乌斯（即奥维德）。发音近似的有奥费德、奥瓦蒂亚、奥维特、奥维迪欧、奥维德家居、奥维德瓷砖、奥维德香肠，布拉索夫国家自由党提名马内亚派的奥维德·卢苏为众议员议员，本人出售奥维德岔路口土地，生物共振——梅塔特隆——奥维德·波桑库、布朗乡村旅游食宿，"奥维德之泪"葡萄酒①。

四

像任何一个男人一样，出发去寻找金羊毛的伊阿宋，居然在科尔喀斯国的公主——索尔和齐尔切的孙女美狄亚的两腿之间找到了。别的女人那个地方是一片阴影，可她的三角地带却穿透衣

---

① 用临近黑海的穆法特拉地区最优良品种葡萄酿制的独具特色的甜葡萄酒。

服发出强烈的光束，以致她的父亲——富有的埃厄忒斯国王必须把她关在大海边一块礁石上建造的塔楼里。可是她那从韦内拉小丘上采集的纯金粉末打造的卷曲秀发，让整个房间充满光芒，而光芒像灯塔发出的光束那样洒满窗户，涤荡着黑的地方像沥青白的地方像牛奶的荒凉大海，那个憎恨你的海——黑海，从未有一条船敢于航行过。现在，伊阿宋带着深仇大恨踏上了这条满是独角鲸和章鱼的路。似乎阿耳戈号那锋利的船体划破了巨大的蛇发女怪美杜莎的肚皮，渗出了毒汁和黏液。仅仅一只软体怪兽就填满了斯基泰王朝①和遥远的亚细亚之间的木槽。帆船已经抛锚靠岸，而伊阿宋骗过国王，走进了用熔化的黄金铸造的房屋，抱住公主。她颈上那条沉甸甸、硬硬的红色珍珠项链，在他的脖子周围留下了一圈圆圆的紫红色的痕迹。她的两个乳头在他的皮肤上留下痕迹，金羊毛烫伤了他的肚皮。当天夜里，美狄亚就同他私奔了，还沿着海岸留下了一连串罪行。当你在无数条盘在一起的巨大蛇圈上航行时怎么会不屠杀呢？大海那杀人的酒气何时使你疯狂？在西面，她愤怒的父亲快要追上他们了。他们看见他的战舰在波涛汹涌的海上拼命追赶，看见了戴着头盔、长发散落在后背上浑身湿透的士兵们的面庞。就在那时，美丽的美狄亚却像杀死一只蝗虫那样肢解了她的弟弟，大海接受了那些血肉模糊的四肢，埃厄忒斯一边哭泣，一边把那些残肢断臂收集起来，没有时间再追赶他们，结果永远也追不上了。年迈的国王此后经常回忆起那杀人的海岸，把它称为托米斯。

  他们一回到科尔喀斯，金羊毛顿时失去光泽。伊阿宋在美丽的格劳刻的两腿间找到了一块更为称心如意的金羊毛。美狄亚在

---

  ① 斯基泰王朝（约前7世纪中—约前3世纪），斯基泰人建立的奴隶制王朝。中国史书普遍称斯基泰人为塞族或萨迦人，是史载最早的游牧民族。

用象牙梳子梳理毛发时，发现了几条细细的吐着芯子的蛇。她变得丑陋不堪，慢慢就变成了美杜莎。由于被爱所欺骗，她的怒火点燃了大海之上燃料油般的几重天。对此，欧里庇德斯的台词为她而述说，并且还吼出专门为她而作的诗句：

> 命运啊！你如此多变，
> 神仙赐给我们的只有恐惧与绝望；
> 我们期盼的并未到来，
> 我们不期望的却向我们袭来，
> 过去如此，将来也必定如此！

五

奥维德七十四岁时寿终正寝，托米斯人曾为之痛哭，因为流放九年后，他已经成了他们中的一员。到头来，他穿的也是那沉甸甸的老羊皮皮袄和那样式难看的裤子。他让头发和胡须任意长长。他的大拇指和食指有学拉弓射箭时留下的老茧。"在那些托米斯人之中，我就是个蛮夷，"在流放的头几个月中他写道，在城里，人们耻笑他那既不遮风也不挡雨的大坎肩，耻笑他尚未学会的结结巴巴的语言。他还把那件大坎肩当成擦脸的毛巾，至于拉丁语……他向友人们痛苦地讲述着最后的情节，里面既有杰特词汇也有萨尔玛特①词汇，像吐着白沫的海浪那样杂乱无章，颠三倒四。情节中逐渐也有关于海的描述。后面的那些情节都是用杰特语写的。他把那些蛮语都写进了拉丁诗歌。诗歌深受喜爱，从那时起，他在蛮夷中就有了诗人的称谓。当地人说话掺杂着一

---

① 杰特和萨尔玛特均为古希腊人对达契亚人的称呼。

万种海的语言，就连书写爱、胭脂和变形的诗人奥维德都不得不学会所有这些语言。最后变形的是他自己：变成了蛮夷，如同一个自恋的青年变成了花朵，宙斯变为了长着白色肩隆的公牛，被人身羊足、头上有角的农牧之神追求的山林水泽仙女变成了月桂树。那些热爱石头、树林和云彩诗歌的蛮夷也喜爱上了他的诗。

他死时，大海结了厚度达一千斯塔迪①的冰，冻在玻璃状冰里的既有活着的鱼，也有被舰船破碎的船体。在那荒凉的海面上，暴风雪裹挟着无数个半月形的雪堆，把它们吹散后又不断重新集结起来。夜里，托米斯的蛮夷们在厚厚的冰面上走了很远很远。在大海边上，他们用凿子凿下一块巨冰，拖回岸边，为神仙们送给他们的那位诗人凿出一个棺椁。因一首歌和一个错误赶走了奥维德的那个罗马，在城市中央竖立起了当时最伟大的诗人普布留斯·奥维第乌斯·奥维德的永久性塑像。这对世界尽头的一座城市而言是何等的荣耀啊！

这是一个用清澈透明的冰制作而成的棺椁。棺帮厚度为一拃。疲惫不堪的蛮夷们用衣袖擦鼻，鼻孔里冒着热气。他们在棺椁的一侧凿出像魔术密码那样难懂的拉丁字母。这就是诗人亲自在油乎乎的羊皮纸上留下的文字：

    在这块基石下安卧着奥维德，
    他是纤美爱情的歌者，却被自身的天赋断送。
    噢，行经此地的你，如果曾经爱过
    你就为他祈祷，让他静谧长眠。

人们把他放在水晶棺内，并用巨大的冰块密封起来。很久之

---

① 古希腊长度单位，约合一百八十米。

前，在沾满血的阿耳戈号上被砍下来的美狄亚之弟亚比西托士的那个手指依然保存完整，也被放进了他的玻璃棺椁里。他们把棺椁放置在一条紧靠冰面的大船上后便推入海中。浮冰在海面上翻滚，船在雾状的涡流中漂浮，直至从人们的视线中消失。蛮夷们手举火把，注视着远方，冰在他们那巨大的皮鞋下开始发出咔咔的响声。他们的眼睛里流淌出海的咸水，在脸上结成冰凌。

奥维德平躺在他的冰棺里，被海水摇晃着，在几百年来章鱼和独角鲸出没的水域里，在所有海洋当中最为残酷无情的黑海的浓雾中游荡。

六

一九九五年酷热难耐的八月，我回到康斯坦察，住在一个发小的单元房里。家具是陈旧的，夹在镜框里的照片已经褪色：我发小的母亲留着五十年代的发型，像一个女兵……房间里挂着的画上的水彩已经干裂，画的是木托盘里放着的一个西瓜，一个面颊红红露出一个乳房喂奶的吉卜赛女人……流苏花边的桌布上摆着一个小花瓶，里面插着五颜六色的羽毛。床头的箱子上至少有八个穿着海绵裙子的布娃娃。在老掉牙的佛拉姆冰箱上，摆着一个一角已经破损的奥维德石膏像。透过窗子，我看到了港口，造船场里锈迹斑斑的大吊车和被截断了的船体，仿佛科技博物馆里的发动机。我被悲伤和孤单所困扰（在这个城市里我不认识任何人），在单元房里走来走去，翻看着以英雄警察为主角的侦探小说，照着水银斑驳的旧镜子，用手指摸一摸堆放杂物的阳台上的柳木单人沙发的罩布。

我是冲着大海而来，却没有心情去海滩。以前我来过一次，只停留了四天。成千上万大腹便便的男男女女，就像一群为争夺一块沙滩而相互撕咬的海狮。裸露着乳房的女人们在没膝盖深的水里发呆。人们吃着油饼喝着啤酒,海鸥啄着你的脚趾。我们随着大喇叭放出的音乐摆动着肚子。吉卜赛女人卖着煮玉米,光屁股的孩子们在玩沙子。仅仅二百年的时间,大海老得令人吃惊:从前那个脚踩荷叶贝壳从海浪里出现的女神维纳斯,现在竟然成了一个衰老的娼妓,满脸涂的胭脂像一个脸谱,口红把她那假牙都弄得脏乎乎的。

我在城市里千篇一律的建筑物间走着,越是看不见大海,你就越发确信这是在罗马尼亚。几百栋一模一样的楼房,后面停着破旧的达契亚,歪歪斜斜的垃圾筒里冒出不少垃圾。我坐上电车去了老城区,那里坍塌破败得难以置信。这里虽然没有内战,没有爆炸和零星的枪声,却跟贝鲁特一样。一条条石铺的大街已经没有了完整的花岗石,破破烂烂的房舍像麻风病患者一样,墙面斑驳,砖头裸露。一幢面朝大海的房子上,墙皮抹的是黏土,窗子不是玻璃的,而是糊着发黄的报纸。院子里有一株开花的夹竹桃,散发着诱人的芳香,表明院子里住着人。在一家寒酸的铁皮酒馆里,两三个鞑靼人站着用破旧的酒杯喝着酒。他们的衬衣已被汗水浸透,好像从海里捞出来似的。一个橱窗里摆着诱人的比萨,抹着番茄酱,上面有柠檬,还有半块煮熟的鸡蛋。小小的自助外币兑换所里,在被海风吹湿的包装纸上,用圆珠笔写着汇率。

我走进历史博物馆,至少那里还凉快些。在修补过的双耳尖底瓮和像基里科①画作里那样带有幻影般凹槽的圆柱残块当中,我逗留了几个钟头。"把这些碎片弄到这里来干什么,怎么不让它们在土里好好待着?"每当在百科栏目里看到考古片时,妈妈都这么说,"博物馆里有什么好看的,还不是那些破瓶瓶罐

---

① 基里科(1888—1978),希腊裔意大利形而上学画派创始人之一。

罐？……"博物馆里都是些大理石碎块和用希腊文及罗马文书写的石灰华，还有举着酒杯的男人和女人的人物造型、波浪形饰物、鸽子等镶嵌艺术品，年代和姓名久远得无从知晓。有一次，在大衣柜中一个发黄的纸袋里，我找到了我孩提时的几绺头发和几颗小小的乳牙，我那不懂考古价值的母亲却一直保存着。我在从前用来储藏谷物的一只巨大的双耳尖底瓮前停下，它的鼓肚上刻着的文字类似拉丁字母，一旁有说明文字："此双耳尖底瓮为杰特赝品，字母无任何意思，只是大致模仿拉丁文书写，为了产品卖个好价钱而已。""对不起，我羞于启齿，我写的是杰特文。"我喃喃自语，面带一丝微笑，"我把蛮夷话用拉丁诗句说出，／诗有人喜欢了，你可以祝贺我了，／在蛮夷人中，从现在起我的名字是诗人……"

一出博物馆，我的全身马上被汗水湿透，真的是酷热难耐。柏油马路软软的，我穿着网球鞋踩在上面，留下了脚印。博物馆前，偌大的广场上，有一座塑像，塑的是普布留斯·奥维德·纳索，托米斯的流放者，已被海水和海风侵蚀。自从塑像竖立在老城这里起，就背朝原来的老市政厅，凝望着大海，已有一百二十年之久。可是最近几个月，在塑像对面的马路边上，未经许可就修建起了菜市场和酒吧，把它原来面朝大海的开阔地全部堵塞了，还有一些带保温玻璃窗的铁皮房子。诗人站在他的底座上，凝望着货摊上他那大大小小不同价格的石膏像，该是何等震惊啊！在摆放着的一块马粪纸上，写着绿色的广告词：本摊位备有各式奥维德。在酒吧，你可以喝到"奥维德"白兰地和"奥维德之泪"葡萄酒。一个母亲拉着名叫奥维德的男孩的手，男孩身穿水手服，只有六岁，被太阳晒得眯缝着眼睛，用手指着塑像问：妈妈，那个铜人是谁呀？两步之外就是奥维德迪斯科舞厅，贵得要死，只让外国人进。只是我们的海滩上很少看见他们的身影，黑海是没有外国人的海……

青铜热得都开始融化了。液体金属小溪溢到底座大理石上，流到积满灰尘、香烟头儿和葵花子皮的柏油马路上。诗人身穿大坎肩，右臂优雅托腮。我凝视着他，这个六十岁的罗马男人见多识广，阅历丰富，曾拥有足够多的财富，这是他被流放的最初几年。

我坐在塑像旁，双手掩面。青铜液体慢慢流到我的头顶，覆盖了我的面颊、鼻子和双唇，流到了脖颈和双肩。他用孤独和不朽的外壳把我全身遮盖起来，就连我那双倒霉的破网球鞋都遮盖起来了。我留在那里，覆盖上一层与我格格不入的奇特荣耀，直至我的肉身在加固的青铜甲胄里变成了一小堆尘土。

七

恰恰在两千年前，就在他永远都不会听到的犹太国的一个事件之后的第八年，罗马最伟大的诗人维吉留斯的后人普布留斯·奥维第乌斯·纳索发现，依照奥古斯都皇帝的圣旨，他要舍弃自己的家庭和朋友、城市与荣耀，把自己隐没在世界尽头的黑海岸边的一个僻静之地。那一年他刚完成了《变形记》，写完这些诗篇之后，他期待六十五岁时完成自己最终的杰作。我们永远也不会知道那些改变了他生活的"一部诗歌，一个错误"究竟是什么。事实上，年轻时罗马曾因为长诗《爱经》而推崇他，而现在《爱经》却被视为淫乱与道德败坏。另一件事情则是，皇帝的女儿尤利娅因与诗人通奸也于同年被放逐。他发现自己将在那遥远的斯基泰人①地区度过余生，希罗多德②曾写到，那里，密密麻

---

① 公元前黑海地区的游牧民族。
② 公元前5世纪希腊历史学家，有"历史之父"之称。

麻的鹅毛大雪经常从天而降，把一切都变为一片白色，令人感到恐怖荒凉。奥维德苦笑着想道，因为他曾有过一种预感：他一生之中只写过唯一一部悲剧《美狄亚》，而现在他将亲眼看到并切身体验悲剧了，而且恰恰就在埃厄忒斯的女儿犯下最令人发指的罪行的现场：在托弥发生的"屠杀"。他将回到传说和神话中去，回到阿耳戈英雄们的地方去。为了安慰他，朋友们曾含泪对他说，那里也是可以生活的，城市曾经是希腊的，那里也有（古罗马的）圆形阶梯剧场和庙宇。即使在世界的尽头，也能找到排遣他老年孤寂的美酒和女人，他们还可以通过书信往来。但在走过了不辨方位、无边无际的路途之后，他在一片亘古不变的巨大冰块之间发现了一个蛮夷之地。它的一面是雄伟壮观的多瑙河，当年伊利尔人迅猛的骑兵持续不断地跨过结冰的河流进攻城堡；另一面则是罗马疆域内所有的海洋之中，那个最为遥远、最不驯服和最为陌生的奇妙之海。

　　被放逐是奥维德生命之中最为痛苦的顶点，他第一天就去了岸边，任由吐着泡沫的海浪迎面唾骂，任由海风带来的盐水几乎弄瞎了眼睛。阵阵海风把他的大坎肩吹得哗哗作响，宛如一面战旗。他已经六十五岁，在那个年代已属垂暮之年。他还会在蛮夷之地活上九个年头，他自己也日渐蛮夷化。当希望破灭时，除了变成一个蛮横粗暴的人之外还能怎样？他每天在冰冻的沙滩上行走，沿着厚厚的冰走进大海，走得越来越远，走向那比世界的尽头，比天涯海角还要遥远的地方。每天他的皮袄里都会带着海的咸味回到玻璃窗上糊着猪尿泡薄膜的房间。在那里，他每天下午都会伏在枞木桌旁给亲戚朋友和妻子写书信体诗文，可是越来越感到不顺畅，慢慢地夹杂上沙玛特、伊利、希腊和杰特语，最后竟然发明了一种全新的、谁也不懂的不幸的语言，所有那些真正的书都是用这种语言写成的。那些书即使到了罗马——其实也到不了——也没有人能读懂。正如两千年之后，即使今天，也没有人会去谈论，为什么这位伟大的诗人遭受了如此重的惩处，正如今天，没有任何人能在阶梯剧场观看从未上演并且永远失传了的悲剧《美狄亚》。在不同的星空下，奥维德不像年轻时观看罗马的天空那样，而是因寒冷和怀乡而彻夜无眠。

有谁为这些痛苦付出过代价，又有谁有朝一日会补偿被扔到苦寒之地的老人所遭受的苦难呢？这个世界每个时代每个帝国都曾有诗人被流放到人迹罕至的地方，他们因此而深陷贫困和疯狂，谁又为此付出过代价？洛特雷阿蒙写道："即使倾尽全世界的海水，也洗不掉为真理而流的一滴血。"那怎样才能洗掉整整一个血海呢？

奥维德终年七十四岁，罗马遗忘了他，蛮夷们却为他哭泣，但从未找到过他的棺椁。

被蛮夷化了的希腊殖民地后来被拜占庭所统治，按照康斯坦丁大帝的姐姐的名字，托弥改名为康斯坦察。之后被保加利亚以及而后的瓦拉几亚所统治，此后许多个世纪又被土耳其化。土耳其人和鞑靼人修建了老城，在清真寺里栽种上了无花果树，并在无花果树下出售一种叫露琨的松软香甜的糕点，这种点心是用蜂蜜和桃仁做的。今天，大清真寺尖塔下为数不多的几座美丽如画的房舍，几乎全部被周围令人生厌的政府大楼所包围、欺凌和摧残。港口处，一条条轮船被放置在金属支架上，巨大的吊车在切割着它们。

城市南面，诗人的塑像背朝历史博物馆，重又凝视着大海。那些糟糕的临建木板房已拆除，关于大海的一切重新出现在我面前。童年时令我吃惊的那道垂直的墙壁，那半透明充满亮光的蓝色墙壁，那道填充了欧亚大陆之间的大槽里，巨大水母的甜甜的嫩肉一直伸展到地平线和思想的极限之处，在那里，所有星球都围绕着宝石轴承在巨大的空间里转动着。奥维德深受盐和恶劣气候之害,用失明的眼睛凝视着大海。一个个帝国崩溃了,一个个权力无限的国王已被忘却,但变为底座上青铜像的奥维德两千年来却依然活着。

他还将再活五十年吗?再活一百年?一千年之后世界上还会有人提起他的名字吗?那一万年呢?一百万年以后,十亿年以后还会有人读他的《罗马大事记》吗?太阳熄灭后以及星系毁灭之后,宇宙大爆炸发生之后,关于风度翩翩的女人们的缕缕卷发和象牙胭脂盒,还会有人以哀伤的韵律抑扬顿挫地朗诵上至少两首诗吗?一定会有的,一定会有的。因为它们曾经光辉灿烂过一段时间,它们在自然界及其可怕的命运以外,还会在尘土和遗忘的另一空间永远光辉灿烂下去。因为,按照马拉美的话说:"整个世界的存在只是为了成为一本美丽的书。"

(张志鹏译)

耷拉着耳朵

下面这个故事，随着时间的流逝早已深深地埋在了我心里。那时候我二十六岁，且真以为一生中尚未做过什么坏事。非常伤心的是，直到大约十年以后我才确信这是一种愚蠢，用自己艰难成熟的事实，非常吃力地、一点一点地开始明白发生在我周围和我自己身上的事情。如今，又一个十年过去了，我知道我的生活实际上就是一连串的残酷、麻木、误解、无端作恶以及莫名其妙装傻，也许，我们中大多数人的生活都是这样。如今我才明白，一个成熟、完整的人，就是一个彻头彻尾、超越一切的坏人，除此以外别无他解。多少年以来，我一直难以入眠，我无法专注于白天的事务，因为记忆中的那些情景，我生活中最恐怖、可耻和痛苦的经历不断地出现在眼前。有些真的无法承受，我感到惊讶的是，我眨着眼睛，做着让一切都成为过去的挥手动作，让自己不再看到一个被蹂躏的心灵。不，我没有杀人，没有强奸，没有偷盗，也没有让别人进监狱，但这并不等于我没有对别人，特别是亲人，造成过巨大的伤害。我永远不会原谅自己儿时和少年时对母亲的冷淡和麻木。我不会忘记她的泪水，每年我生日时，她总要根据她的品位给我买一件衣服，而我，不仅不说声谢谢，还要说我不喜欢并且永远不会穿它。我不会忘记小时候我是如何虐待妹妹、如何对家里的小动物施暴的。这些只是我可以向公众坦露的事实，而还有一些是连我自己都不敢面对的事情。

我们家有过一只异常娇嫩的猫咪（这也许是最折磨我的一段回忆），我现在眼前还常常会出现它的样子：白色的胸脯，背上有一道浅浅的灰色，一脸专注和凝重。这只猫是在它只有几周大的时候从街上捡回家的。它是在我们家里长大的，即便大门开着，它也一步不敢迈出门外。如果我没记错的话，猫咪差不多五个月大时，它啃了我的一本书的书角或者类似的事情，这让我极为光火。我一把抓住它，穿着拖鞋就冲到门外。我按了电梯。当我带它进入电梯时，猫咪拼命地叫着，就像一个被吓着了的孩子一般。但这丝毫没有改变我的决心。我带它走到住宅楼后面，把它放在地上。它使劲地抓住我的脚，我跺了好几次脚才把它赶走，猫咪这才喵喵叫着，绝望地躲到一辆达契亚车下。我焦躁不安地回到家里，但依然冷漠无情。我知道这只在公寓里长大的猫咪难以在室外生存下去，这无异于我亲手杀了它。然而，那个时候我心灵的眼睛还没有张开。现在我才明白，就这样一个行为足以玷污一个人的人生。在随后的几个星期里，我不停地寻找，但再也没有看到它，那只猫咪像一颗滴血的钉子牢牢地钉在我的大脑里。唉，如果只有这一件事情也就罢了！

二十六岁那年，我成为科伦蒂娜一所中学的老师，我每天坐二十一路有轨电车上班，在一个满目荒凉的车站下车，那里只有一座孤零零的水塔、走到尽头的有轨车轨道和一个焊管工厂。我要经过一家自动化工厂后才能走到那栋破旧、漆成脏脏的黄色的学校大楼。我的内心也是如此荒凉。失去大学伟大的爱情后一直痛苦得难以自拔，夜晚于我就是酷刑。一旦天空变成粉红血色，我就会感到一股绝望和痛苦的浪潮向我袭来。这是生理性的，已经定位在心中的痛苦。我无法呼吸，痛不欲生。那时我的一天是这样度过的：早上在学校，和吵吵闹闹的孩子们，晚上独自一人，忍受着胸口强烈的痛。

那段时间，我认识了罗迪卡。在一次文学活动结束后，大家来到一个花园，刚巧我坐在她旁边。她长相并不是很出众，但对一个孤独的人来说这不重要。首先,她很年轻,还不到十八岁。她已经高中毕业,当时正值假期。从外表看,她长得像一头加号熊,金黄的头发,一双几乎没有睫毛的眼睛,身体粗壮矮小。她说话非常奇怪,没说两句就会冒出一个"奄拉着耳朵",不能理解她说"奄拉着耳朵"的原因以及与这口头禅的关系。这口头禅随时可能出现,而且是不可预见的。也许是当时高中流行的一种表述,一种不明不白的傲慢强调。就在那时,在明亮的阳台上,我开始跟她讲起诗歌、我最新阅读的埃兹拉·庞德①的作品,我还为她朗诵了几段诗,她一边听,眼睛直盯着啤酒杯,回答我说:"是的……奄拉着耳朵!"不过,我们还是交了朋友,我们大概夜里两点才离开,我一直送她到汽车站,我拉着她那胖嘟嘟、湿漉漉的手并答应她我们还会再见面的。

后来的一个月我们一直见面,我还参加了她的生日派对,四五个女孩子中,我是唯一的"男孩"(事实上,我当时已经二十七岁了)。罗迪卡的这些女朋友幼稚得可笑,而且要多丑有多丑。在派对上,我认识了她的妈妈,老得不得了。除此之外,我们在洒满阳光的大街上散步,听她喋喋不休地讲述以前班里的女孩子……大概两周后,我开始对她厌烦,我不需要这样的关系,然而,我的现实是空空的房间和痛苦不堪的夜晚。为此,我们的关系又持续了下去。从我位于斯特凡大街的公寓的阳台上,可以俯瞰整个布加勒斯特,我抱着她,吻着她圆圆的、冒汗的脸颊,然后吻着她孩子般的嘴唇。"奄拉着耳朵,"她一边说一边挣脱出我的怀抱。有一天,天气十分晴朗,突然下起了暴雨,几秒钟的时

---

① 埃兹拉·庞德(1885—1972),美国诗人、文学评论家,意象派诗歌的重要代表人物,他和艾略特同为后期象征主义诗歌的领军人物。除此之外,他还是一个热衷于介绍中国古典诗歌和哲学的翻译家。

间我们都成了落汤鸡。我们飞快地跑到卓娅·科斯莫杰米扬斯卡娅中学的拱顶下避雨。她那湿透的裙子不断冒出热气，让人怦然心动的内裤以及四根松紧吊带清晰可见。她搂着我的腰，将软软的肚子紧贴着我，头发湿得像刚淋浴出来一样。

第二天她给我拿来一张黑白照片，"这是我唯一的一张照片"。她指着照片上的她，很难认出来，因为那时她也就十二岁。她怀里抱着一个大大的、长相怪异的毛绒鸟。罗迪卡心不在焉地看着地面。当时的她更加胖嘟嘟，看上去软弱无力。我现在还留着这张照片，假如这个世界尚有一个悲伤中心的话，也许它就是今天在我书房上面抽屉里的这张照片，就像阿莱夫在博尔赫斯主人公的地窖里闪闪发光一样。

大约在七月，我去巴纳特参加一个年轻作家夏令营。在那里我撞上一个花痴女诗人，并与她有过一段极其尴尬的经历，性爱、酒精和嫉妒让我彻底倒了胃口。这女的跟我同住一间小木屋的时候，还跟任何招呼她"过来"的人都勾搭，即夏令营全体男生，不分日夜。我像死人一般从夏令营回来。刚回到柏油融化的麻木城市里，就接到罗迪卡欢快、幸福的电话。她迫不及待地等着约会，第二天我们在到处是落叶、刚刚打过草的奇什米久公园里见面了。我们手拉着手散步，我莫名其妙地开始跟她描述夏令营奇遇，就像在啤酒馆里跟一个朋友那样对她讲述每个细节。她全听下去了，脸色苍白，却奇迹般地仍跟我手拉着手走着。我跟她说我们俩再维持下去已经毫无意义，一切都结束了。我们坐在一个长凳上，对视着。突然，她站起身来，走了。

出于寂寞，两周后我又跟她恢复了联系。我执着地给她打电话，好久才说服她重新跟我见面，很快，她又幸福了。一切都像往常一样。打了一场网球后，我把她带到我的房间并跟她做爱。对她来说，这是第一次。一切都是那么不愉快和恐怖。我对她再也没有兴趣。几天以后，她对我说感觉不舒服并去看了医生。看上去她的身体出了问题。我担心她别是怀孕了，并对她说出了这个担心。她用一种无法辨认的表情看着我，那神情让我感到陌生。她没有怀孕。我感到一阵轻松和愉快，认为这是跟她再次说分手的最佳时机，这次是彻底分手。我跟她说无论是现在还是将来，我都没法爱她，最后的结局还是分手，我说我愿意继续跟她做朋友，等等。现在还记得当时我们是在默古雷亚努修士院附近的一家小餐馆吃着甜饼。她立刻停住咀嚼，眼睛看着叉子。等我笨拙而又虚假的讲话结束后，她一言不发，然后轻轻地像是对自己嘀咕了几句。"你说什么？"我问她，看着泪水从她没有睫毛的眼睛里滚落。"耷拉着耳朵……"她又轻轻地重复一遍，耸了耸肩。这是我从罗迪卡嘴里听到的最后一句话。她猛然站起身，差点把桌子撞倒，然后跑到旁边的车站，跳进正好要离站的公交车里。

整整二十二年的时间里，我一直努力地打听她的消息。但我只打听到大家都知道的消息：她病得很重，自打那个夏天她再也没有出过家门。不过，难得会在一份杂志上看到她发表一篇小文章，或是一首小诗。我总是用麦克白看着他沾满血迹的双手般的感情去吟诵她的作品。

这是一个病入膏肓的女人。谁都不知道她得了什么病。在她经历了漫长病魔的折磨而死后，医院对她进行了解剖并从她的肚子里找到一颗重重的、泛着灰色光芒的、跟保龄球一样大的珍珠。这是世界上最大、最重的珍珠。

（林惠芬　陈进译）

萨拉萨

一九四四年,在遭遇美国最为猛烈的轰炸之下,布加勒斯特却依旧沿袭着二十年前疯狂岁月的日子。食品便宜,饭店门庭若市,而拉什卡、奥泰特莱沙努、克勒布什这样的夏季露天餐厅,还有那时开始出现在赫勒斯特勒乌郊外的饭馆,到处弥漫着达官贵人的烧烤肉香、回荡着爵士音乐和当地茨冈人小乐队的演奏声,香味和音乐甚至都飘到了城墙根儿的贫民窟。在维多利亚大街上,穿入和驶出通讯大楼巨大阴凉带的不仅有水晶玻璃窗、能让人想起铁面无私的艾略特·内斯那个时代的黑色轿车,还有仅仅运乘富人阶层的双人篷高级马车。到处是一派花花世界的景象。歌剧院里唱着莱昂纳德的作品,西多利马戏(虽然老乔瓦尼·西多利因十年前过世而缺场,但他的俩女儿已经在此地定居并都嫁给了大财主)在遭遇四次火灾后依然夸夸其谈地介绍其蓝白条的新篷车和从未亮相过的二十四匹马,而歌舞表演则吸引了一群嘻嘻哈哈且寻欢作乐的客人,其中常常不乏穿着奢华、轻浮女子陪伴的德国军官,正如人们所说的,她们绝大多数是被某个军官包养的,她们中不少人还毫无羞涩地在接客的宾馆房门上挂着牌价。她们中有一个就叫萨拉萨,她的故事总是打动我,并非因为闻所未闻的离奇,而完全是因为故事的真实。萨拉萨,更准确地说,萨拉达,是一个茨冈人女性的传统名字,意思是"迷人"。故事要从那个宿命的晚上讲起,马鞍匠街上的"红狐狸"店进来一个非常年轻的女人,她挽着一个长得还算可以的男人。她的确是茨冈人,脸部轮廓清晰,嘴唇性感无比,头发乌黑油亮,好像撒过一大把核桃油一般。她穿着一条葱绿色的裙子，戴着饰有水晶的耳环，皮鞋扣上也镶着闪亮的水晶片。

这群人进来便扑向预订的桌子，要了香槟，开着玩笑，毫不礼貌地大声笑着。一个胖女人在小小的舞台上跳舞，手里捏着一条昏昏欲睡的蛇，接着表演一群训练过的鸽子。最后，克里斯蒂安·瓦西里在哈瓦那香味的烟雾中终于登台。人们疯狂地为他鼓掌。

也许，这个在当时名气最大的大腕，在今天看来并不算什么。一些人还记得他唱的歌，不过更多的是笑他鼻音很重的嗓子，录在留声机上的效果很差。那时，要录制一首歌，演唱者必须把头埋在一个完全会变音的黄铜喇叭里。百代唱片，即便是质量好、有"主人之声"标志的唱片，也都是硬胶木的，时间长了就会开裂、老化，而粗粗的铁针头更是无可挽回地划伤着唱片。尽管如此，克里斯蒂安·瓦西里的探戈是如此非同寻常，拥有一个绝对原味和动人的声音，通俗的歌词那么感人，以至于我，至少我，第一次听就爱上了它们。很少有人知道《萨拉萨》《拉莫娜》和那首难忘的、尽管已被遗忘的《点燃一颗烟》的作者是我们的加德尔，不仅他的音乐，还有他过的罗马尼亚式的生活。

在"红狐狸"，所有人都是冲着克里斯蒂安·瓦西里而来，就像扎瓦伊多克，那个时代的另一个明星，让维多利亚·阿塔纳休著名的"天使"餐厅生意兴隆。然而，这两个乐坛大腕相轻。扎瓦伊多克的乐队是 B.V.，由博里勒指挥。他还出钱雇人保护他。克里斯蒂安·瓦西里雇用的是来自 M.D. 乐队的格里格雷兄弟。很多次，两个乐队的乐手相遇，他们都有肥壮的男人陪同，双方就会拔出刀子。然而，我的故事是从休战时刻开始。

那天晚上，那个长得像码头工人却一身白色礼服、头发锃亮的帅气男人，上台就唱了一首新歌。观众并不认识他，所以都在细细地品味着。不,他没有金属般的嗓音,他那成熟男人的嗓音会让人想起美国电影明星亨弗莱·鲍嘉的歌声,只是略微甜蜜的歌词与绝对粗犷、沉重和保守的嗓音形成了极大的反差:

  你是否还记得,
  我们互致的书信里
  那些甜美的话语?
  曾经
  我们还时不时地
  吟诵。
  我们泪流满面地吟诵这些话语
  然后又亲吻着它们。
  最后
  美梦消失了
  我不知道再给你写什么……

  小时候,妈妈娇惯我,对于她的爱抚我从来不当回事儿,认为都是再正常不过的事情。然而,我永远不会忘记爸爸那仅有两三次的称我"小宝",因为爸爸对我态度总是生硬,有时甚至可以说是很坏。他跟克里斯蒂安·瓦西里长得很像。这真是一个奇迹,穿着白色礼服的粗暴男人竟然可以如此温柔地唱着副歌:

  你想让我给你写什么
  此次此刻,当我们分手的时候?
  现在已经太晚,
  我们不再相爱。
  甜美的爱情话语

我们早已在该说的时候说尽
我们不知重复了多少次……
我们都错了……

　　台下的听众——这个腐烂到根的城市里的富人们和叛国通敌分子们——似乎都忘记了自己生活中肮脏而单调的索多玛。他们中一些人沉默不语，看着面前的玻璃杯；另一些人则把高高的香槟杯放到嘴边，喝了平时少有的一大口。女人们——她们中很多是经验老到的妓女——也一个个哭得像中学女生一样。热泪盈眶的萨拉萨很惊讶，她想不起来曾经如此哭泣过。歌手又唱了两三首曲子便下了台。这个茨冈女人如坐针毡一样坐了半小时，便出去找他。她走进专为艺人临时设置的房间，撞见一个半裸的女训蛇师正与训鸽男人打情骂俏。克里斯蒂安·瓦西里在附近一家酒馆里。他从不在唱歌的地方吃饭。她在酒馆里找到了他，一人独桌，拿着一杯苦艾酒。她在他对面坐下来。两人一起喝了起来，聊了好几个小时（至于他们聊了什么，谁都无从得知），随后两人手挽着手，聆听着一个茨冈老乐手演奏的火热的小提琴曲，直到午夜时分，两人才离开。那个夜晚，萨拉萨成了他的女人，在随后的两年时间里，她从未背叛过他，甚至从未对其他男人有过杂念。而他，去哪儿唱歌都有"他的疯狂崇拜者"形影相随，那时人们这样称呼她。那首著名的经久不衰的歌曲就是在他俩日夜厮守半年后诞生的，有着登博维察河畔从未有人写过的如此优美的歌词：

　　　　小姐，你出现在，夜幕降临的公园里
　　　　在你的周围，是百合花瓣，
　　　　你的眼睛闪耀着甜美的激情和罪恶的光芒

你有蛇一般柔软的身体。
你的嘴巴是一首疯狂的欲望诗歌，
你的乳房是一个完美无缺的宝藏。
你是困扰和谎言的梦中魔鬼
但你有着天使般的微笑。

　　这是克里斯蒂安·瓦西里最成功的作品，这使他远远超过了扎瓦伊多克。人人都在哼唱着《萨拉萨》，这首歌一时成了布加勒斯特的"莉莉玛莲"。人们在啤酒馆里唱，在防空洞里唱，士兵们甚至在战壕里也唱。而迷人的茨冈女人也跟着她的情人一时走红。没错，她唱《玉兰》歌时声音也特别好（她也开始干起这个赚钱的行当）：

——哦，年轻的酒吧老板娘，
你不能换个更漂亮的女孩
来为我服务吗？
——不，要么还是我来为你服务，
因为你曾经是我的轻骨头。

　　两年的美好生活在梦幻中度过，随后便开始我的凄凉且令人难以置信，但完全真实的故事。正如大家所知道的，那个时代的著名艺术家（如果不算上当今的，我们也不应该质疑说唱歌手和帕瓦罗蒂）都是被迫与城市垄断歌舞厅、赌场和妓院的黑帮们合作的。一位名歌手对他们来说不会比一个可以给他们带来利润的妓女好多少。面对这个与众不同的对手，扎瓦伊多克绝望至极，他起先想用高贵的手段战胜他。他在加夫里列斯库街上那间他居住的小屋里的破旧钢琴前度过了无数个夜晚，试图再创作一首成功的歌曲。作为一个缺乏灵感的令人痛心的猎物，他剽窃了西纳特拉的章节并且被捕。当再次登上舞台时，他的嗓音好像是受惊吓的母鸡下蛋时的咯咯声和吹哨声。于是，他向B.V.乐队的博里勒求援。这个痞子，带着一条金毛犬，穿着一件不许别人跟他撞衫的条纹马甲，听他讲完后说他不能杀掉克里斯蒂安·瓦西里。"不说别的，我也喜欢他，杀了他可就是弥天大罪。"这个匪徒盯着因嫉妒而面色铁青的扎瓦伊多克，自己也开始哼唱《萨拉萨》。他就在眼开眼闭、快乐地低声哼唱着这致命的歌曲时想到了办法。

圣杜米特鲁日（十月二十六日）的第二天，萨拉萨像往常一样在黄昏时分走到街角的小亭子给他的爱人买烟。胜利大街街口的储蓄银行大楼前，深沉的黄昏已经降临，透过昏暗的金色，这个女人根本没有意识到那个卖货的残疾人亭子里只剩下那副拐杖了，而拐杖现在被博里勒一个乔装打扮的手下架在胳膊下。脖子上围着一条印度披肩的萨拉萨刚出现，那个禽兽便扔下拐杖，在火红的天空下，一把抓住了女人的头发。他盯着她，狰狞地笑着，疯狂地咬她发紫的嘴唇，并用尖刀快速地从一只耳朵到另一只耳朵划割她的喉咙。然后他跑到登博维察河边，很快不见了踪影。

第二天凌晨人们找到她时，发现裙子已被鲜血浸透，而在全市寻她整整一夜的歌手立即被告知。值班警察后来说，在警察局，被作为犯罪嫌疑人接受审讯的克里斯蒂安·瓦西里眼里闪着疯狂。他被放出来后直接就去了第一家酒馆，喝到不省人事。随后的几年时间里，餐厅都会向顾客们介绍这位歌手曾经痛苦地坐过的那张桌子。

萨拉萨是在位于托诺拉坑口附近的复活火葬场被火化的。很多人含着泪水参加葬礼，唯独克里斯蒂安·瓦西里没有。在前往火葬场的路上，几匹被蒙着眼睛的马拖着用乌木雕刻的庞大灵柩，透过水晶玻璃可以看到一个睁着眼睛的美丽女人，长着长长睫毛的眼睑丝毫不愿意盖在沥青般乌黑的眼睛上。姑娘的骨灰装在一个有两个天使铸铁手柄的盒子里。

刚过两天，存放在火葬场内壁龛里的骨灰盒就被盗了。为了确保故事的真实性，我查阅了当时的报纸。在当时的刊物上我找到了用粗体字母书写的报道骨灰盒被盗的标题。但从来不为人所知、只有我一个人偶然发现的是，谁是那个玷污神灵的人。我不想就此制造神秘。当然，正如大家所怀疑的，这个盗贼不是别人，而恰恰是克里斯蒂安·瓦西里，这位因爱情和无助而疯狂并击败对亡灵恐惧的歌手。他三更半夜从一扇窗户进入火葬场，踩在湿漉漉的地砖上，撞到了尸体推车，并且在阴森的用孔雀石雕刻的拱顶下，摸着几十个摆放整齐的骨灰盒才找到了他亲爱的、永生难忘的萨拉萨的骨灰盒。他将骨灰盒拥在胸前，嘴唇贴在冰凉的黏土上。一到家，歌手就把骨灰盒放在房间一角的三角桌上，并从第二天早上起开始了毫无疑问的由癫狂激发的恐怖祭奠仪式。我真的难以用言辞来描述它，但我会尽量简单地解释：连续四个月的时间，每天清晨，克里斯蒂安·瓦西里都要吃一口萨拉萨的骨灰。当吞下骨灰盒里最后的灰烬时，歌手把松节油浇到脖子上，然而他没有死成。他只是把自己的声带烧坏了，永远不能再唱歌了。从此，他彻底消失了，不仅从一个真实的布加勒斯特消失，也从另一个虚幻梦雾的布加勒斯特，从人们的记忆中消失。

我一个当演员的舅舅大约一九五九年在布勒伊拉遇到了他，当时舅舅带着普洛耶什蒂的乐团在巡演。他在那里发现一个年迈、看上去无家可归的机械师（每天晚上拉幕布），剧院怜悯他，给了他这份工作。有个人过来对舅舅说此人就是曾经红极一时的克里斯蒂安·瓦西里，还对他轻轻哼唱《萨拉萨》的副歌。我舅舅给了老人一杯酒，他只能用喉音低声地讲述着上面的故事。他对所有人都讲，但没有人把这故事记录到纸上。我现在正在这样做，并且完全清楚地知道，并非这些可怜的故事情节将让人们记住克里斯蒂安·瓦西里，而是永恒的《萨拉萨》的副歌：

> 我要你对我说，美丽的萨拉萨，
> 谁爱你，
> 有多少疯子为你哭泣。
> 又有多少人为你死去。
> 我要你把甜美的嘴唇给我，萨拉萨，
> 让我永远陶醉，
> 拥有你的亲吻，萨拉萨，
> 我也愿意死去……

（林惠芬　陈进译）

夜幕降临

许多年以前我经历了一个奇特的夜晚。我的生活经历并不丰富，而对于仍记得的那些还算有意思的事情，我都最大化地融入我的书里，因为当你是作家的时候，"一切为了出售"就成了定律。尽管如此，还有一些因为各种各样的原因我没法书写的事情。事实上，数以千计的疑虑和踌躇使你忽略一个貌似微不足道的事实，而它恰恰可能是通向自我最薄弱层面的一个隧道（证据正是你的疑虑）。我们并非所谓社交层面的"我们"：在其后面，有一个无限宽广的生灵在控制、塑造着我们，并时常审查我们的思想和行为。

在巴黎的一个下午，我在蓬皮杜中心看到安德烈·布勒东的一个大型展览，因为你很少可以在一个地方看到这样集中展现超现实主义意向的展览，其实这是借口。陪我去看展览的是我借宿的房东朋友，一对年轻的夫妇，一对多种意义上的搭配，即两个种族、两种宗教和两种艺术的搭配，但特别鲜明的是反差极大的容貌搭配。我看着橱窗里德尔沃的作品——站在冷清的火车站等人、被裸体的金发女人们很自然地包围着的脸庞。除了齐刷刷剪到脖子处的头发，画中的脸庞跟他们的一模一样。当然，还有衣服，其中就有著名的黑色男衬衫，在跟他们一起住的那个星期里我经常看到这件衬衫。真不知道这个阿尔及利亚人怎么会找到这个罗马尼亚锡比乌姑娘并与之同居的。我跟他们的联系是通过我和她的一个共同女友，也是一个音乐人。他是一个天生自豪的柏柏尔人，标志性的红色天鹅绒无檐小帽和蓝色衬里，我觉得他从来都不会脱下来。而她,有趣,大大咧咧,还有点懒……你绝对不知道他们的生活来源是什么。我怀疑是靠演出,正如他们(从来都不)声称:我不认为奥赛罗(我看到他偶尔演的这个角色)那几天一直在巴黎上演……全部展览中我记住的只有一幅画。我觉得我真疯了:有时我是如此爱一幅画,以至于我会有砸开博物馆把那幅画拿走的念头。那是玛格丽特的一幅《夜幕降临》:一扇破碎的窗户,长长的碎玻璃散落在地上,以及碎玻璃反射出的不同角度的落日余晖……

我走出家门来到一个充满活力的城市(那时的巴黎正是到处散发着尿臊和龙虾味的季节),我逛了两家"大地"连锁店,并在"黎凡特"餐厅很早就吃了晚饭(让我朋友吃惊的是,刚巧我的《黎凡特》出版),他们还给我在他们家黄色大公司广告下拍了一张照片,经过在迷宫般地铁里的快乐迷路,我回到家时,夜色早已降临……

我一直在问自己,我的妻子这一晚是否欺骗了我。我到现在都不知道,但我现在并不像当时那么在意。第二天,坐飞机返回布加勒斯特,在机场,我紧紧地搂抱着妻子。特别是在接下来的那个夜晚我跟她做爱,我再次想起了一切,我几乎开始哭起来。我差点想跟她说(其实并没有)发生过的事情,但我突然想起——虽然不是一回事——科塔萨尔故事里面一对男女(相爱的一个男人和一个女人)践行的一个古老的传说:他们来到海边,那一晚他们故意地各自与另一个陌生人睡觉。第二天和随后的日子,他们都不提那一晚的事情,但他们谁都不会忘记那一晚,他们的关系就这样被摧毁了……

他们决定让我最后一个夜晚跟他们在一起,也许这件事他们俩已经商议了很久,也许头天晚上他们就策划好了一切,在黑暗中相互抚摸并虚构着,或许他们经常这样做,或许他们那里的人经常这样做。在那个七月的晚上我喝了很多格拉巴酒，我到现在还不明白，他们为什么不像平常那样，把那盏吊得很低的餐桌灯打开。我没有想过有什么异常，哪怕是在我们几乎看不清对方的脸庞时也没想那么多，我们各自拿了酒杯走进那间之前只是虚掩着门才看到的卧室：堆着凌乱的蓝黄条纹床单的床的一角。随后我们便继续聊着雷乃、巴桑和伯纳德·巴菲特，就在她（那个我只想叫她名字的瞬间）还在说着不知哪个舞蹈大师时，她把衬衫大大地敞开，裸露出她的乳房，我才意识到将会发生什么。阿尔及利亚男人转过身来冲我笑着，并问我是否愿意跟他一起爱他的女人。也许他自己认为有了答案，因为他没有等我回答。他把她的衬衫全部脱下，把她放在床上，他躺在她边上，一只手伸进了她的短裤。我从未见过她如此陶醉，这个金发女孩挣脱开她爱人的嘴，只是为了看着我的眼睛并用罗马尼亚语对我说："嘿……别犯傻了……"

我坐在床边一张小小的皮椅子上，手里拿着杯子——后来把杯子放在了地板上——我几乎不敢相信眼前这一幕（在巴黎，不是梦中或者想象中的）是我亲历的事情，亲眼看见那个黑暗中赤身裸体的男人，还有跟杂志上一样穿着黑色网格丝袜的女人。尤其难以置信的是，只要我愿意就可以加入他们早就准备好的一个令人不安、精彩的性爱之夜。我该怎样做呢？我都不敢想后果，因为我开始兴奋得颤抖起来。我想，当时只要我解开衬衣上的哪怕一粒纽扣，或者做一个微小的同意手势，一切就会失控。当然最后并不是由我来做决定的。替我做出决定的正是我身后那个庞大的生灵，就是一年多来、自结婚后经常出现在我的色情梦中（对，就是那里）阻止我欺骗我妻子的那个人。当我把这个传奇、温情而欲火中烧、留着古铜色长发的梦中女人拥在怀里，亲昵地凝视着她、随时准备与她充满激情地做爱时，总是会发生一些意外：门打开了，进来一大帮人，我的头立刻垂到了肩上，眼神更多地落到了她的两腿之间，突然我发现她那儿平坦得像个洋娃娃，或者更糟糕地说像个男人！我经常绝望地发现，只要我还爱着我的妻子，我就没有办法做对不起她的事，哪怕在梦里……

我没有加入他们。但连续几个小时我站在那里，在那用真丝上衣遮盖的琥珀色灯光下，我贪婪地看着这张床上发生的一切。面对这个怪异、黑暗的礼物，我不知道该感谢谁。我看到她试图寻找最顺从的姿势，看到她藐视我的眼神，在最甜美的折磨中，她跪着，请求我贴近她那有着性感嘴唇的嘴巴。我看到手指在她身上留下的紫色痕迹。我看到一滴滴汗珠流到她凹陷的肚脐眼里。我听到她在无法大声喊叫时说出的粗俗、淫秽和破碎的罗马尼亚语。我看到她躺在一边，深深地蜷缩在床单里，像滚烫的柏油马路上的一滴水在慢慢地蒸发……最后，我看到她艰难地站起身，一只手捂着湿漉漉的大腿根部，走向浴室……

她回来的时候，我已不在那里。

第二天早晨，我看到他们俩在桌上喝着咖啡，跟之前我在巴黎假期中的其他六个早晨一样。还是那份报纸，许多页被扔在了地上，还是那个牛角酥，窗外看到的还是同样那些脚步匆忙的人。难道他们都在努力地装作若无其事，还是他们纯粹就是无所谓？为什么我们可以站在门口亲吻脸颊、友好道别（想着在我人生中所认识的少数几个亲密的女人），而他还开着他的芭比菲亚特把我送到奥利机场。在那里我们握了手、拍了拍肩膀，寒暄了几句。下次去巴黎，还要去找他们。再见再见。

我总是这样对自己说，事情就是这样的。发生了或没发生，这不取决于你，而是……上帝知道是怎么回事……这么说吧。我永远都不知道会发生什么，假如那个晚上我再多喝一点，假如我不那么爱我的妻子，假如之前数小时我没有被玛格丽特的那幅油画痴迷得挪不动脚步,那幅日落夕阳,一块块玻璃碎片,伤害着它们的伤口……

(林惠芬　陈进译)

我的布加勒斯特

像所有在我看来不具真实性却已深深刻入我大脑的物体一样,一种复杂的爱恨交织将我与这座我生活了一辈子的城市联系在了一起。有时候,平地而起的建筑和公路让我觉得丑恶无比,就像弗洛伊德嘴里装了十一年的金属件,我看到的不是宫殿,而是一个曼陀罗,在它上面我如此全神贯注地弯下腰,以至于我能感觉到电视台、洲际饭店和新闻大厦顶上的天线和避雷针如何在划伤我的视网膜。有一次我想着想着自我安慰地笑了起来:乔伊斯得到都柏林,博尔赫斯拥有布宜诺斯艾利斯,达雷尔则有亚历山大,"而我呢,永恒和善良的主/从我开始祈祷以来,我没有得到"这些神话城市中的任何一个,这些城市只有在梦中或者死亡之时才出现。那会儿我还是少年,在阅读陀思妥耶夫斯基的时候,我总是会想,陀思妥耶夫斯基并不是一个天使,而是像我一样的一个普通人,我将会写出比《涅朵奇卡·涅茨瓦诺娃》更好的作品(当时我并不知道根本不可能再好了),因为那时,一个在为写书而疯狂的少年(此后他几乎要自杀,当然是在进入可怕的颓废年龄,即三十岁前),绝望地重复计算着自己可拥有的"相对目标"——因为我就想写散文,仅仅是散文,因此我的诗歌最早发表对我来说就是命运的讽刺:几个人物,布加勒斯特的几条大街……神秘不愿出现。那时也没有地下室。人们都很善良,而平庸的城市宛如系在带状登博维察河上的一块手表。一个大学生梦境般俯身在涅瓦河桥上的圣彼得堡黄昏的绚烂在哪里?"亚巴顿"里的布宜诺斯艾利斯砖砌隧道深处,一个瞎婆婆叉开大腿带来的那道蓝光在哪里？我既没有在成熟小区的《淑女的眼泪》里找到她，也没有在普拉高伊酒窖里的《弗列达》和《阿莱扬德拉》里找到她，因为在一个唯一的圣洁圣母像里，一个宛如一条长裙或蜘蛛网般绕着它旋转的城市里，我还没有遇到过这些人物。我那时已开始写一部十四行式小说，共四个部分十四个章节。每个章节必须是另外一种文风，本该押韵的，我却在一三和二四章节中找到微妙的对应……架子非常好，但我用什么去填充呢？我对人物不认识，也不感兴趣，再说，有生以来还没有写过一个对话。我不爱任何人，也不恨任何人。我热衷描述，无止境地描述房子和破旧、古老、被虫子和菌类啃食得摇摇欲坠的楼房，拱形的窗户反射出厚如重油的黄昏，古老的电梯在积满污垢的铁笼子里缓缓地滑行。大街上随处是被拆除的房屋，只留下一堵墙，就像填充物掉落后的一颗大牙，树木绿得像洗过一样不自然，一种梦幻的色彩……生锈的便槽和冲水器，沾着粪便和铁丝……第二、三、十页描写在这样恶劣的环境中人物的迷茫……还有红砖仓库，带着钢筋、有着像地平线一样宽厚的墙体……奇怪的是我梦中的情景也是如此。事实上，每当我写作的时候总是梦见同样的东西，我都无法说清楚究竟是先梦见后写作还是相反。我总是梦见有造型的外墙，有着难以置信和姿势怪异的雕塑，向我伸出双手，躲避我的抽打，乞讨着……铜圆顶下的所有东西都与人类的尺寸不同，上方中央有着巨大的圆形大门……荒凉的广场，在晴朗的阳光照射下，黄色光线下，一个同样黄色的、布满尘土和不可思议的塔楼拔地而起……这些如此令人激动的连贯，如此令人痛苦的、甜美的情景从何而来？其中的一些情景我后来在德西德里奥·蒙苏里再次找到，其他当然是在基里科——巴恩斯在费城博物馆的收藏品中关于工厂的场景——而另一些（我梦到的巴黎），我去年就在巴黎真真切切地看到了。梦中，甚至是在少年时期，我就看见斜坡上，一条沿着烟灰色围墙通向万神殿的马路……但当目光从被圆珠笔涂鸦满的纸——那张已黄如钠燃烧着的纸上抬起，我从自己在斯特凡大街上的房间里，透过三层玻璃窗，看到的则是另一个布加勒斯特，一个我从不愿写入散文的城市。"女人，我跟你有什么关系？"我想对这个平平无奇的冒牌货这么说，这座城市有着掩映在杨树和鹅耳枥间的红砖房子，静静的迪莫夫式庭院，远处，胜利商店圆圆的蓝色嘉乐士广告灯开始闪烁，今年才刚换了百事可乐。难看、土气，这个带着灰色高压电线网的"现实"城市伤害着我，朝我吐了一口灰色的痰。灰色，灰色成了我的文学宿命，因为灰色将很多人带到了维也纳，而无聊于我却无边无际。难道是因为这个原因我的十四行式小说写不出来，因为不知道滔天美丽藏在哪里？在火柴盒的楼房里？小资阶层的房子里？赫勒斯特勒乌公园里？卡内蒂的疯子们、芒迪亚格的恩浦萨、梦游女人纳德娅，他们在这里都被寡头们冠以与之毫无关系的"当地人""公民"之名。

  我放下了散文，并在接下来的那个炎热的夏天，从未有过如此的孤独，由于没有任何出门的交通工具，也没有任何可以约见的朋友，我开始每天出去很有仪式感地散步，为的就是把我的焦虑降到最低限度。在某种极度痴迷的状态下，有时会走进空旷的地方并连续数小时地行走。只有在那时，我才意识到我一点都不了解这个城市，布加勒斯特当时（后来也是）于我只是梦中所见的那些情景，梦里我时常站到一栋高耸突兀的建筑物顶层房间的窗户边，看着房间里淡绿色的女打字员们。那时我刚从国家马戏团旁边的二十八中毕业，当时那里还不算市中心，妈妈的世界就是我的全部，她是一个来自农村的单纯女人，并把她的行动区域严格锁定在奥博尔和多洛班楚之间，还有花街上的一条小街，这个区域的划界是根据我常去的三家电影院：伏尔加、乐曲和花街。我很少会走出这个区域，除非在我遇到一种奇怪、形而上的不安全感，好像坠落到另一个世界的时候。妈妈无论如何都不会去市中心看电影，直到今天她都没有走出过她的地盘。这个"纯洁"的焦虑三角是我对宇宙的全部认识，那是一个神经元，好像为了认识世界，我要装备一个神经元，它拥有两个相对单独的突触：通往西卡阿姨——我妈妈的妹妹家的路（后成为奥拉阿姨），一条很长的路，乘坐有轨车到杜代什蒂·乔普莱雅，经过多洛班楚转盘处很大的一个雕塑；还有一条到教母家的近路，大约在菩提树小区的一条地地道道的贫民窟街道。教母叫维多利亚，有一个脏兮兮的儿子马里安，那时我被强制要求跟他一起玩。他们家，我经常在梦中重复看到的——那里经常发生可怕的乱伦，我从老女佣处偷窃一个小雕像，那里还会发生一件我没有勇气书写的事情——那是一个奇怪的建筑，一个带有阁楼的两层楼的房子。大约在五岁的时候，我曾经爬上去过一次，穿过一条看上去蓝色的、向上的通道，来到一个空旷无比的阁楼，那里只有一棵用木头锯成的小摆件点缀的圣诞树，因为教父是一所学校的木匠。他从树上摘下一个木头熊送给我，直到今天我还保存着。这是我认为有先兆的少数几个记忆之一，包括一岁时的抓周，我记得好像从装有钱币、杯子和其他不知道什么的盘子中挑选了钢笔；还有一次是在我上学路上的鲁克桑德拉公主街，从院子里出来一个大约两岁大的孩子站在我前面，认真地看着我并清楚地、用好像不是他的嗓音对我说："幸运儿！"我的斯旺和盖尔芒特，这两个方向丰富了城市和世界的内涵。至于熊，在我对野兽的许多梦境中，它是我记忆中最恐怖的主题；获得这个木熊后不久，我便梦见了一个长着獠牙、垂涎三尺的庞大动物在林子深处呜呜嚎叫。我在黑暗的惊叫声中醒来，在迷宫般的房子里走着，好几次撞到家具，好像走了好几个小时才看到浴室小窗透出来的光亮。我打开门（门手柄恰好在我的头上），在犹如尿液的黄色灯光下，在又窄又高、尸白色墙面的屋子里，我看到妈妈深更半夜还在水池里洗衣服。湿透的身子满是泡沫，在绿色肥皂的臭味中，她裸露着乳房，湿漉漉的头发缠在她纤瘦的背上，锁骨突出。她像一个巨大的雕塑，填满了宇宙中唯一照亮的房间。是的，我的布加勒斯特就是妈妈的中心。

就在我刚雄心勃勃地写完头几篇散文后，我这个原始核心又重叠了另一个城市，一个情感的城市，因为到了大学后，就像端脑才与中脑重合（丘脑和下丘脑，边缘系统），而后是新皮层，用来覆盖青春期的另一个布加勒斯特，一个更为宽广的布加勒斯特，在上面我的小矮人可以慵懒地躺在铺着皱巴巴床单的床上。因为在我的头骨下面有三层重叠的大脑——爬行动物的、哺乳动物的和人类的大脑，我的想象空间被三个布加勒斯特所占据：妈妈的、第一个女人的和诗歌的布加勒斯特。如果某一天，在人类大脑上重叠一个天使大脑那样辉煌、不可思议的结构，那么，什么类型的城市、什么样的天堂圣城才能与之相配？直到高中，我才开始与女孩子（洛丽塔、索尼娅、拉塞利卡、纳赫曼佐恩、克莱娅、娜娜和突然出现的我的吉娜）手拉着手，漫步在性感十足但充满暴力和忧伤的布加勒斯特市，穿过无望的性腺树林，充满嫉妒的圣像花园，走过恨透爱情的秋天街，经过一对对身体紧贴、唇舌相交的男女，那里一只又一只的手伸进裙子，摸到大腿内侧的嫩皮，再往上在小内裤上触摸到阴毛颗粒般的糙感，冒着静静飘扬的白雪经过笼罩在霓虹灯光下的、空无一人的小三角形广场，逛着令人怀旧的基谢列夫大道，路过不讨人喜欢的安蒂帕博物馆，看过冷冰冰的消防塔，来到星空灿烂的天王星路。直到高中，原来的三角形才开始腼腼腆腆地一点点扩大，像一条变形虫或一只张开的五指敏感的手掌，我们留下的脚印就是上面的指纹，二十六路和五路有轨电车轨道就是掌上的爱情线和幸运线，大主教山就是金星丘，映在水中的云彩宛如花街湖、菩提树湖、奇什米久湖和赫勒斯特勒乌湖，还有托诺拉湖这五个指甲上的雪斑。

  在我们毫不现实的婚姻的蜜月旅行中，我们选择了偏远和奇怪的线路，一些如今已经不复存在的小街（就像在我变差的记忆中早已不复存在的爱情之地），有着粉红色的房子、彩色玻璃挑棚、盛开的夹竹桃，还有院子，小猫在草地上慵懒地打着滚。我们停下来，轻轻地拨开挂在玫瑰树枝上厚厚的蜘蛛网，我们踩在被上帝遗忘的地基上。这是一个幽灵般的建筑，深陷的窗户上顶着恶魔头饰，破碎、泛黄的石狮子和水泥龙上骑着戴眼镜的小女孩。如今偶然再经过这些地方时，我依然可以清晰地看到她出汗的胳膊上的疫苗印，并且依然感觉到心脏和睾丸的收紧，感觉到体内腺体还有那个分泌"时间"的微妙腺体的挤压，以及我眼角的腺体分泌出来的血清素。由此，我的城市地图充满了漩涡和纯粹怀旧的旋流。我从未注意到妈妈身上的痣，但我对第一个抚摸过的女孩身上的黑色、褐色和半透明的痣却了如指掌，而布加勒斯特的怀旧雨滴，落在我们曾经停留过的地方，我们亲嘴，我们搂抱，我们闲聊，我们喝酒，我们说了可怕的话语，与她皮肤上的每一个痣点点相符。完成十四行式小说遥遥无期，失去爱情后难以容忍的疯狂让我突然喜欢上诗歌。我在伯拉沙公主街的阁楼上租了一间屋，有一张桌子、一个椅子和一张床。里面越简朴，越能反衬出贡哥拉铁艺阳台，带着新艺术风格的花朵和丑陋的面具。当火红的晚霞降临时，我会走到露台，看着城市的蓝色穹顶。此时站在布加勒斯特大学里，我才习惯了市中心，就好像之前我一直生活在地下，如童年幼体、少年的蛹壳一般，直到现在才犹如成虫一样重新回到明媚的环境里。在不能给我太多东西的数小时课程结束后,我一直在市中心漫无目的地闲逛,雕塑广场、勇敢的米哈伊大街顶头那些摆满首饰和香水的商店、洲际饭店前的国家剧院、王宫大厅周围和胜利大街……我开始喜欢现代城市、交通、穿着优雅的人们、吸引眼球的女人……那时我写了《爱情的诗歌》,在里面展现的是一个西方大都市的布加勒斯特,到处是梦幻的霓虹灯、闪耀的高速公路和晶莹剔透的建筑物。我发现了好多书店和画作展厅、默古雷亚努寺院大街和八十九路沿线上的文学社团、游泳池、罗马尼亚图书出版社和庞然冰冻灰冷的火花大厦,看到了一个渊博、精致的布加勒斯特,宛如卷曲在一个银杯里的夹心巧克力。在经历了原始的三角区和令人激动的黑痣网的压抑之后,现在,通风的、彩色的、多层石英重叠的、由登博维察河胼胝体连接的两个半球,我终于有了我的布加勒斯特,一个自己的、合我品位的,城市的中心不再是妈妈,也不再是情人,而是我自己——构造这个城市的作家。我的城市牧歌曾经是梦幻的田园诗。我像一条狗一样孤子飘零,憔悴地游荡一整个夏天,在大陆饭店和电报大楼前幻想,在雅典娜音乐厅和祖国电影院周围,假想着各种各样的情景,在风中迎着一缕只有我自己看得见的荣耀俯身、欣喜……

  达雷尔有亚历山大?科塔萨尔有布宜诺斯艾利斯?乔伊斯有都柏林?我也有布加勒斯特!一个塑料的、蛋白质型、我对它的想象可以随意塑造的城市,让它在变化的镜头中旋转,犹如在一台电脑屏幕上,在水上游戏中变得斑斓(我这样写过:好像你是一只孔雀,身后有羽毛张开的布加勒斯特),我用云母、闪长岩、紫晶、赤铁矿及腐烂螃蟹的恶臭和藻类把这个城市揉成一团并将它填满("布加勒斯特是一个有着珍珠餐厅的贝贻",我这样写道),我用神话和幻觉、模拟和谬误推理,用超现实主义和新艺术风格来碾压它,并想象着一个强大的黄光动物的起源,一个头上顶着钻石的胎儿,划着双螺旋桨,带着嘌呤和嘧啶碱,在布库尔奥波尔市场升起("在高墙和荣誉的布加勒斯特上面/太阳冉冉升起",我写道)……印度大麻、麦斯卡林、吗啡、箭毒和诺米芬辛这五要素,用来塑造围墙和树丛、粉眼紫唇的人脸、像鱼虫般无色的半透明汽车、如犯癫痫病的信号灯。"第一百一十一号药店"会预言,通往沃伦塔里桥边的加油站讲多种语言,圣母菩提树糕点店搭一下手就可以治病,小剧院可以让瘫痪者重新站起,英国圣公涂画镜片就可点燃远处隐约可见的秋天船桅,以及各种各样可笑的事情!如果在孤独、精神分裂、没有逻辑、粗野、厌食症、失语症和运动不协调中存在幸福,如果中阴的集中冥想是真实的状态,如果七轮中的顶轮——自觉轮从婆罗门的开口处射出的火球是真正创造世界的眼睛,那我很高兴,我活在中阴界里,自觉轮在我头上燃烧。但是图像令人无聊,这就是图像不好的一面。你冲一杯雀巢速溶咖啡时,会将一勺咖啡倒在一勺白糖上面,然后搅拌一下杯子,直到咖啡泛出白沫。很快,这些白沫就会被搅匀。这个时候,不管你做什么,不管你如何摇晃杯子,你都不可能更多地融合它们,也不能将它们分离。

平衡,即死亡。在经历几年富有想象力的快乐之后,我的诗歌因缺乏进步而稍纵即逝。那时,我几乎也与诗歌一起死亡。我每天长时间地躺在湿漉漉的床单上,恐惧和绝望地想着自己不能再写作,自己折磨自己,做疯狂的练习,每天喝十五杯咖啡。如果那时我能咽下酒精,我肯定会因为酗酒而摧毁自己的思绪。大约一年的时间我一事无成,哪儿也没去,几乎一直失眠,而当我瞌睡时就会梦到自己写诗歌是如此奇妙,以至于我觉得胳膊上的汗毛和头顶上的毛发都竖立起来,但是醒来后我才意识到自己的痴愚,于是我再努力地让自己入睡。大约从那时起,开始出现那些后来构成我散文的梦境。抑制冲动开始回归,后现实主义开始走向现实主义，就像一部倒回去的电影，慢慢地朝雷东和沙瓦讷的象征主义滑行，以便全力投入卡斯帕·大卫·弗里德里希的潮流中。我开始衰退，身高萎缩，思绪下降，失去性生活后，便转向肛交和口交……白天，痛苦、久远的记忆总是会迅速地闪现在我眼前，不给我重新回望的时间，想想发生在什么地方，究竟是回忆梦境还是一些现在或过去生活的真实片段（克罗德·洛林的一幅画面有一个港口，一艘船正在驶入，岸上一些大理石建筑的拱形和柱子，日出将海水照得通红，把建筑映得透亮。我总是会有令人昏厥的断定：我曾经去过那里）。而到了夜晚，我经常清晰地看到那些早就遗忘的地方，那些两岁以前、四岁以前然后到五岁以前住过的房子……一切都被情绪摧毁，从惊恐到狂喜……被发绿、尸体般的绿光笼罩的房间显得格外的高。所有的房门看上去都像鲜红的伤口，有些还在渗着血。空气是黄昏时的烟暮色。走过巨大的房间，我把小手放在印有小花的墙纸上，门口突然出现的一个茨冈女人让我惊恐地停下脚步，她对我微笑着并递给我一块黄黄的、裹着糖粉的软糖……我进入浴室，看到的不是厕所、脸池和浴缸，而是一个宽敞、冷清的会议室，里面只有一张长桌子、几把椅子，四周放着叠到天花板的小册子……我在母亲的怀抱里，在令人眩晕的高处摇晃着，走向食品店。在我写作《怀旧》的全部阶段，我一直竭尽全力地回忆早期的儿时岁月。一种强烈的迷惑感促使我连续几个早晨行走久违了二十多年的路线：我去看了花街车场附近曾经住过一年的楼房，那里阳台的间距是如此紧密，以至于邻居可以从我母亲的手里把我接过去，好像抱着我跨过四层楼深的水井……我还去了花街一条音乐家的街道，走进一个神秘的别墅，那时我才四岁，我跟西尔维亚玩"看大夫"游戏，悲伤地看着裸露的性器官。在那里我还记得经常坐在窗前看一本小书，当我突然想起这本书名时，我激动不已：

《撒旦王子的故事》。但真正的启示、情感记忆的真正醒悟,就像塔尔科夫斯基的《镜子》里的小男孩开始在催眠状态下说话一样,是几年前的一个早上,我去锡利斯特拉附近寻找我那传说般的住宅,在那里我一直住到两岁,并给我留下了最早的记忆:房子本身是"U"字形的,租户大多衣着褴褛,比如妓女科卡、铁路修理车间的尼古·伯大叔、房东的好几个孩子、卡塔纳太太和卡塔纳老头;衣柜上的木船;被我叫作多尼的焦尼小狗;院子里张开羽毛的火鸡;我父亲在外面对着手掌大的镜子刮胡子;镀金的铃铛从我手里掉落到水池里,并且再也没有找到……我找到了小区,但所有的街道名称都变了。这是一个院子里有夹竹桃和彩色玻璃门廊的贫民窟小区。我在迷宫般的街道上扭来扭去地走着,穿过无声的石子路,我看到形同火警楼的高房子,这些房子我肯定在什么地方见过……彭科塔的空气变成了烟雾……彭科塔:肚子①……我像在梦中一般认出了低矮的食品店,收款台旁边摆着干枯的天竺葵花。我走过像是《布里格手记》里的那些涂着蓝色颜料的废弃房子,旁边的老人惊讶地扭过身子看着我。我怀着心中的死亡往前走,穿过到处是婴儿车的院子,牙牙学语的小女孩们两个一对地在拍手掌,我避开了阳台上茨冈女人的目光,来到对面的六十六号房子。今天这个房子已经不复存在,整个小区被夷为平地,以前我至少应该拍一张照片的。楼上的柱子、破碎并用蓝纸糊上的玻璃窗,离别、缓缓粉碎的感觉……一辆大约生产于六十年代、没有轮子、没有车灯的美国汽车外壳占据了整个院子。左侧一扇虚掩的木门,楼上有一间我们曾经住过的水泥地面的房间,既是厨房,同时又是客厅和卧室。我看着这个废墟情景,脑海深处难以理解。忧伤地,我突然蹲下身去(因

---

① 在罗马尼亚语中,"彭科塔"与"肚子"的发音相近。

为我从两岁起开始仰望它?),在耀眼的光线中,一切在我脑中爆炸。我站起身来,打开大门,走向虚掩的那扇门。我爬上了扭曲的螺旋形楼梯,走到顶头,我看到一扇猩红的、巨大的房门。

　　我打开房门,脚步在门口停下,房间里的光芒让我愣住了:我年轻的母亲裸露着躺在铺着蓝色床单的床上,臀部带着红斑狼疮的印子,头发散在她的乳房和肩上,眼睛闪着光亮,微笑着对我说"欢迎回来"。

(林惠芬　陈进译)

纳博科夫在布拉索夫

几天之前，我两手插在防寒服衣兜儿里，步履匆匆地走在新时代工业区的马路上，景象凄凉得令人潸然落泪。寒气袭人，虽然有太阳，但十一月的晨霜仍未消融。"喂，米尔恰，干吗呢，亲爱的？"听见有人这样喊时，我满脑子里想的都是文学方面的事情。一辆银灰色的大宝马在我前面几步远的路边停了下来，一个把太阳镜架在头顶上完全陌生的面孔探出车窗冲我笑。我朝汽车走过去，那个主儿下了车。"你还知道我吗？知道我是谁吗？"我越看越觉得她面生。"还真说不上来。"我也冲她一笑。她捯饬得过于妖艳，让人觉得十分不爽，尤其在马路对面那片破旧楼房、水泥厂房还有电车站附近那些歪歪斜斜售货亭的映衬之下。"我是阿德莉亚娜，伊丽娜她姐呀，你到我们克鲁日的家那儿去过一回呀！"是的，就这么一面之交，况且还是在很多年之前，这样说来，我一时想不起她是谁也属正常。我装作很高兴的样子，也说了句有一搭无一搭的话："后来你又去过芬兰吗？"我这样问的目的无非是让她确信我知道她是谁。"去，常去，我们跟那儿的一家公司干事儿。告诉我，现在干吗呢？混得怎么样啊？我老是听说，你还时不时地出点玩意儿，可你知道……这年头儿，猴儿累的，还有几个人看书呀？……你还别说，只要是你的书，伊丽娜她都买，还不是心里有你，明白不？"我迟疑了一下，她可真是哪壶不开提哪壶。我本不想提伊丽娜，可到了这儿还是没能躲过去。"伊丽娜怎么样啦？"我面前这个完全陌生的女人，顿时神采飞扬，眉飞色舞，看得出来，她妹妹成了她们全家的骄傲。"啊呀，非常好呀，她已经在布鲁塞尔定居好多年了呀，她男人可是一个不得了的人物，欧洲议会议员……""……还不是阴错阳差。"我脑子里突然这么一闪。她说了句"那我们得保持联系啊！"（联系什么？）"难得见面，我很高兴。"驾驶座上的男人侧身给她推开车门。汽车刚刚走，就像合上了一本摄影技术高超、装帧精美的时装杂志，情景也随即消失，留下的依旧是湿乎乎、脏兮兮的楼房，坑坑洼洼的柏油马路，还有十字路口那里一个个衣着不整面带病容的人。

我忘记要去哪家公证处或者法院，也不知要办什么样的财产登记手续，在黑色乌托邦那一带神情迷惘地转悠了半小时。伊丽娜在欧洲议会？布鲁塞尔的贵妇人？高官的太太？我杞人忧天，还怕人家感到尴尬呢。我想象当中，这些年来她因那段身不由己的经历而沉沦，索性破罐破摔，或许早已成了酒鬼，同那些白天蜷缩在电车里散发着恶臭、夜晚浪迹树丛里的人毫无二致……后来我恍然大悟，本该如此。我意识到几年之前信手拈来的一个现成故事，现在连顺其自然的结尾也给了我。然而，对她而言，这种结局或许就是不可避免的。我既不是"写实派"作家，也不是"主题"作家。正因如此，要我讲述亲身经历过的三四个既真实又有趣的故事，我一向拿不定主意。今日得闲（怎么说呢，不是心静，干脆说吧，就是淡定，孤寂，最具体不过的意思——把书房的门一关，小的在他的小床上睡觉，那个大的在起居室里干着什么……），思量一下伊丽娜——我的那个"第一任妻子"和一个滑稽可笑的奥秘，那些可悲年代的一个可悲的奥秘。

我大学读的是语文系，喜欢舞文弄墨，不甘寂寞，天生就是诗人的料儿（自认为），但毕竟其貌不扬，身材矮小，形销骨立，难怪在人群中我唯一感兴趣的姑娘的眼里我无异于一具骷髅。我性情孤僻得令人可怕。虽然我在文学社已经小有名气，可从未得到过任何一个女同学的倾慕。我百思不得其解。茶话会上,我那些荒唐无稽、玩世不恭的朋友无不绘声绘色地大谈特谈他们在阁楼间或地下室蜗居时床上的那些风流韵事,而我那时已经二十三岁,却没有一个女人上过我的床。阿尔迪亚尔地区把床叫席梦思。这样,一九七九年春,去克鲁日参加爱明内斯库研讨会时,我突然觉得,这一回可真要天上掉馅饼了。我在那里遇到了一个似乎对我有爱慕之情的主儿。她比我大四岁,已经毕业,分配在阿尔迪亚尔地区一个小镇当老师,大学读的是英语和罗马尼亚语。她长相有点丑陋,不修边幅,内八字脚,走起路来好像每一步两只脚都要磕绊一下。一开始,我们俩就气味相投:两个疯子,一对自命不凡的家伙。我言必旁征博引我所痴迷的作家,她则一个劲儿地讽刺和比喻,以至有时在克鲁日大街上那些枯燥而深奥的高谈阔论中,我俩都意识到彼此所谈南辕北辙,风马牛不相及。她突然停在路灯下问我:"你不认为这整个克鲁日不过是一场智力游戏吗?我们总得从这场梦幻中醒悟过来吧?"连我都意识到了这句话的潜台词。我挖苦似的答道:"你不认为博尔赫斯关于布宜诺斯艾利斯也说过类似的话吗?""不,不,我甚至相信这个。我甚至认为,一切都无所谓,一切不过是我们的梦,或者另一个人关于我们的梦……"我无法把她从奇谈怪论中解脱出来。研讨会上,我宣读了一篇论文,当时没有一个人听懂。后来我同伊丽娜讨论这个问题,火车包厢里只有我们二人,我们拿半个橙子皮当酒杯喝了伏特加。两件事让我惊诧不已,一是居然她当时就听懂了,二是她后来竟然依了我吻她,然后让我……但没有进一步那种……

回家之后,开始收到她的来信,差不多两个星期一封。无非是些纯理性的信件,没有感情的表露。比如她在看些什么书、翻译些什么作品之类。她很喜欢纳博科夫和 D. H. 劳伦斯。她阅读英文版美国后现代派作家，对 R. 库弗情有独钟。毫无疑问，她具有批评天赋，见解独到。只是在信的结尾，才暗示某种纯洁的爱。所有信件的结尾一字不差，都是用英文写的"晚安，亲爱的王子！"可是，就在这期间，我却爱上了布加勒斯特的一个同事，这样，跟伊丽娜的事情便不了了之。但很倒霉，所说的那个同事原来是个老处女，况且还打算至少再当几年。我们虽然在老房子的门洞里疯狂地折腾，可我的履历表上却清白无瑕，上帝啊，我都满二十四岁啦。我开始写情诗，聊以自慰。尽管我对那个同事的爱是绝对的实实在在，可我却随便跟谁睡都行，哪怕跟一个老太婆。尤其是，对我来说，任何一个过了三十岁的女人都是老太婆。这样，第二年还是在克鲁日，与伊丽娜的不期而遇使我的欲火再生，这一次是"歌颂罗马尼亚"活动中的诗歌朗诵会。我远远地就认出了她，那时她正同一群人在久负盛名的阿里左娜（实际上是一个很普通的娱乐场所）门口等候入场。她迎我时我觉得她两只脚磕绊得更加厉害。她的长发剪短了，卷曲的头发垂在面颊两侧。越是一段时间不见，再看见她时就越发觉得她丑陋：两片薄而干瘪的嘴唇，鹰钩鼻子，皮肤粗糙得像假羊皮纸一样的脸……但她两眼除了目光敏锐之外，还流露出其他什么，那就是一种罗曼蒂克式的矫情，对周围所有一切的冷漠。邀请我去她家时，我顿时感到腹股沟那一带的荷尔蒙蠢蠢欲动：再见啦，处男，"这回是不会错的！"可事实并非如此。因为伊丽娜家里，还有刚刚从芬兰回来的她姐姐阿德莉亚娜。那倒霉的整个儿晚上我们都在看那个特大号的相册，芬兰的黄昏、芬兰的枞树、芬兰的驯鹿、芬兰的这个、芬兰的那个，不一而足。我等了整整几个小时，巴望着阿德莉亚娜走了之后我们可以尽情欢悦，可到头来，悻悻而走的却是我。这样又过了一年。我聊以自慰的是，那时我正在读《天才与女神》，A. 赫胥黎说，他二十六岁之前一直都是老处男。怎么样，情况还有比我更加糟糕的呢。我呢，我发誓，无论如何也不会沦落到那个境地。誓死不蒙羞……

可今天我反倒认为，继续当我的老处男岂不更好？因为"我成了男子汉"的那个倒霉的下午，至今给我留下的仍然是最尴尬、最恶心的记忆。伊丽娜打电话，说她已经到了布加勒斯特，甚至已经在那里定居（怎么会呢，她的学校不是在阿尔迪亚尔吗？莫非她接到了重新分配的调令？即使真的有了调令，可她在布加勒斯特能干什么呢？），还说什么有要紧事非见我不可。我坐地铁还没到卫国站，头就晕了。我找到了那幢楼，顺着满是垃圾的楼梯爬了上去，进了一个弥漫着浓重杂烩气味的一居室，我吻了吻伊丽娜，她脸上和头发里都散发着这种气味，穿了一件带风帽的花斗篷。我什么也不想吃，只想解决我的问题。她脸上带着倒霉女人那种蹩脚神情，把一块毛巾放在床上，然后一屁股躺在上面，我挨着她躺下。使我特别惊诧的是一切都经过精心策划，她居然没穿裤衩。稍微一折腾，我就成为男人了，可除了那种令人作呕的杂烩味之外，我竟然没有感觉到一丁点儿想象之中的那种快感，令人恼怒的是一下就完事了，与那天下午有关的一切都使我感到恶心：身旁那个俗不可耐、散发着难闻气味的女人，那间墙壁七扭八歪的屋子，还有透过窗帘隐约可见的黄昏时分的天空。我只想着尽快离开那里，并且永远也不要再见到伊丽娜。她去了厕所，回来时渐渐昏暗的屋子里，可以看见她两个硕大的乳房，浓密的阴毛（我原来想象的女人可完全不是这样），肌肉发达的臀部，她披上浴袍，点燃一支香烟。

说到这里，我故事的基调似乎应从某种动人（似乎用"感人"更为贴切）的欢快变成低沉或悲怆，那种非常的忧伤。可那天下午的变化来得并不很突然。只是天色渐晚，屋里昏暗起来。如果尚缺少一点什么才像电影里那样（我后来思忖）使一切都衔接得天衣无缝的话，那就是当时她对我说的那些话。那时她依旧站着，手指缝里夹着香烟，她说："米尔恰，有一件……事，我想让你帮帮我。我不知该怎么办。""怎么着？"我仍未从恶心当中缓过来。我把裤子翻过来，匆忙脱时，弄反了，又把袜子从裤腿里掏了出来。"是这样，那就照直跟你说吧。"可她并不马上说出来，而是把燃着的香烟放在窗台边上，然后从练习本上扯下一页写了铅笔字的纸叠烟灰缸，叠好之后，往里弹烟灰，直到烟灰裹着的烟头变成红红的。"他们让我去安全部门……"

我脑子本来就迟钝且常常走神儿，这样就把机会失掉了。我历尽的沧桑似乎都是别人生活中的小事。现在就属这种情况，仍然没往心里去。"那你自己是怎么说的？"我漫不经心，似乎在听梦里的人诉说。伊丽娜头一回胆怯地注视着我的眼睛："我说'好吧'。"紧接着就一个劲儿地磨叨，如同一个演员对着镜子练习台词一样：与其一辈子在乡下当一个可怜巴巴的老师，还不如到一个重视她聪明才智的地方……有才干的年轻人一定会从内部改变事态……可以到国外旅行，能够去图书馆……可以利用她的身份干许许多多好事……

我不想再听她絮叨，慢慢儿清醒了。可奇怪的是，只要一提起安全部门，我满脑子全是那些最不协调、最怪诞的事情：几百人在布谷尔欧波尔①排队买啤酒，一个一把年纪的人，见几个茨冈人到前面加塞儿，情绪立刻就激动起来，大声喊叫："他是安全部门的，我认得他。"那个时候，老者是带着几分敬意说的，"这人有权，可以维持秩序。"那时，我们楼里住着许多安全部门的人，我小时候，常跟他们的孩子一起玩耍。我还记得那句话："散开啦，小伙子们，散开啦！"还有妈妈的叮嘱，让我"不该说

---

① 布加勒斯特一个大市场。

的千万别说",因为安全部门无处不在,无孔不入。安全人员和安全部门究竟是干什么的?正如一些段子说的那样,我偏偏跟了一个安全部门的人或者哪怕正要成为安全部门的人,才成了男子汉的。我让她接着说,让她试图说服我(特别让她说服她自己)她有道理,她继续徒劳地辩解,后来她发现我不再听她说话。我几乎看不到她的脸。隔壁的冲马桶声、电视机里的说话声,还有放音乐的声音都听得见,因为墙壁像纸一样薄。她沉默片刻,又点燃一支香烟,直到一声不吭地吸完。然后,放荡地躺在我身旁,乏味地亲了我一口,下流地摸着我,这一次可不再拐弯抹角,直截了当提出要再来一次。我没觉得有什么刺激,我把她的手往旁边一推,连珠炮一样说个不停:别犯傻了,这样不仅毁了她自己的一生,可能还毁了别人的一生,如果真的迈出这一步,我永远都不会再理她。我说,既然你已经答应了他们,何必还要征求我的意见。"当时连个说话的人都没有,我跟谁商量啊?米尔恰,在这里我两眼一抹黑,举目无亲。本来就该把这件事告诉我信得过的人。"离开那里时,已经夜深人静,我行走在布满一片片积水、泥泞不堪的碎石路上,警惕性极高的警察带着怀疑的目光盯着我,回到家往床上一躺,就意识到了那个夜晚的荒唐。"那个白痴,"我自言自语,可奇怪的是,事实上,我感觉自己倒像个干了一桩蠢事的白痴。索性忘掉一切,烟熏得我头昏脑涨,我入睡了。

在性生活方面我的情况尚好。赫胥黎设定的年龄是二十六岁,在此之前,我的性生活记录中已经有了四个人的名字。这方面我心安理得,开始写更富于哲理的诗歌。我成为男子汉的那天夜晚几个月之后,一天深夜,我接到伊丽娜的一个绝望的电话,她在电话里又哭又闹。醉了?可我知道她是不酗酒的呀。我试图把她混乱不堪的言语连贯起来。她住在内务部埃弗里耶的保密宿舍，跟两个同事住在一起，"她们都是婊子，不断地打我，折磨我，米尔恰！"她已经被洗过脑了，米尔恰。她必须去干那些令人毛骨悚然的事，米尔恰，她再也忍受不下去了。米尔恰，她号啕大哭，像个流鼻涕的孩子。那天晚上好不容易溜出来，直奔一个公共电话亭。她跑到任何地方都行，必须躲藏起来！"那你就到我这里来吧。"我在电话里对她喊叫，可她突然挂了电话。我白白地等了她整整一个晚上。

后来几年，情况变得更加糟糕，真可谓饥寒交迫。作为那时人们说段子话题的安全部门，成了一种令人毛骨悚然的传说。人人自危，恐惧的心理像瘟疫一样蔓延。那时我不时思念起伊丽娜。那个倒霉鬼现在在干什么呢？安全部门干的那些丧心病狂的勾当有没有她一份呢？莫非她也成了恐怖工具不成？那个不相信现实的她，那个痴迷纳博科夫的她？隔了很长一段时间之后，我又开始接到她的电话。通常都是深夜，经常是向我借钱。声音越来越嘶哑，越来越疯狂。多数情况下，可能都处于醉态，我没有能力借钱给她，因为我自己也穷得叮当响。我常常问她情况如何。"我什么都不能对你说。"说着就挂了电话。像所有男人一样，我心神不定夜不成寐时，不管以前有过多少女人，都要悉数想一遍，自鸣得意地回忆起同每一个女人干过的那些事。不管我有过多少女人，可怎么也忘不了那头一个。尽管我十分荒唐地选择了她，可恰恰因为选择的是她，我才牵挂她，怜悯她。不管冒多么大的风险，只要见到她，我都想帮她。我知道她绝对不会伤害我。一九八六年以后，她就不再给我打电话了。伊丽娜销声匿迹了，我认为她永远地销声匿迹了。

再一次见到她时的情景，当时我怎么也想象不到。发生革命①几周之后，我同我的朋友内德尔丘和哈尼巴尔都在作家联合会三层的那间小小的房间里，那里我有一张工作人员"办公桌"。那时我负责创作室的工作，这份差事只维持了几个月光景，从秋天起直到第二年春天整个这段时间，实际上算失业。一天晚上下班时我忘记炉子还烧着火，差一点儿让我把办公室给烧了，直到现在门上的那块玻璃还是坏的，炉子给熏得黑黑的，铺地板的两块木条都烧焦了。我们正聊着我们那个新办的报纸《复调》，又窄又陡的木楼梯传来咚咚的响声，一个头发湿漉漉、上衣覆盖着一层白雪的女人突然出现在我面前，我简直辨认不出原来就是她——伊丽娜。她那阿尔迪亚尔女人扁平的面庞涂了过于浓重的胭脂，头发剪短了许多，怪里怪气的刘海遮住涂了眼睫膏的眼睛。我们屋里的炉火正旺，她身上的雪，此前还是雪花，立刻就变成一溜溜的雪水。这女人现在活像一只浑身被水浇透了的猫，她在我们那里停留的片刻之内，就像一只发了神经的猫，说话颠三倒四，语无伦次，简直就是个精神分裂症患者。我的那两位朋友莫名惊诧，面面相觑。我让她跟我出去，因为"有些话不便在这儿说"。我们沿着睡莲大街前行，直到雅典娜音乐厅。天空飘洒着细小而稠密的雪粒。在雅典娜音乐厅前面的公园里，爱明内斯库塑像覆盖着厚厚的白雪，我们在那里谈话。四周一片白，白得耀眼。她对我说，她非常害怕，感到绝望。她卷入了布拉索夫"八七事件"②，觉得到处都被人监视。她只能在露天才能同别人说话。看在我们的情分上，她让我给她找一份工作，找个能被人遗忘的地方。"你现在在作家联合会工作，我能不能也到那里随

---

① 指1989年12月底推翻齐奥塞斯库政权的。
② 指1987年罗马尼亚重要工业城市布拉索夫工人发动反齐奥塞斯库政权的暴动，遭当局镇压。

便干点什么?我可以做同声传译、文秘、校对,干什么都行,绝对干什么都行。"那时,开始我还傻乎乎地劝导她:"怎么样伊丽娜,傻了吧?瞧你,当初那么踌躇满志,要大展宏图,到头来落个什么呀?"我原以为她会低下头,追悔莫及地痛哭流涕,可她突然投向我的却是鄙夷的目光,似乎想说:"你懂什么,收起你那套陈词滥调吧!"好像她不过是一时失意,似乎那个强大的政权依然存在。可一会儿,又回到刚才那哭哭啼啼的腔调:"你说什么呀,难道你不能也给我走个后门儿,我就真的一丁点希望都没有了吗?"我向她解释:"我只不过是一个才被录用两个月的可怜巴巴的小职员,在领导那里没有任何关系。"这是实际情况。她一声不吭。我们默默地又走了几步,就告别了。我回到那间温度过高的小房间。"那主儿是谁呀?"米尔恰问我。"就那么一个……主儿呗。"

我离开作家联合会之后,就去了评论杂志社。同那里的人不欢而散,便到大学语文系当助教。十一年当中,我饱经沧桑和世态炎凉,难有闲暇还思念起伊丽娜。然而,在大学广场那漫长的日日夜夜[①],我想起了伊丽娜。有一次我也望着地质系的阳台[②],跟几万人一起,高喊着"安全人员下矿井,我们要的是光明!"喊得我嗓子都哑了。每一次矿工事件中,我都想起她。在我那些模模糊糊的设想中,从未停止过打算写一写她的念头。纳博科夫卷到布拉索夫事件中去了,我思忖。纳博科夫在布拉索夫。罗伯特·库弗在波列沃耶什蒂焚烧文件,D. H. 劳伦斯妖魔化知识分

---

① 罗马尼亚1989年12月事件后,反对新政权的势力在布加勒斯特大学广场安营扎寨。

② 当时布加勒斯特大学地理地质系师生多数人反对新政权,而外地来的矿工来到首都支持新政权,同反对派激烈对抗。示威者们把矿工们视为新的"安全人员"。

子。而那令人不寒而栗、凶残无比的、无孔不入的安全部门每天晚上却祝福我:"晚安,亲爱的王子……"

奇怪的是,在为数有限的几次梦见她时,既不在到处都是芬兰风景照片的她家,或者地铁卫国站的那脏兮兮的一居室套间,也不是在雅典娜音乐厅那里的冬日,而是像我第一次看到她那样,我们俩漫步在克鲁日大街上,漫无边际地谈着文学和形而上学方面的话题。我见她穿着高跟鞋的两只脚相互磕绊的样子,就像她的身影似乎被橡皮随便擦抹过。甚至就在我写这段短文的时候,正当我们俩从阿尔迪亚尔首府的彩色墙面和大门经过时,我清楚地听她说:"你不认为整个这座城市就是一场智力游戏吗?你知道,对我而言,一切都无所谓,一切都未曾真实存在。"

(张志鹏译)

纸　鬼

　　维克托与英格里德分享着一个共同的隐私，至少维克托这样认为。对他来说，把他和英格里德紧紧而奇怪地联系在一起的那件事似乎发生在梦幻之中，要么就不是今生今世的事情。有时，他打心眼里希望他所钟爱的那个姑娘早就把一切忘得一干二净，可有时，他又想让她跟他一样，对那件事情魂牵梦萦，就是为了使他们之间还保持着一种联系，尽管那种联系令人痛苦不堪且不可名状。每当放学后送英格里德回家时，他们望着被晚霞映照得火红的天空，随便交谈着什么，但看到英格里德的眼睛时，维克托都试图从她眼神里发现她究竟知道多少，还记得多少，尤其是她还在意多少。他们走在用不规则形状且嘎嘎作响的鹅卵石铺设的马路上，街道两旁全是些老式的黄色建筑。莫非姑娘也在这样窥探他，难道她也在纳闷他究竟知道不知道？她的思想深处也有一个密室，甚至连它的细微之处是否都同维克托的密室一模一样？她是否也像他那样，每个夜晚进入梦乡之前，都要造访那个密室？维克托发疯似的希望，同时又绝望似的担心，在这样一个夜晚，他们思想宫殿里仅有的两间一模一样的密室将会合二而一，他们将在那里重新幽会，而且还像从前一样面面相觑。

　　很久很久以前，仿佛在梦幻之中，要么即非今生今世，他们曾经在一起居住，住在全市最漂亮小区的一幢小巧玲珑的别墅里。一群小孩经常到建筑物那半明半暗的楼梯上玩耍，那里仅有的光线反射到他们的脸上，也反射到油彩马粪纸制作的娃娃的小脸蛋上。维克托和英格里德的年龄一般大。那天，他们俩都将满五岁，玩着玩着，英格里德突然拉住维克托的手，让他跟在后面，顺着楼梯爬上了男孩很少去过的二楼。对他来说，楼梯转弯处的平台，既遥不可及又令人恐怖。在他看来，那里就是世界云雾缭绕的另一个尽头。可英格里德却一边咯咯地笑，一边呼哧呼哧喘着气，愣是把他拖到没人居住也无法想象的三楼。关于三楼，这男孩只听说过令人毛骨悚然的神话故事。英格里德两条小辫儿梢上扎着蓝色开边缎布条，身穿洁白的小裙子，脚上穿着一双软跟扣带凉鞋，鞋子上沾满了尘土，一双有小胖猪图案的短袜。"嘿，"她催促道，"哎呀，你可真够费劲的！"

这是幻想和疯狂的所在！一道道长长的光线，透过顶棚上的天窗，投射到楼梯拐弯处孤寂的平台上。这里恬静安谧。英格里德笑得脸蛋红扑扑的。"我们现在玩'当大夫'游戏，你谁都不许告诉。"她对男孩说。这时他正凝望着那里的几扇大门和不知显示着什么的煤气表。小姑娘脱掉裤衩，躺在一条漆成绿色的长板凳上，裙子撩过肚脐，他看着她身上那条紫红色的缝。她强迫他也躺在板凳上，姑娘两手捂住脸，仅仅从手指缝里瞟了一眼那光滑的小虫虫。然后，他们下到人间。时间、沉默和距离掩盖了一切。

现在，他们在同一所高中上学，有时放学后一起回家，因为他们又住在同一个小区，但它与他们度过了童年时代的那个小区不可同日而语。他们已经十六岁，她个头略高他一点，容貌却比他漂亮多了。没有任何迹象表明，她承认这个身子单薄、皮肤黝黑的小伙子就是当年别墅里那个男孩。那幢别墅如今已经坍塌。他们都到小区一个被遗忘了的作家命名的图书馆借阅诗集，两人彼此又接近起来。课间，当同学们一起谈音乐和足球时，维克托则坐在跳远沙坑边上手捧着一本诗集阅读，直到重新走进教室。一天，英格里德也坐到他身旁，和他一起读诗。后来，他们在公园，还有几次在她家里一起读诗。她家有许多瓷器和阿姨。全校最漂亮的姑娘竟然那么轻易地答应一个其貌不扬、弱不禁风的同学送她回家，这对大家（特别是维克托）来说简直是个天大的谜。一天晚上，当英格里德向他诉说着她们班上最近的闲言碎语时，维克托从她桌上拿起一张涂鸦的纸，脑子里不知在想些什么，开始折叠起来。姑娘不再说话，眼睛盯着他手指的动作，怎样先把纸对角折叠起来，然后折叠各角，各面展平，这样，很熟练地就折叠成了一个巫师或者一只昆虫。"你能叠个飞机吗？"她问道。他叠了几下之后就清楚了，纸的结构非常复杂，各个角都要对称，要折叠许多遍，可出来的却完全是另外一种样子，几乎像一个活生生的什么，像一个胚层重叠而成的胎儿。"这是什么呀？"英格里德看着维克托像拿着小脚似的那团纸的两角。他笑了笑，然后合上嘴，憋足气，嘴对着那个奇怪纸团一端的小孔，用力吹了一口气，纸团立刻鼓胀起来，现出来的是一个小鬼，涂着墨水的地方是小鬼的脸，头上有两个尖尖的角，咧着嘴，耷拉着剃刀一样锋利的舌头。坐在床边的英格里德往后一仰，高兴得发了疯似的全身颤抖，笑得流出了眼泪。自那以后，在课间、在回家的路上、在她的房间里，或者在电影院，那男孩每天都给她叠一个小鬼。他们好像看过两次电影，每次他都当着她的面突然一吹，每次都给她一个惊喜。那些小鬼大小不一，小的小到几乎看不出是什么，大的则像小孩的头，那两个不要脸的角就有菜刀那么大。他每次在纸上写的字都留在里面，叠好吹大之后，清楚地看得见他写的那几个漂亮的字："我爱你，英格里德！"

冬天来了，这是一个寒冷难熬的冬天，雪下得没完没了。下午五时天已经黑了。夜幕降临，不由得使人怀念起往昔，让人心情抑郁，搅得人不知所措。在这样的夜晚，窗外大雪纷飞，英格里德突然不再唠叨，好大一阵子，两人谁都不说一句话。突然，姑娘往床上一躺，撩起裙子，对维克托说："过来。"维克托依旧像当年那样害怕，又一次看见一道紫红色的光束从姑娘身体那条细细的缝隙中喷出，似乎她体内的一切都是用溶化的紫红色染料制作而成。"你还记得吗？"英格里德悄悄地说，"现在我也想看一看。"按尺寸大小依次摆放在小圆桌上的那几十个纸折成的小鬼，在台灯光线的照射下通体透明，贪婪地凝望着床上紧紧搂抱在一起的两个赤条条的胴体。

维克托和英格里德现在已经成了"正式"的朋友。课间休息时，他们在楼道里的暖气片旁相会，手拉着手，根本不理会同学说些什么。放学时，他们一起冒着暴风雪回家。他们寻找能避风的小广场，那里一两盏路灯发出昏暗的灯光，天空飘着无声的雪花。他们倚在破旧楼房的墙体上狂吻，他们溜进黑乎乎的门洞，解开厚厚的冬衣，手尽量伸向深处，感觉到热乎乎的肌肤之后，他们渴求的既有青年胴体的滑腻、甜蜜，还有私密。整个冬天他们都没有机会做爱，因为英格里德家里的阿姨（像瓷器一样）好像一周比一周多了起来。

寒假，英格里德到山上参加冬令营。他收到的她唯一的那封信是她到冬令营第一天邮寄出的。姑娘已经去过了滑雪场，向他描述她飞速下滑时，阳光照射下雪花飞舞的景象，她的教练如何了不起，是个真正的冠军，同学们也很可爱，信的末尾写着吻他，盼望尽快与他重逢，等等。维克托看着信心里犯嘀咕。他一不滑雪，二不跳舞，三没有钱。他想象不出同英格里德在一起最终会是什么结果，可也不知道不跟英格里德在一起又会怎样。他思绪纷乱，机械地把信对角折叠一下，一下一下地叠来叠去，然后用力吹了一口气，鼓胀起来立刻就变成一个写满了字向他狞笑的小鬼。

过了几天，然后又过了一个星期，姑娘早该从冬令营回来了。维克托没有接到一个电话。于是，他打电话，接电话的是个阿姨，说什么姑娘早已回到市里，现在出去看电影了。接连多少个夜晚，男孩再也不能忍受下去。天刚一黑，他就走到窗前，前额贴着玻璃，凝神望着冬日的黄昏，直到不幸使他窒息。他走出家门，在陌生的街区游荡。有时他走得很远，房舍形状十分怪异，裂开的即将倒塌的窗台上居然还放着石膏装饰品，玻璃窗糊着已经泛黄的报纸，男孩似乎觉得到了另外一个世界，仿佛又像在梦幻之中。一天夜晚，男孩重新来到他度过童年时代的地段，立刻就辨认出了那幢有地下室的古老别墅，里面弥漫着阴森可怕的气氛！维克托轻轻爬上了别墅大厅盘旋而上的楼梯，当时悲凉和恐惧笼罩了他的心灵。爬到二楼时，他觉得已经走到了世界的尽头，感到筋疲力尽，又挣扎了一下，终于爬到了三楼的平台，发现一切如故，没有任何变化。煤气表还在原来的位置，那条维克托曾经躺着和坐了好长时间的板凳还是老样子。过了一会儿，他说出的"英格里德"这四个字，是这个平台上，甚至这个世界上唯一能听到的四个字的声音。

学校又开学了，维克托重新看见了英格里德。她漂亮而幸福。每天晚上放学时，总有一辆小轿车在学校门口等候她。一个年轻的男子为她打开车门，她钻进车里便蜷缩在柔软的座位上。轿车在黑暗里消失。她待维克托既和气又随便，好像他们向来仅仅是好同学、同伴而已。有时他们在楼道里相遇时，也说上几句话……"你还记得吗？"维克托本来想这样问她，就像姑娘已经把他永远不会忘记的一切，早已忘得一干二净。

冬去春来。维克托在这些奇特的不幸之地踱来踱去。他写过长长的诗歌，在那些空荡荡的大街小巷里，他挨冷受冻，连自己都不明白怎样熬过了寒冬，终于活着看到了春天。一天，他在爸爸妈妈的衣柜里找什么东西时，不经意间发现了一个奇怪的小纸包，用破纸包着的原来是他的几颗乳牙，像贝壳一样晶莹发亮光滑。他还记得小牙松动时的样子和拔下来时的情形。他还记得每一颗牙齿都拿线缠着系在门把手上的情景。爸爸使劲摔门，而挂在门上的一颗门牙上的血沾在门上。他用手摸着那些光滑的小牙齿，思绪万千。他用舌头舔了舔，感到它们甜甜的，温温的。这些都曾是他身体的一部分。

突然，他接到了英格里德的一个电话，这是几个月以来他接到的第一个电话。"你到我这儿来一下，我们必须谈一谈。"她只说了这么一点，别的什么都没说，甚至连"再见"都没说就把电话挂了。维克托立刻就跑出家门，外面天气阴冷潮湿。姑娘家里寂静无声，阿姨们和各种各样的小摆设看护着家里的每个角落。她房间圆桌上一个纸叠的小鬼也不见了。她坐在床上，冬天时的那种扬扬自得、喜形于色的神气劲儿早已荡然无存。原来爱她的那个男人抛弃了她，可现在英格里德身上那紫红色的深处则怀着一个胚层经过精心折叠而成的小小囊胚。她对维克托说不出更多的话，只是泪流满面。"你过来！"她突然歇斯底里地高声喊叫，用颤抖的双手解着上衣，"我在乎他干什么？他是谁呀，让我在乎？"维克托站起身来向门口走去，不想看英格里德祖露着乳房在床上撒泼打滚，流着口水撕咬枕头，用指甲抓挠床单的样子。

男孩回家后伫立窗前。他望着对面那所墙皮已经剥落，用生了锈的铁棍支撑着的行将坍塌的房子，惨淡的阳光洒在内院。他前额贴着窗户说了一声"英格里德"。过了一会儿，他坐到上面堆着书的桌旁，从图画本上撕下一张纸，在背后写上"英格里德我爱你"几个字，然后把纸不停地折叠起来，越来越复杂，尖尖的，可仍然看不出像什么。他捧在手里，然后对着一个小孔用力吹了一口气，那个尖尖的东西膨胀起来，呈现出来的像是一个竖着两只角，耷拉着舌头嘲弄人的小鬼。维克托手里拿着的是他用纸折叠的最大的一个小鬼。他打开水彩盒，不知哪儿来的那样大的耐心，一点一点地把小鬼的脸涂成了鲜红鲜红的颜色，眼睛画成黑黑的，很有迷惑力的样子，嘴巴里则画上紫红紫红的颜色，两只角涂得油黑发亮，只是一只角滴上一滴泪水把颜色冲淡了一些。男孩拉开抽屉，取出包着贝壳般晶莹的小牙齿的小纸包，那是他自己孩提时代的牙齿。他把它们整齐地沾在小鬼的颌上。这样，维克托和纸鬼互相望着对方的眼睛，直至落日火焰般的光辉洒满房间。

（张志鹏译）

一无所知者的故事

　　祖尔巴兰傲慢和愚蠢得简直没了边儿，竟然忘记了连一个老头都知道的一无所知者是不说话的，或者说至少不像普通的毒龙那样。眉毛长得要用拐杖才能撩起来的沃尔日对给毒龙的教训心满意足，但对骗局毕竟感到有一点难为情。"喂，一无所知者，一个可怜巴巴的长着丝线胡须的花人不拿你的名字当回事，你就原谅他算啦。"回到茅草屋时，这样唠叨着。他坐在屋里的板凳上茫然失神，透过窗户凝视着远方那蓝蓝的山。现在——浮现在他眼前的漫长生活中的所有一切，都与那个经常失去却又依稀可见的一无所知者的面孔联系在一起。

　　那个顶着温波楼名字的长着丝线胡须的花人（往下我们就这样称呼他），像他所有族人一样出生在一座玻璃山顶上。那山陡峭得没有人爬得上去，透明得能看得见里面有一个尚未出生、蜷缩在母亲肚里的巨大胎儿。一天温波楼的爸爸和妈妈出去寻找食物，被地狱里的魔鬼抓住杀害了。小家伙忍饥挨饿，实在忍耐不下去时，顺着山坡滑到下面之后，一瘸一拐地穿过一片片蠕动着可怕昆虫的、发着灵光的、令人毛骨悚然的灌木丛。幸运的是，就在他从一只巨大的食肉蜘蛛嘴里挣脱出来时，恰巧他上方飞过一只与众不同的毒龙，温波楼抓住了他扔过来的绳索，上升到苍穹的钟乳石下。经过一条活火山脉，上面出现了一座城堡。与众不同的毒龙停下来，把这小小的花人放到地上之后就远走高飞直至不见踪影。

　　温波楼进入属于小毒龙们的城堡，他整天忍着饥饿在城堡的街道上流浪。夜晚，他灰心丧气地坐在路边，看着那些熙熙攘攘走进店铺和停在街头巷尾闲聊的生物，它们个个身上都长着鳞甲，拿着令人毛骨悚然的狼牙棒。一个身穿破烂瘦腿裤的流浪汉坐到他身旁。

——喂，生活艰难啊，对不对，小家伙？流浪汉跟他搭讪着，因嘴里缺了几个牙齿而吐字不清。温波楼不搭腔，可肚子咕咕叫得厉害，这也算是一种答复。

——我知道，孩子，我知道，这种玄学的感觉我也有。

——什么感觉？小家伙斜着眼看着流浪汉。

——这么说吧，我也快饿死了。

——这个我懂，可你说的那个词儿，玄学或者怎么说的，是什么意思？

——我说，小家伙，这不是你这种人的事。你瞧我，一片片鳞甲是怎样从帽子里出来的：都怪那个该死的词儿，这个你该知道。还是跟我一起去填饱空空的肚子吧。

温波楼半信半疑地拉着流浪汉的手，沿着弯弯曲曲的狭窄街道，走到上面架设着一尊巨大石弩的城堡的护墙下，那里有一个用篱笆圈起来的小屋。他们跳过篱笆，看到一个牲口棚，花人认出了蛇发女怪。原来是一种母牛，个头大得把整个牲口棚塞得满满的。全身深蓝色，犄角是像白银那样的金属的，后腿之间的巨大乳房有四个奶头：一个红色，一个黑色，一个绿色，最后那个是白色。温波楼当年在看一本书时见到过它的照片，他妈妈在睡觉，不然他知道等着他的是什么。他踮起脚尖够着那黑色的乳头，一想起应该就是有覆盆子果汁的那种味道，他立刻就吐了。喝完之后他滑稽可笑地擦了擦舌头，原来是一点儿也不喜欢的一种酒劲儿特别大的葡萄酒。

——小东西，蛇发女怪用它那小牛崽一样的眼睛望着他，和蔼可亲地说，我劝你试一试那个红色的。实际上，道理很简单：颜色向你表明内容。

——夫人，我们谢谢您的解释，流浪汉代替温波楼彬彬有礼地说，他立刻使劲地吸吮起了那个小家伙刚刚放弃了的那个奶头。他们依次享受着奶、葡萄酒、果汁、剑露汁，直到体力完全恢复过来。最后，两个人懒洋洋地躺在草堆里，头靠着不慌不忙吃着东西的蛇发女怪的臀部。流浪汉酒后兴奋，毫无睡意，便向温波楼谈起各种各样的事情。

——小家伙，你可知道，你看我现在可怜巴巴，微不足道，我现在不像从前那么漂亮和勇敢。的确，现在所有人都耻笑我，但我知道的却没有人知道。没有任何人见过他……见过他。

——谁呀，大叔？

——没有任何人细心品味过他无穷的智慧，毒龙不管他有没有听，还是接着说着，我思忖为什么一切竟然如此突如其来。有一回，经过一些丢失了一麻袋连着头发的头皮的亲戚时，我听见一个母毒龙说：喂，你们白白这样嚎啕大哭，就像一无所知者所说：

是，则是；
非，则非。

我一听到这些就愣了：我觉得整个世界的智慧都装在里面了。我把盾牌和狼牙棒一下扔掉，我把我思想的生命都奉献给了这两句诗。时至今日我都未能探究到深处。

——"是，则是；非，则非，"温波楼也惊恐地重复着，他也觉得那个夜晚将永远改变他。

——谁是一无所知者？他一本正经地问。

——我只见过他一次,而且还是在梦中。但这也已经足够了。在我的梦中,他就像是一座高耸入云的大山,但不是在这里的冰凌之下,而是在上面,据说那里一切都用一种最纯粹的蓝宝石制成的大钟形状的东西覆盖着。据说那里的草是绿的(尽管我觉得有些夸大其词),像我们一样,那些可怜的家伙也有城市(说不定是旅游者们编造出来的),我觉得那里好像有一个雄伟的冰川,而冰川上有一个宽敞房子那么大的巨大气泡,"你到世界屋脊了",一个甜甜的声音在我耳边窃窃私语。我看见气球里面有一个赤身裸体的大孩子,两只明亮的钻石般的眼睛,一只手握着带环状物的狼牙棒,脚蹬铅靴,透过那堵玻璃墙壁,望着外部世界的一个个物品:一只鸟,一只白色的狐狸,一棵浆果紫杉树。这些东西一碰到他的目光,就冒火花,然后着起火来,狐狸或树木便各自脱离开现在的形状,开始成为真正的自己。不管原来相距多远,现在你都能摸得到,闻得到,甚至品尝得到它的滋味,就像在你身旁。只要后来他瞥我一眼,就足以把我唤醒。我曾经认为我懂得这个幽灵的含义;一无所知者生活在梦的王国那里,只用目光即可把我们拖到外面。任何东西的存在只因他在看着,他不看时,东西就消失。我们所有人来到世界上都是被他的目光从梦里拖出的……流浪汉默不作声,然后温波楼明白了,或许是一无所知者不再看他了,因为老头一会儿便入睡并且鼾声如雷。温波楼好长时间都醒着,然后,它诚心诚意地向苍穹冰凌高声祈求:"神啊,不管你是谁,请让我这一生中来得及遇到它吧!求你把我带到世上仅仅是为了与一无所知者相遇的时刻!你把我的一切——青春与健康统统拿走,但你把它那钻石般的目光的清凉赐给我吧!"

如果没有神的帮助,所有那些长着丝线胡须的花人就会脆弱得无法在毒龙们那个可怕的世界里生存。他们没有武器且不懂魔法，但神爱他们，并且送他们礼物。温波楼祈祷后，左手心有一种甜蜜的压迫感。这是一颗橘子大的珍珠，坚实得像小姑娘的牙齿，闪闪发光，在黑暗中忽而呈灰色，忽而呈玫瑰色。接下来的日子里，温波楼很快就学会了使用珍珠，相当简单：用两只手攥着吹气，对它说一首短诗或者说个笑话让它快乐，一下你就觉得像一只刺猬那样全身松散开来，并且连珍珠母皮肤下的肌肉和骨头都变得柔软起来，最后，抬起像蜗牛那样的小嘴和头上长着眼睛的三只小犄角，好奇地向四周张望。全身珍珠母般的肌肉波浪式地起伏，在温波楼的肩上走来走去，一会儿像挂在颈上的项圈，一会儿又爬上额头，像一个奇怪的禽类之冠。温波楼把小生物称之为希罗佐伊斯（按照一位古代诗人的名字），里面蕴藏着巨大的力量，它使你在战斗中隐身且战无不胜，使你幸福，并且当你对幸福感到厌烦时，为了丰富多彩，它还会使你有一个小小的烦恼。它重新蜷缩起来时，在你头上一拃远的地方飘浮着，你可确信你的心愿正在实现。

  连续多年，他们两个询问着寻找着走遍了世界，那个似乎能够把他们带往一无所知者所在地的最不起眼的痕迹，对他们而言意义无法估量。不久，在他们周围就形成了一支真正的队伍。几百名与众不同的毒龙在他们上空滑翔，寻找铅靴的痕迹。四十只灰色洞穴毒龙背着装有赞颂伟大智者格言的巨大木箱尾随其后。这些温波楼都曾读过，他把整捆整捆的伪劣品放到一边，真正不朽的思想如此之少，一个小本子足够装下。所有一切最终都可熔化到开头那个谚语里：

  是，则是；
  非，则非。

温波楼的头发还有他那像玉米须一样茂密的美丽丝线胡须，已经白得像一团乱蛛丝。他的眼里透出一股温柔的伤感：越来越不希望见到智者的这一天来临，但毕竟他感到离智者近在咫尺。只有希罗佐伊斯永远都那么年轻和贪玩。珍珠母球在额头上空飘浮，她照亮我们世界最黑暗的部分——未来。她引导温波楼走上似乎偶然选择的道路，但最终这些道路却揭示出自己暗含的意义。偶然的是，难道会是直至生命的最后时刻，他才通过所有场所从地下到地上吗？才会遇到所有种族的毒龙以及那些瓜分地球的其他种族吗？它曾在大的图纸上画过所有的动物和所有的植物，从池塘的水蚤到巨大的抹香鲸，从树木娇嫩的青苔到雄伟的桉树？这些现在会预测日食和测量星际间的距离吗？

  一天夜里入睡后他梦见了流浪汉的梦。他也在仿佛雨后那湛蓝清洁的空中翱翔，一直飞到远方的巨大山脉。他没有身躯也在雪峰之上滑翔，直至看见冰川的金箔在太阳的照射下闪闪发光。他在透明的冰川上滑行，这冰川使他想起那个可爱的玻璃山，里面蜷缩着有二十个大象那么大的胎儿。但在喜马拉雅的巨冰山，看到的不仅一个气泡和那个上了年纪的毒龙，而是几百个、几千个球，每一个里面都有令人赞叹的孩子。既有男孩，也有女孩，光着身子，闪闪发亮，长着宝石一样的眼睛，手里攥着带环的拐杖，脚蹬铅靴。突然之间那些巨大的气泡开始向山爬，像从水里出来一样，变形闪光，直至出来，像几千个五彩缤纷的肥皂泡那样向上飘去。风儿推着它们一会儿向这边，一会儿向那边，然后把它们放在绿油油的山坡、草场和山脊上，在那里一接触土地，托它们的福，便与土地融为一体，这样一来土地抓住时机，一切涂成鲜艳的颜色，最平滑东西的外壳一摸就震动起来，似乎一幅图画突然之间就有了分量和真正的生命。一个小姑娘甚至缓缓来到温波楼面前，气球的表皮消失，她向他伸出手，手中的拐杖碰到了他。花人一下就在他那已经熟睡的躯体里破灭了。

时间逝去，它对谁都不宽恕，使谁都弯腰驼背。他的睫毛早已长长，遮盖住了他的眼睛。后来终于来到了科科罗古城堡，国王对他那乌七八糟的随从惊愕不已，答应给他们提供食宿。花人展示画作，从未见过的一笼笼珍禽，一筐筐毒蛇，一箱箱矿石，还有那让人眼花缭乱的一箱箱矿花，而希德罗弗尔国王则亲自带着他在厂房里参观，厂房里，身穿白色长袍、面戴医用面罩的亚洲毒龙正在微型印刷线路上工作着。这里一片寂静，一尘不染。不时传来犬牙制成的小圈圈发出的悦耳撞击声，冲巴尔鬼魂之间以此进行交流。有时，他们之中有的在走廊翻跟头，然后眼见着变小，直到用显微镜才能看得见。如果你透过玻璃镜片就可看见他在锡丝上走来走去，修理着从一台微处理器上脱落下的或挂在一条黄、绿或红条纹电阻器的支架上的黄金绞合线股。然后他回来了，在我们的世界里成长，似乎什么都没有发生。

国王给了他位于一座玻璃山山峰上的一所小屋，旁边有一棵没有树影的核桃树。他对生活中的那些荒唐可笑的事情思忖良久，这些为夜所包围，似乎现实在向一个黑天鹅绒的小枕头炫耀一样。在那里他再一次看到了他童年、少年、成年和垂暮之年到过的地方，经历过的事情。而他智慧之眼所及的每一处地方和每一件事情，以鲜艳明亮的色彩，以令人陶醉的芳香，在彩虹般的轰鸣声中火花四溅。现在他在那里，双手掩面，回忆着自己幸福美满的一生，透过窗户凝视着蓝蓝的山岭。希罗佐伊斯在他左手下蜷缩着入睡，老者感觉到了他那无机却温暖的皮肤，因满意的鼾声而轻轻颤动。突然死亡的秋光向他袭来，他惊恐万分，感到需要陪伴。他两只手攥着小动物举到他那布满皱纹的脸旁，然后轻轻地暗暗自语：

> 希罗佐伊斯，希罗佐伊斯，
> 世上只有咱两个孤苦伶仃，
> 一个是长着柔软胡须的老朽，
> 还有一个像你这样的小妞，
> 希罗佐伊斯，希罗佐伊斯，
> 你快快来到我膝盖上吧，
> 拔掉你那长长的双角，
> 随你多么顽皮，
> 吹散那些带雨的乌云，
> 希罗佐伊斯，希罗佐伊斯……

  珍珠慢慢儿变软，但这次不再从她那珍珠母色的肉中露出带胡须的小嘴儿，从乌龟卵一样的柔软外壳中，慢慢露出一颗跳动着的心脏一样的东西。随着外壳越来越透明，看得越来越清楚，外表酷似玻璃，里面蜷缩着一个小生命。在周围吃惊的眼神关注下，婴儿慢慢长大，充满了外壳，然后冲破外壳，轻轻站立起来，眼看着慢慢成长，直到很像气球里的钻石眼皮孩子，然后又像温波楼所熟悉的另外什么人，但已经痛苦地把他遗忘很久了。儿童现在已经长成少年，然后长成一个有着丝线胡须的美男子，没过多久便弯腰驼背，眉毛里已经出现了一根根白丝。又过了一些时日，两个温波楼面对面站在一起，第二个右手多了带环的拐杖，脚上穿着铅靴。

  老者顿时全明白了。他那生命之珠现在完整了。他生命之梦已经完结。他感谢陌生的神仙们送给我们的无价之宝：生命的无限壮丽。然后双眼一闭就什么都不知道了。

（张志鹏译）

爱的褐色眼睛

这是我记忆中的儿时故事之一。故事中一个王子在湖边漫步,远远地看到好几个姑娘在清澈的水波里戏水打闹。"如果王子娶了我,"第一个女孩说,"我会给他生一个世界上最强壮的儿子,他将与天下最凶猛的野兽格斗并战胜它们。""如果他娶了我,"第二个姑娘说,"我将给他生一个美若天仙的漂亮女儿:只要她的辫子扎上一朵玫瑰,花儿就会像夜莺一样歌唱。""假如王子娶我,我会给他生一对满头金发并且额头有星星的男孩儿。"第三个女孩站在烈日照耀下的水中如此说道。第二天,王子便把她叫到宫中庭院并与她成了婚。

不知道我妈妈为了父亲娶她究竟答应了什么,要不就是他自己以巴纳特方式做出了海阔天空的许诺。我只有一张他们结婚前在一九五四年寒冬时拍的照片。背景非常难看,房子的围墙十分破旧。爸爸穿着运动衣,脚蹬一双靴子,头上戴着一顶巴斯克帽子。那时,他只是布加勒斯特公交公司车间里一名寒酸的钳工,修理有轨电车的车厢。他的家人都是巴纳特地区的农民,而且很懒,可以说是非常贫穷愚昧的人。由于儿子在乡村学校里成绩不错,家里就把他送到了奥拉迪亚附近的一位女老师那里。后来他到布加勒斯特工作。我看着照片,不敢相信那时他是那么年轻:一个眼睛黑亮的小伙子,长长的眼睫毛,乌黑的头发梳得齐齐的,还抹了核桃油。妈妈微笑着轻轻地靠着他。她比他大四岁,他们就这样认识了。她头上披着一条围巾,身穿一件裁剪得很男性化的厚大衣,不知哪个流动摄影师在似乎要被雪压断的桥上拍了这张照片。她从来就没有漂亮过，但在那个年代，在她唯一的这张照片里，还是可以看出她的皮肤透着青春的光亮。

她那时是位于科伦蒂纳的东卡·西莫工厂的一名纺织女工。在噪声巨大的车间里，她要看管八台纺织机。她曾是学校里成绩最好的学生，但她爷爷，一个淳朴的农民，总是这样对她说："别再念书了，你又不去当牧师……"并让她去草地放牛。由于她家住在布加勒斯特郊外，她十五岁时，家人就让她到城里去学裁缝。一九四四年春天的某一天，那时还扎着农村长辫子的姑娘从缝纫机边上站起来，她想让在附近酒吧打工的哥哥给家里带点钱。还没有走到酒吧，空袭警报就把所有人都送进了防空洞。布加勒斯特遭遇了一番地狱般的狂轰滥炸。那天下午，姑娘回到裁缝车间，街道上到处都是倒塌的房屋。车间已经没了踪影，她看到的只是工厂的门帘、一扇被墙壁压着的大门和破碎的窗户，像是为十三个与妈妈同龄的姑娘准备的一座陵墓，她们全部被埋在了瓦砾下面。妈妈，那时还不是任何人的母亲，而是一个对未来十分盲目，但又像所有女孩子一样对生活充满希望的姑娘，痛苦了好几天才开始回归正常生活。虽然在农村只上到了四年级，之后她又上了函授学校，学到七年级。到纺织厂工作后，她住在工厂附近一条充满奇形怪状建筑的贫民区街道上。我能想象出她每晚疲惫不堪地回到家里的样子，耳朵嗡嗡地鸣叫着，蜷缩在她的床上。一个孤独、乖巧的女孩，就像一个粗糙、紧闭的黑贝壳里的一粒珍珠。

直到二十五岁，她还没有结婚。"要成老姑娘了，"村里人会同情地对那些过了二十岁还没人娶的姑娘这么说。村里很多同龄女友都已经有三四个孩子了。因此，当这个可爱但瘦瘦的、说话很可笑的小伙子向她求婚时，她没有犹豫就答应了。不管怎样，玛丽亚并非为他而储备了如此巨大的爱情。他们在一九五五年九月底举办了婚礼，也许在床上经历了好几个笨拙的夜晚，康斯坦丁这个童男才成功地在像我妈妈这样的处女肚子里裁出路来。也许妈妈在头两次接受雨露时就怀孕了，因此恰好在婚礼后的九个月，一阵分娩阵痛向她袭来。

他们的日子过得十分清苦，住在远郊贫民区里，几乎天天吃通心粉，有时加点奶酪，有时拌点果酱。他的父母都没有来参加婚礼，而她的娘家连个勺子都没有给她。在遍布机油和棉纱的车间里，玛丽亚的肚子伴随着隆隆的轰鸣声一天天鼓起来。康斯坦丁每天下班回来，双手带着满是机床乳液的味道，疲惫不堪的两个人终于可以在床上相拥。

工人产科医院破旧得令人恐怖，不时有东西掉落在孕妇和医生的头上。在这个工业建筑（也是一个工厂，一个婴儿工厂）的墙上，被风吹来的种子长成了小树。窗户都用蓝色的纸和纸板遮着。没有热水，没有最基本的药品。等待临盆的产妇，两人合睡一张床。产房那边不时传来令人胆战心惊的尖叫。

玛丽亚在那个无尽混乱的环境中生下了两个额头带星星的男婴。他们在拥抱和凝视中来到这个世界上。康斯坦丁手里拿着有点蔫儿的鲜花，快步走过一个剖开的、用来展示肚子里脑袋朝下的婴儿位置的石膏产妇模具，又穿过不知多少个墙皮石灰掉落的走廊，才最终来到产房目睹这样一幅情形：玛丽亚躺在床上，脸上带着明显经历过痛苦的神情，幸福地微笑着，而在她枕头的左边和右边露出两个小脑袋，被包裹严实的襁褓里是我和维克托。我不知道我们俩谁在左边谁在右边，因为我们两个长得完全一样，如两个浇筑的娇嫩小雕塑，肉身像蜗牛或水中海蜇一样是半透明的。

我们与母亲的共生由此开始，这是我所想讲述的最迷人的故事。两天后，父亲把我们接到家中，爸爸抱着我，妈妈抱着维克托，或者正好相反，不管怎样，连他们也不知道。在接下来的几个星期里，他们也无法搞清楚究竟谁是谁，这倒也无关紧要。我是米尔恰维克托或维克托米尔恰，也许直到今天，我都是这样。自从把我们接回家，接到这个起居、做饭和睡觉都在一起的水泥地面的小房间那天起，父亲就消失了。从此，他就像一个过客，身影在夜里显得越来越寒酸，越来越疲惫，而白天我们却享受着妈妈的无尽美好和滋润的雪白身体。

  我和维克托对望着一起长大。我们兄弟俩跟妈妈也是成天对望着，脸贴得那么近，带着如此灿烂的爱，以至于我们的眼睛都变了形，变得水汪汪的（一种褐色的、深邃的水），如水银般伸展开来，触碰的流珠凝聚在一起，最后变成大大的、智慧的、能洞察一切的眼睛。米尔恰，妈妈，维克托，犹如发光的三联体，又仿佛一幅祭坛三联画，突然填满了我们贫民区的小房间。每当她来到租住的院子里，总是把我们一边抱一个，经过一排排盛开的菊花，穿过开花的夹竹桃，整个建筑的绿化呈一个"U"字形，那一刻，过道上所有拉皮条的、小偷、妓女、乞丐、穷商贩、小学徒、修鞋匠和偷偷卖被子的人，都会止住没完没了的争吵和辱骂，神情像在一个奇迹面前祈祷一样。他们抓着我们嫩嫩的小手，抚摸着我们像蜘蛛网一般的稀疏头发，为右边的男孩是米尔恰、左边的男孩是维克托，或者反过来，而疯狂地打赌。当他们问赌得对不对的时候，妈妈总是笑而不答，骄傲得就像一手抱着月亮，另一手抱着太阳那样。

  我们与妈妈相爱，我们与妈妈融为一体。我们盯着她乳头流出来的神奇奶滴：原来她的身体是用奶液来充填的。她用她的身体，犹如一把又长又细的水壶来哺乳我们，我们就像是水壶的双耳，大花托的两边，在她的身体里融化。当我们长到约两岁的时候，妈妈坐在床上，让我们俩在她脚下一边一个坐着，情不自禁地要给我们讲故事，还一边用煤烧红的铁熨斗熨衣服，或搅拌着巴天酸模汤。我们俩也说话，毫无意识地说话，我们金丝般的声音与妈妈羊毛线般的声音交织在一起，在弥漫着木炭味的房间里，编织着词语的地毯、笑声和宠爱的地毯……我跟维克托总是玩"镜子"游戏：同时举起手、一起笑或者一起皱眉头……大约四岁的时候，还是在床上，我们把妈妈掀翻，两个人为了抢妈妈的身体而打斗，我们骑在她的脖子或者肚子上，拉着她的胳膊，在她的身体上随意画地图。我们跟妈妈一起笑得满脸通红，我们一起哭，然后我们紧紧相拥，憋到气都出不来了。每一个游戏差不多都是这样结束的：我们额头相贴，对望着，直到六只眼睛变成了一只，褐色的、水汪汪的，充满爱意和同情。我感觉到我们的轮廓正在融化，我们的脑袋正在合并，感觉到三个人是如何合为一体，成为一个得到祈福的球形体，一个公主和她的两个金发儿子。

我们两兄弟因在房间水泥地上着凉生病而得了肺炎，我们生病也总是一起生。小区医生用一个很旧的听诊器给我们诊断。那时我们还不到五岁。听筒的金属碰到滚烫的皮肤，感觉就像是冰块。当医生给维克托看完后，惊讶地张着嘴巴。他没有找到他的心脏。他用已经磨旧的听诊器探头在被高烧折磨的身体上来回移动，最后他终于意识到，这个高烧烧得两眼无神的孩子心脏长在胸脯的右边。轻轻地，他摸着孩子的肚子，在一边压了压，又到另一边压了压，他惊讶地发现，不仅是心脏，孩子所有的脏器都是反的，就像一个翻过来压在另一人身上的小纸人：肝脏在左边，胰腺在右边，肠子也都是反的。当然，他的大脑左右半球也是反的。我很久之后才知道这个稀有的不规则的名称：器官转位。医生把一切都记录了下来，不时地自言自语说"不可思议"，然后就走了。妈妈独自把纱布浸在锡罐里，敷在我们滚烫的额头上。对她而言,她根本不在乎医生的惊讶,她在乎的只是我们的健康。她很瘦,脸颊尖尖的,我看到她眼里闪着泪花,就像曾经看到她乳头上滴着白色奶滴。现在妈妈就是一把泪水漫到壶嘴的水壶。

那天凌晨,她把烧到四十二摄氏度的我们送到医院。她要留下来陪在我们身边,但护士们把她赶走了。我们躺在相邻的床上,蟑螂在床沿上爬。她们用刑具一般的针筒给我们打针,我们高烧呓语了整整一天。下半夜我终于入睡,但做了十分可怕的噩梦。第二天上午,我睁开眼睛,看了看旁边的床铺,便大声叫起来,好像噩梦刚刚开始:床是空的,床单是刚刚铺过的。当你某天早上醒来看着水池上面的镜子,发现没有任何人的时候,一定会感到非常恐怖。我那时就是这种感受。我和维克托对望了五年,我们在某种程度上已是同一个人。你怎么能用锯子去锯断一个对称的孩子的身体?我号叫着,叫到脸色发紫。没人理睬我,维克托消失了,直到今天都无影无踪。

他们对我父母说孩子夜里死了,却不让他们看尸体。妈妈的呐喊引来了几个穿制服的人。父母去卫生部、司法部讨说法,最后来了几个穿便服的人,劝他们最好保持沉默。他们绝望地给当时的国家领导人写信,但从来没有收到回复。无情岁月的悲怆大地就这样吞噬了小小的维克托。我一直都不明白他究竟是怎么死的。直到现在,每年我生日,都要去那小小的空墓送上一束鲜花。

每天早晨,当我照镜子时,我看不到任何人。但每次到妈妈那里——现在她已经八十岁了——我拥抱她,贴着她的额头时,就会感觉到一阵不知哪儿来又到哪里去的清风,维克托也跟我们一起拥抱着。我感觉到他的额头正紧贴着我的额头,妈妈也感觉到他的额头。我们的目光又聚合在一起,直到我们的眼睛再次变形、扩张并且将眼角膜溶解,变成了一只褐色的眼睛,一只无尽温柔的眼睛,我们爱的眼睛。

(林惠芬　陈进译)

炭疽

一

差不多三年前一个冬日的早晨,我接到一家著名文化杂志社社长的电话。"您是那位格尔特雷斯库先生吗?"对方说话讲究客套,像是一位在两次世界大战之间生活过一段时间现在年事已高的人,"您有一封从丹麦寄来的信件,写的是本社的地址,烦请您拨冗来本社一趟,地址是布雷佐亚努大街。您什么时间方便?"我甚至现在就可以,反正是一个人在家,正烦着哪。每当布加勒斯特冬季那昏暗、令人沮丧的光线照在我的写字台上,我都是这个样子。我穿上衣服就到潮乎乎的外面去了。

我在科戈尔尼恰努上的无轨电车,就一站路,这样,还没来得及好好儿想一想究竟从谁那儿能收到一封从丹麦来的信。除了哈姆雷特之外,我在这个世界上一个丹麦人都不认识,在麦当劳前面下了车,还是跟刚开始那样茫然不解。我朝那条世界上最丑陋的大街上令人恶心的废墟前行,然后一直走到当年那幢赫赫有名的通讯大楼。我害怕那些老旧的电梯,于是就沿着那些无愧于"真理部"的楼梯一直爬到顶层。像新闻大厦一样,你一定会感到奇怪,如此雄伟的大楼,可办公室竟然如此寒酸,杂乱。一位女秘书递给我一个信封。大大的,破损的,软软的,上面除了用圆珠笔手写我的名字和那个杂志的地址外,还横七竖八地到处手写着其他的什么,这就使人觉得这信有些怪异。从封皮上看,这封信流落过许多地方,在签署了各种意见之后,又返回原出发地：地址不详，已去世，不在寓所，等等。我道谢后仍旧就穿着那件黑色大衣，把信封往腋下一夹便出了门。这件大衣对我这身材如此矮小的人来说，显得过于夸张了（我这件大衣第二年冬天在慕尼黑机场被偷了，这倒使我感到轻松了一些）。

我在那宽大的楼梯上停下，刚要把信封拆开，就像德国表现主义电影里那样，突然冒出了一个黑黑的人影。还没等我拆开信，借着这昏暗的光线，我看着那些像一个有精神问题的小学生写的歪七扭八的字。我的名字完全是凭空臆想出来的，对此我丝毫不感到奇怪：几年前，在莱比锡书展上，在一个巨大的霓虹灯圆柱上看到了我的照片，可下面写的却是：米尔恰－斯卡尔德雷斯库……我觉得更为奇怪的是封皮两个斜对角中间写道："你为什么不打喷嚏？"①当时我脑子里立刻闪出一个不祥的念头。要打个喷嚏吗？为什么要打喷嚏呢？我毛骨悚然地摸了摸那个起了毛的信封。里面的东西结构复杂，柔性和密度不同。我辨别出里面什么地方有一种粉末的小口袋……我感觉到手指发烫，便把信封扔到了地上。

当时正是歇斯底里闹炭疽的时候。九一一事件后不久，隐秘的犯罪分子便把装着炭疽的信件向白宫、五角大楼还有世界其他一些地方投寄。死了几个人，绝大多数是邮局的工作人员，可谁是恐怖分子却不得而知。电视里不厌其烦地重复说这种危险有多么大，炭疽又如何轻而易举地能搞到，如何用其他物质处理更加易挥发和扩散，以至于只要你对着这样的信封吸一下就完蛋了。而死于炭疽可不是多美的事儿：你的肺充满了液体，挣扎几个小时就活活憋死了。

这可不是开玩笑。"你为什么不打喷嚏？"我现在觉得这是明

---

① 原文为英文。

明白白的暗示。人什么时候打喷嚏？什么时候往胸部吸灰尘、粉末？以前，布加勒斯特也发生过这种事情。奇什米久公园的林荫道上就出现过白色粉尘，曾惊动了警察。市长亲自过来了——以前他当过船长——趴在地上，手指沾一点搁在舌头上，然后失望地站起身来："不过是面粉而已，老兄！"

我傻里傻气地望着掉在离脚几个台阶上的信封。现在我感觉手指已经瘙痒起来：的的确确是那种多细孔材质的信封。粉末会不会从角上什么地方漏了出来呢？怎么也不能把信封留在那里，于是我便用（凑巧）衣袋里带着的一块纸巾捡起来，赶快下楼，就好像我手里拿着的是一只死耗子。幸亏上下楼梯的仅仅几个人，有的是这里的工作人员，有的曾经在这里工作过，都以怀疑的目光看着我……

我把信封扔进了碰到的第一个垃圾箱，它藏在一辆轮子上了人行道的破旧达契亚的后面。现在好像眼睛也阵阵刺痛起来。我烦躁不安，从奇什米久公园前的雪地步行回家。我用雪一个劲儿地揉搓两只手，但毫无用处。无疑，炭疽已经深入皮肤并且已经开始伤害身体。也许用不到晚上就死掉了，而且脸色青紫，反正老话是这么说的。在回家的路上，我设想第二天各家报纸的文化版的讣告中，在我一个比一个悲痛的朋友的悼念文章中，将会列举我的一些功绩。因为我与作家联合会作对，他们怎么都不会把我安排在一个比较好的版面。无论如何我都不会要贵重的棺木、地毯和旗幡。这里，我赞成爱明内斯库，用鲜嫩的树枝编一张席，那里还有几棵睡莲……

可我并非注定就如此轻松地了结自己。当我沮丧地拖着沉重的双腿从乌龙商店（与情况如此恰如其分的名字①）前走过时，

---

① 原文为英文。

我甚至未曾怀疑那个将要到来的偶发事件。

二

快到科戈尔尼恰努时，我觉得好像不那么慌乱了（说到底，生命于人只有一次而已），我再一次暗自发问，究竟是谁从丹麦给我寄来一封装着炭疽的信？我突然在一个卖面包圈和那不勒斯奶油卷的售货亭前停了下来：原来很简单。我完全忘记了，就在两个月之前，一家跟我取回信的那家罗马尼亚杂志一模一样的丹麦文化杂志上曾经刊登了我的一篇短文。套路很清楚：那个疯子或者罪犯读到了我的政治见解之后，就决心不让本人活着。我模模糊糊又惴惴不安地回到家里，把整个事情向刚刚购物回来的伊瓦娜讲了一遍，这件事情就像一把锋利无比的刀把我们超级平淡"结婚生子"① 的生活砍了个稀巴烂。我们进入了另一维空间。我们呼吸着偶发事件的严峻空气。

"嘿，哥们儿，你怎么会把信封放进垃圾箱里，难道没注意到？如果哪个捡破烂儿的或者好奇的小孩子拿走了，那可就糟糕透了……"在我用肥皂洗第五遍手的时候，伊瓦娜对我说，"况且上面还有你的名字！"

这我倒没有想过。马上我们就都清楚了，应该马上跑回布雷佐亚努去，赶快把信封找回来，如果还不算太迟的话。我找塑料袋，结果找到一个人文社的。我仔细看了看是否破损，带上一盘透明胶带就出去了。手上戴的是一副旧手套，用完后就扔掉。

这次我们乘的是无轨电车，因为时间浪费不起。伊瓦娜和我都闷闷不乐，沉默不语。我拿过信封的那只手又有蚁走感，十分钟之内我们就来到了靠着垃圾箱的那辆锈迹斑斑的达契亚旁。

---

① 原文为英文。

"瞧，还在这儿！"我小心翼翼地把手伸进垃圾箱，用戴着手套的指头抓住了信封（因为是冬天况且又相当早），上面还没有人倒什么东西。对面新闻大楼台阶上的一位太太眼睛死死地盯着我们：看样子我们不像是在垃圾箱里捡东西的人。可你哪儿知道啊，今天的世道谁说得清。她看见我们怎样小心翼翼地把信封放进橘黄色的塑料袋里，怎样用胶带把口封严，怎样摘下手套放进另一个袋子，伊瓦娜大度地冲她微微一笑，我们俩就转身走开了。

回到家里，我们望着那个密封了的塑料袋。那个装着手套的塑料袋早给扔到垃圾堆了。我们摸着那个光滑的塑料袋，发表高见："你瞧，这里好像是毡子一样密实的东西……这儿似乎是一些纸……"那个倒霉鬼给咱们写了什么玩世不恭的东西，诸如判处死刑之类的：两小时之内你就会挺尸……或者你准备下地狱吧！接着还会干什么？我们把信封一扔，把一切统统忘掉，不就完了？往哪儿扔呢？可最终还得在什么地方打开。我明明知道已经遭到炭疽袭击，又怎么能够继续生活下去？况且谁知道何时和怎样会再一次发生？不，一切都非常严重，我们决心已下，必须拿着信封去警察局。

我长这么大没出过什么事情。我们行进在故事里，梦幻般不知不觉地走向手术台，既害怕似乎又莫名其妙地好奇，有一种将体味某种重要而意味深长的事情般的惬意。我遭到了炭疽袭击，带着证据去警察局，这件事情在我们知识分子那种枯燥乏味的生活里则平添了点什么，一段时间之内，媒体还会写一些应景的文章。

我们并不清楚不该去我们所在区的一科。这意味着我们的命运似乎会好一些。我们进了胜利大街，知道胜利商场旁边就是警察总局。路面到处是脏乎乎的泥水，又开始下着雨夹雪。那里就是警察总局，可到处都上着锁，没有一处可以进去。前面的岗亭是唯一一处有一点人气的地方。怎么办？我们去窗口向那个没戴大盖帽的警察讲了我们的难处，那主儿一脸漫不经心的样子，就像所有门卫和车站站长一样，看你就像随便看着一个物件。此前他眼睛一直在盯着一本杂志，更多的是看上面的照片，我没认出是什么杂志。他什么也不说，好像一天到晚听到的全是炭疽方面的事。为了不致失掉自己一丁点尊严，他慢条斯理地动了动身子，拿起电话，拨了三个号码，说道："喂，杜杜利卡，是你呀？干吗呢？灯塔①把我们给干了，知道吗？"讲了差不多五分钟足球场上那些有争议的事："嘿，谁让他们犯傻，听见了吗？啊，现在这儿有一些人，说什么他们收到了一些……什么面儿，粉末……炸弹！……飞机！……对，一个装着粉末的信封……让他找谁去？"警察停了一下，然后阴险地大笑："去你的吧，嘿……这就对了，让我跟他们说什么呢？"他一边接着电话，一边看着杂志，足足有十分钟，不夸张。这期间，伊瓦娜和我像两个爱说谎的人在雨夹雪里站着。我们后悔去那里，也不知道往后将会怎样。

　　那主儿又往我们的方向看了看，但看的不是我们。当时的情况就好像他在跟一堵墙说话，面对如此荒谬的情况，他似乎竭尽全力隐藏起自己的愤怒与恶心：怎么会对一堵墙壁说话呢？"你们过了拐角，去反恐处找季尔杜什少校。"就像在超市里通知一件什么事，比如告诉某人要去第二收款台之类的话之后，就默不作声了。仅仅过了一小会儿，显然，对他而言我们已不复存在，他完全沉迷在杂志的照片里了。

---

　　① 一支足球队的名字。

三

我们过了拐角,对岗亭那位的懒散与冷漠感到愤怒。他居然听成了:粉末,炸弹,飞机。泥水进到了我的靴子里,湿乎乎的袜子差不多结了冰,我已经没有情绪去见季尔杜什少校了。如果不是伊瓦娜在我身边,我真想快拉倒吧,一切随它去。我把信封随便往灌木丛里一扔,风险无非是让随便一个叫勒泽雷斯库什么的先生关节疼痛而已……可同样一个故事却时刻都在折磨我:他们发现那个冻僵了的拾荒者胸前有一个写着我名字的信封。我想总不会把我这个生意人同一个穷光蛋放在一起示众吧……还是去反恐处为妙,车把式!

最后,我们还真的来到了反恐处。就像卡夫卡所说的那样,在那条小巷子里转悠了上千遍,居然没有发现上面写着"布加勒斯特警察局"字样的大门口,虽然外面没写标牌,里面却有十来个有标牌的处室,其中就有"毒品和危险品处"。我们走进一个没挂标牌的大房间,看样子像是财务室什么的,那里有几个人在等候着,其中既有上了年纪的也有较年轻的罗马尼亚人,所有来警察局办事的人都带着茫然失神的目光。一个名叫安德雷娅的非常性感的女性(我们以后将会进一步了解情况),两手端着放着几个脏乎乎咖啡杯的托盘刚一走出办公室,回过头就冲里面一个看不见的人大声喊道:"你会后悔的!"然后扬扬得意地斜穿大厅,以便尽快消失在另一扇门里,一路被那些前来办事的人贪婪地望着。就在那扇门里,一个人以暗示的口吻迎接她:"快干活吧,安德雷娅!你在乌拉萨克那儿闹什么呀,莫非是……"狠狠的关门声使下面的对话戛然而止,重新恢复了平静。我们畏首畏尾地向一个类似窗口状的地方走去,又把故事叙述了一遍,又掏出了那个装着信封的小口袋。这一次,窗口的那位对我们显得比较认真，可一看到鼻子底下的炭疽，马上往后一缩："稍等，季尔杜什少校先生马上下来。"

我们等了许久许久。为了打发时间，我想起了文学界那些相互诽谤的事儿，根据对我们儿子三年来表现出的才能进行评价，想到了我们对他事业方面的打算，进行了预测，有的前途比较光明，有的则比较暗淡。但慢慢儿又把我们所有的朋友都数落一遍，解决了我们未来三十年的前途与出路问题，并且把儿子一生的事情都做了安排（汽车修理，搞电脑或者踢足球，然后搞艺术，有兴趣的话，业余也行）。这时又有电梯下来，不时也出来一个穿牛仔裤和套头毛衣的主儿，从长椅子上叫走了两三个人，可是已经到了晚上依然没人搭理我们。差不多就在我打瞌睡的时候，一个个头高高眼睛蓝蓝的年轻人停在大厅中间，声音洪亮地喊叫："这里谁有炭疽的事情？"

我们跳了起来，就跟阿尔德亚尔那里的女人那样，异口同声地喊道："我们！"然后跟着那位年轻人走进电梯。"我是季尔杜什少校。"他目光相当和善地向我们做了自我介绍（请不要忘记，我们是遭遇了岗亭那位警察之后才来到这里的），"让您二位久等了，有什么办法呢？全处就仨人，二位看到了……您知道美国有多少人吗？光宪兵就七千人，先生，为一件微不足道儿的事儿就……"

本来还想补充点什么，可电梯停下，我们到了另外一层，走进了一条又长又黑的走廊。"您二位往前走，然后向左，向右再向右，我马上就来。"季尔杜什少校在走廊的影子里不见了，好像压根儿就没有过此人。我们二人懊恼地面面相觑。难道我们也要像土地丈量师K缠着新的克拉默那样，在这个玄奥的城堡里缠着季尔杜什少校连续转悠几小时吗？我们往前走，然后向左，向右再向右，穿过不写名字的门口，每次都正好回到电梯前。该干点什么呀？"咱们是走呢还是再等一等？"伊瓦娜如梦初醒，终于开口说话，我们既犯愁又感到有点轻松地（如同去看牙科医生却偏偏赶上人家休假）按了电梯按钮，忽然从黑暗的走廊深处传来马桶冲水声，几乎马上出现在黑暗中的正是季尔杜什少校，他两手还在忙乎着牛仔裤皮带下面的事。（一个穿牛仔裤的少校？说实话，有点奇怪……我们现在这种情况，对什么少校都知足……）"您二位怎么在这儿啊？不是跟您说好了在办公室等我吗？我……的天……"他一转身给了我们一个后背，的确我们也活该，他往前走然后向右，而不是像他跟我们所说的向左。

我们一个挨一个地跟着他，直到这位年轻人打开一间宽大又明亮的办公室的门，里面一个主儿脖子上缠着一条红色的头巾，一件带条纹的套头毛衣盖着啤酒肚，正在扯着嗓子打电话。他说话真是直来直去，信口开河，简直让人笑破肚皮。可我们为炭疽事件所困扰，现在又是诉愿人这样可悲的处境，此外，雨雪交加弄得我们浑身湿漉漉的，几个小时的久候搞得我们筋疲力尽，我们毕竟置身于警察局的一个处级机关，他们言行的失当没有使我们傻呵呵地捧腹大笑。

"你还让我往你嘴里塞多少？"那个人一边拿着听筒扯着电话线在办公室踱来踱去，一边大声吼叫，"我也是人！我受不了！到头了！我两腿都站不住了，你只知道你的嘴，嘴，嘴！你快把我给逼疯了！""这个女人整天折磨我，"他突然对我们大家说，把我们看成了他不幸的见证人，然后对着话筒又说，"我连个自行车都没给孩子买过，因为买不起。我什么都放弃了，我就像个无家可归的流浪汉，你们瞧瞧（让我们看他的毛衣袖子，好像我们是跟他说话的那个女人），我身上毛衣的窟窿都可以穿进手指头。到现在我在银行都搞过五笔借款了，五笔，一笔接一笔。想都别想让我再借一笔。办不到了！我拿什么担保？拿我身上这张皮？拿我这警察的一点点薪水？你的嘴是个无底洞，可以直接把我送进坟墓！你至少也应该告诉我一次你还要多少，让我也知道一件事……"

脖子上缠着红头巾的那个主儿又听了一下话筒里的话，看着我们的眼睛，又吼叫起来："不，不，不行，拉倒吧，我还有事儿！回家再说，你可要知道，这是我最后的……"

"看见了吧，又是她先挂的。"他脸涨得通红，对我们说着，把话筒往电话机上使劲一摔。

四

"他是我的同事，沃戈雷斯库中尉，"季尔杜什少校难为情地对我们说，"你们知道，我们正在进行机构调整，这里有点乱。怎么跟您说呢，我们暂时就三个同事，下星期还应该来两个。另外那个少校正在现场……您说说是什么问题？"

伊瓦娜比我胆儿大，一般情况下，我避免跟陌生人说话这种苦差事。都是她接电话。在所有窗口，都是她把脑袋伸进去跟人家解释。就连我去理发，都是她告诉理发师怎样给我剪头发，就像还是跟着我妈去理发那样。这次也是她开口解释，这已经是把我们的情况解释第十遍了，那个大肚子的主儿此前只在两窗之间烦躁地走来走去，突然打断她：

"我老婆，老兄，不能说女人不是人，这话没道理，而是说（望着伊瓦娜）至少她们当中有的人……她要镶满口牙，缺心眼嘛，一次把满口牙都镶上，把我都搞疯了。你去看牙科医生，这我理解，今年放个金属内冠，明年弄个小支架，然后镶一个，可她一次就要镶满口的，况且还是去的私人牙科。她什么时候知道我们家的情况啊？两年以来，我一次又一次地借款，您知道到现在为止我往她嘴里塞进多少了？这样，大概……？"

"嘿，"伊瓦娜说，怕被他要说出来的钱数吓坏，"您算了吧，为了您妻子漂亮，值得。"

"漂亮！就算她漂亮，可是，我到哪儿去弄第六笔借款啊？他们那些人听到还不把我从警察局给开了……怎么说呢，自己家的情况自己知道。您说说出什么事啦？"

"怎么说呢，您瞧，"我们解释，老一套，"我们从丹麦收到一个信封，怀疑里面可能有炭疽。开始我们想扔掉，可我们又一想……"

"信封在哪儿？"沃戈雷斯库打断我们，稍微放松了一些。

我从布袋里取出了用透明胶带横七竖八缠着的人文社塑料袋，小心翼翼地一点一点揭开所有角落，我很后悔那么轻率就把手套扔到垃圾堆。这时感到手指比任何时候都灼痛。

"等一会儿，老兄，如果咱们这么慢慢腾腾，那可就得在这儿过夜了，"说话的还是那个脖子上缠着红头巾说话不靠谱的警察，"这可需要一个高手。"

突然，我们见他一把抓住塑料袋，扯掉透明胶带，把半条胳膊伸进布袋掏出了塑料袋，在从窗户投射进来的一抹微光的照射下，显现出一个大大的、皱皱巴巴的、花花搭搭的信封，不管是不是错觉，一小股粉尘云从多孔材质的纸里四散开来。炭疽！那个疯子毁了我们！也毁了他自己！他倒了霉，还断送我们大家了！我望着伊瓦娜，显然，她屏住了呼吸。我也跟她一样憋住气，直到觉得脸发青。可我们还不到五十岁，我难过地自言自语。还有多少部杰作没有写啊！

我们和那两个警察坐在同一张小桌子周围，瞪大了眼睛盯着那个正面朝上的、鼓鼓的、从上到下胡乱涂着蓝黑和红色的信封。沃戈雷斯库还想用对付塑料袋那种鲁莽的办法对待信封，这一次，较为理智的季尔杜什阻拦了他：

"慢着，老兄，这是个罪证。让我们好好看看，嗯，这里好像是些纸什么的……"

"你们再往下瞧瞧，你们不觉得这里是一个里面有点什么的袋子吗？"我也这样说，我的食指与信封保持着足有几厘米的距离。

沃戈雷斯库也把手放在上面。他们二人起劲儿地摩挲着那个大信封，信封在他们手指下眼看变得越来越薄，而那片云在冬日的黄昏中扩散开来，充满整个办公室。

"要知道，说不定是……什么事儿啊！……还说呢，真他妈浑蛋……瞧这儿……还有这儿……"

"阿拉丁在他的山洞里就该这样擦他的那盏神灯。什么神灵突然之间会向我们显现呢？"他用力拍了一下信封的一角。

"可你一想到我们有什么工具时，"少校有点牢骚，举着信封往远处看，"这种情况，先生，需要最棒的工具，都是从美国弄来的，可我们还没有开箱，我跟您说了，我们现在进行机构调整，这儿有点乱。我们也有用于取样的特制塑料袋，我们的精密天平精密到可以称分子……还有那些玩意……怎么说来着，科斯迪卡？那种测量辐射的计量器……所有辐射方面的事情也归我们部门……可现在都在库房里……"

"你再跟他们说说警犬，康斯坦丁。"沃戈雷斯库中尉补充了一句，这样一来，我们现在就知道他的全名了。

"我们还有警犬，少校和中校（您知道吗，它们都有军衔，不是吗），它们可是危险品方面的专家。它们的鼻子可厉害啦！兹达内立马就知道信封里是什么东西，用不着化验室。"

"兹达内非常厉害，老兄，它活着的时候什么奖没得过……正儿八经的中校。极品。真的，可眼下，我们连警犬都没有，我可不能告诉您它们在哪儿。"

他们俩交换了一下眼色。显然，他们最大的遗憾就是不能把他们知道的说出来。

"是秘密，先生……边境上有点情况……"

"在纳德拉克①。"科斯迪卡补充道，可他的长官用目光扫了他一眼。

再多一个字都不行！然后伸了伸腰，用手掌使劲拍了一下信封，心情放松了一些，用一种社交名人的口气说："那咱们就行动起来吧。您怎么称呼来着？"

五

"格尔特雷斯库。"我对他说，显得自谦。

我就讨厌说我自己的名字。有那么一些人，他们不认得我的面庞，我也不那么招人待见，可是通常，在邮局，去缴电费或其他别的什么地方排队时总有人问我："您是作家吧？"那时，我就面带最谦恭的微笑，低头看着下面声音微弱地回答："就算是……"不然就会显得我装疯卖傻吓唬那些瞪着大眼睛看着我并且不是作家的人。在大街上有这么两三回，我鼓足了勇气对走过来找我签字的一个姑娘说："对不起，您认错人了。"或者更为糟糕："您说什么？格尔特雷斯库？这人是谁呀？"可每一回我都感到非常后悔。可这一回在警察局，我很快就意识到，无需如此：小伙子们在文学作品里完全是无辜的。如果我说什么齐奥朗、诺伊卡或者布雷班②等，都是不带什么感情色彩的。

"格尔特雷斯库还有什么？"

"米尔恰。"

---

① 罗马尼亚和匈牙利边境附近的一个小城市。
② 三人均为罗马尼亚作家。

"您知道为什么吗？您得填写一张申报的表格，您要把发生的所有情况都写出来。科斯迪卡，给先生拿一张纸和一张表格来，你知道该让先生怎么填。我现在就得走，贝尔恰还等着呢。"

我们都站起身来，同季尔杜什少校握了握手，按照他的习惯，马上便不见了踪影，就像地球把他吞没了一样，我们一切的一切就全靠沃戈雷斯库了。天色已经完全黑了下来，只有窗户方向的桌椅表面还依稀可见一点亮光。沃戈雷斯库好像没有注意到这一点，看起来他很疲劳，都是他老婆嘴的问题给闹的。我又一次站起身来，最后还是我开的灯。

"您看怎么办啊，"他拉了一下脖子上头巾的一角，说道，"您说着，我告诉您怎样按格式填写。您一件事一件事地说，然后我说什么您就写什么，写这玩意儿得有经验，不像看足球比赛那样人人都内行。一般人不知道该先说什么，你要催他填个申报表，他干脆挑中间的来，跟老母鸡吃食似的。先生，我在大街上，你瞧，一个人来我这儿，下面就不知写什么啦。乱七八糟一大堆，可你什么也没明白。老兄，不能这样，各有各的门道。您看一看这里的格式：本人某某……居住在……身份证号……您就填写。本人（就是您叫什么），居住在，这儿您填住的地方，大街，门牌号，什么区，身份证号，您能背下来不？好啦！现在说正事吧。您写。您说您什么时候收到信来着？"

"今天早上。"

"好。在某日早上……当时您在家吗？"

"在。"

"在本人居住地……那么，发生了什么？"

"电话响了。"

"杂志的女秘书电话里通知我……什么杂志？"

"《国际文学》。"

"什么？"沃戈雷斯库用怀疑的目光看着我们，"慢着，先生，你别搞乱喽，我问你的是我们罗马尼亚的杂志，给你打电话的那家，不是丹麦的那个！"

"是呀，也这么叫啊。"

"什么叫也这么叫啊？"

"对呀，就叫《国际文学》。"

是我们在耍他吗？不是，绝对不是，我急忙向他保证。很简单，《国际文学》是以同一名称在欧洲很多国家包括罗马尼亚和丹麦出版的一个杂志。那么为什么不把名字翻译成罗马尼亚语让老百姓也懂呢？假如你去书亭要这个杂志，你嘴里叽里咕噜，人家卖书那个女的不知道给你拿什么。这是她们的事情，我这样回答他，沃戈雷斯库不耐烦地看着我们，大概心里在嘀咕：原来警察见了秀才也是有理说不清……

"好吧，就按你说的写吧。"我们用城郊的那一套跟旁边的姑娘套近乎："小姐，就您一个人呢还是跟你妈在一块儿啊？"

那么一份申报表我们足足折腾了一个钟头。可结果却完全出乎意料。即使党的文件也没这样死板，没有这样烦琐的代用语、现代分词、不定式和错格，等等。不知道为什么信封上我的名字横着竖着用"不同颜色的带圆珠的自来水笔"而不是用圆珠笔登记的。我密密麻麻地写了三页纸，写得我手腕子疼，因为这段时间我不停地用手写，而中尉是用脑子指挥。沃戈雷斯库以孕妇那样温情脉脉的动作抚摸着他那圆圆的肚子。

怎么样，那句老话是怎么说的：老娘后边推，儿子前面拉。咱们是连推再拉总算鼓捣完了，可现在还得要过一关："必须得上校过目。普罗彼亚努上校，可能您听说了，那可是权威。上个月还上过电视台的节目呢。您在这儿待着，我去他办公室一趟，立马儿回来。"

在那些走廊、过道里，时间漫长得没法想象。沃戈雷斯库一去不复返。我把几个朋友又捋了一遍，把文学界的名次排过来排过去，把我们孩子头三十年的未来又策划了一遍……外面已经完全黑了下来。我们简直不敢想象，我们在警察局居然待了整整一天，此前我们只是为了更换证件去过一次什么处。透过窗户上霓虹灯电线杆那橘黄色的光线，看见又零零星星飘起了雪花。我暗自发问，是不是我们要把这老骨头扔在人迹罕至的荒野里了？这时我总算听见走廊里急促的脚步声（似乎是踉踉跄跄的），门戏剧性地碰到墙壁，中尉的脸涨得比头巾还要红，大汗淋漓，满脸的绝望，在我们眼前摇晃着卷成一卷的申报表：

"糟糕透顶，"他喘着粗气对我们说，"让我们重搞！"

六

按照那个一点不比原来好的另一种格式又重新弄了一遍，跟军队上一样，只要来另一个军官，我们都得重新学列队正步走的步法。差不多七点钟的样子，我们把新的申报表弄好后，沃戈雷斯库（昵称为科斯迪卡）拿去让那个大名鼎鼎的普罗彼亚努上校审定。"让它通过了吧，谢天谢地，"我们竭尽全力祈求着。

我们已经疲惫不堪，饥肠辘辘，被一场怪梦搅得焦躁不安。在梦中我们遭到了炭疽袭击，在《爱丽丝漫游奇境记》里那些像会说话的毛毛虫和只会微笑的柴郡猫的陪伴下，在警察局总部大楼走廊和办公室里度过了整整一天。中尉回来了，这次可是胜利而归，带着由曾经上过电视节目的著名上校的那著名的手亲自盖章的文件。我们终于可以自由地离开这个单位，回我们自己的家了。他拿起了桌子上的那个信封，装进了一个上面不知用圆珠笔划掉了多少地址的一个更加破旧更加皱巴的信封，然后往腋下一塞，伸手向我们告别：

"化验结果一出来,我就给你们打电话。现在,请原谅我们,你们知道我们正在进行机构调整,还得来一些同事。这么说吧,如果我们有工具和密封袋以及警犬的话,十分钟之内一切都可搞定,我说话算话。世界上总有倒霉的事情……恰恰就在这会儿,在讷德,又出了点什么绝密的事情。"

"算啦,算啦,我们非常感谢诸位,"我们急忙打断他喉咙里的话,为的是既不听沃戈雷斯库工作方面的秘密,也不想听他个人的秘密(还不是他老婆的嘴,借款……),"那我们就等着您的电话。"

我们心平气和地回家。该做的我们都做了。没有人会因我们的一时不慎而死。国际刑警将会采取行动缉拿那个改变了我们生活(至少一天)的国际犯罪分子。不顾疲劳往家走的一路上,我们溜着冰,笑呵呵,还打了雪仗。到家之后,我们狼吞虎咽地吃了冰箱里够吃一个星期的东西,躺下睡觉的时候,脑子里还想着炭疽的事情,为的是再梦见炭疽吧。

早晨七点钟左右,一个电话把我们惊醒。

"喂,是格尔特雷斯库大师吗?"

我一听这种叫法立刻火冒三丈,尤其是在这个不恰当的时刻。

"什么事?"

"大师,上大学时我是您的学生,不知道您还记不记得一个……"

"你要干什么,先生,你知道现在是几点吗?"

"万分抱歉,可您知道,我们这行——我在《××之声》报工作。听说您收到了一个有炭疽的信封,请您配合一下……"

绝了!昨天我们整整折腾了一天,没有跟任何人说过话,连手机都关了。就连最亲密的朋友也什么都不知道。真是活见鬼,莫非这帮记者睡在警察局了？或者跟警察穿一条裤子？我板着脸，拒绝配合，回去就又躺下了。一整天我做的都是各种各样的设想，脚本可以各式各样，可都是要把我拖进可怕的陷阱。最好的情况是，化验室检测出粉末，可怕的胚原基被杀死，开始国际调查。凶恶的丹麦人又一次害人之前被抓并投进大牢。但是，不要忘记我们是在罗马尼亚，为什么化验室就该比同我们打交道那个穿牛仔裤的警察更专业呢？如果化验员也得给他老婆往嘴里塞东西怎么办？假如他们也进行机构调整？假如他们的警犬也得了鼻伤风，或者寄生吸血的硬蜱属或者不知其他别的什么？危险品在空气对流的情况下应特别当心，假如一个白痴把排风扇的方向弄反了，这样，通过化验室的通风口一下就会喷出一股炭疽云，像核爆炸的蘑菇云那样大，那还不覆盖整个城市？我设想将会死亡几百万人，从军营路到白池塘①。甚至会殃及边远的城乡结合部……可所有这一切的一切，我绝对就是那个独一无二的罪人。我将同……希特勒、波尔布特一样载入史册。当外国人提到罗马尼亚时，用不着再说什么"是的，哈吉，科马内奇，齐奥塞斯库……"，而是"是的，我们知道，格尔特雷斯库……"，我简直不寒而栗。

像平时一样，晚上我看了互联网的新闻。我简直不相信自己的眼睛，所有的消息就像复印的一模一样，只是标题不同而已："格尔特雷斯库遭炭疽袭击""专为格尔特雷斯库准备的炭疽""著名作家格尔特雷斯库遭炭疽威胁""失去理智的作者收到炭疽"……不知何时、何人、出于何种目的拍摄的一张我的照片，

---

① 布加勒斯特市两个规模很大的居民区。

我眼睛里竟然闪着弗拉德·采佩什①那种凶神恶煞的目光，照片还配以文章，说不定会让那些不小心的读者相信是我把炭疽带到整个小区的。当时的作家联合会主席也发表了一个简短声明，流露出某种惋惜之情，意思是他本人没有想到会以这种方式除掉我，因为别人抢在他前头了。或许我在梦中也对我原来的学生以及其他几名记者声明过什么。我无奈地勃然大怒："我非告他们不可，我操他娘和教他们新闻的人的娘！"

第二天，很自然，朋友们都是给我打电话，没有一个人来我家，因为，谁知道……都更愿意打电话；倒也是，这样更加卫生。向我提了一大堆的忠告，尤其是有了鼻伤风这类症状之后该如何如何。最好的办法是自己在冯戴尼②搞个基金会，因为他们的康复科是国内最现代化的，报纸都报道过了。我去学校，在系里，我主动想与同事握手，可人家说了一声"好啊，好"，立刻把手往背后一藏，赶忙走开，唯恐避之不及，因为手指肚里可装一吨炭疽，就看你知不知道该如何分配。总之，我经历了在文学界里漫长的默默无闻阶段之后（可今天文学界又怎样呢），总算成了人们关注的焦点。

七

紧张了四五天，终于在电话里听到了一个很熟悉的声音：

"喂，格尔特雷斯库先生吗？"

"啊，晚上好，中尉先生，我正等着电……"

"不是，先生，什么炭疽都不是，您白折腾我们了。化验结

---

① 弗拉德·采佩什（1456—1462），罗马尼亚历史上重要人物，有人贬斥他性格暴戾，也有人颂扬他保卫国家的英雄主义和为治理群雄称霸的社会所做出的努力。

② 布加勒斯特一个科研中心。

果刚到我们这里。"

我感到惊愕。我没有料到情况会是这样，我的各种脚本里都不是这个样子。正如我所说，整个这期间，媒体都被炭疽给弄疯了。不仅向美国发出了袭击的信号，而且向全世界，比如向俄罗斯、几个非洲国家……说什么从实验室里盗走了炭疽，企图用飞机喷洒病菌，毁坏庄稼。卡皮道尔大楼①因匿名电话进行过几次人员疏散……"信封里怎么会不是炭疽呢？丹麦我一个熟人没有，可为什么把信发给我？为什么信封上写着'你为什么不打喷嚏？'并且信封底部那个使人怀疑的小袋子里究竟是什么？"伊瓦娜屏住呼吸走到我身旁听我说话。

"那我告诉您老人家信封里是什么东西，因为就在我手里，公开的，就像我看见你你看见我一样。这不得啦。原来您认为的炭疽，其实不过是一张餐巾纸而已！"

"怎么可能，一张餐巾纸？"

"是的，老兄，一张红色的餐巾纸。那种厚厚的、多层的，他们那儿就这个样子，上面画着蒙娜丽莎。上面沾上了什么东西，我认为是信封上洒了他们实验室里的什么酸……你让我把它一层层揭开，说不定里面还有点什么……什么都没有，老兄，就是一张跟所有餐巾纸一样的餐巾纸。原来是这个样子，鼓胀胀的，软软的，以至我们大家都以为是粉末。"

我们简直不敢相信，好吧，闹了半天我们都是白痴，把大家白白折腾了一通，可究竟发的是什么神经呢？拿餐巾纸干什么？我头疼得都快炸了。

"信封里还有点什么。一些纸张。一封打字机打出来的信（是的，看得出来不是原件，是复印件）和一些剪报，也是复印

---

① 布加勒斯特一家酒店。

件，这是复印了一百遍的复印件，几乎连字母和照片都辨认不出了，还有一块硬纸片上面写了点什么。"

"写什么了？"

"我不知道，是英文的。跟那封信一样。剪报是……让我看看……有一些是英文，充满了 za，像这样一些组合，比如 za-brelele，zaduf，zapacitii……其他的都是他们的丹麦文。好了，我摸到口袋底了，先生，信封里什么也没有了，没什么炭疽，没什么魔法。但是，无论怎么说，这叫什么，我们尽义务了，我们结了案，完事大吉。现在我要跟您道一声'晚安'，如果还有什么事情，粉末之类的什么事情，您现在知道到哪儿找我们。"

"您就这样，先别挂，"我喊道，"先生，可毕竟……我们也想知道这究竟是怎么回事啊，别把我们蒙在鼓里。即使不是炭疽，我们也想知道是什么……"

"您就踏踏实实地睡觉去吧，先生，既然什么事儿都没有，您就感谢上帝得啦。俗话说，谁知道事儿多谁死得快。"

"是的，可毕竟……至少我们也得看看那些纸啊，如果不是工作秘密的话。"

"不是，老兄，那您就过来想看多少都行，只是那个信封得给我们留下，因为得存档，作为我们结案的证据。"

我们挂了电话，面面相觑。整个事情超出了我们的想象。只要有炭疽的事情，不管多么荒唐，受到威胁的都是我们这些可怜巴巴、微不足道的小人物。事情确有一层含义，有某种缘由。可现在呢，什么餐巾纸，什么蒙娜丽莎，什么纸？我们用了整整一晚上的时间想搞明白，进行了各种最荒唐的假设，就像丢失了一件最贵重的东西，绝望地连毫无可能的地方都去找一找。安全部门神通广大，派个人去哥本哈根，把信封给我往那里的邮局一放。为什么？还用说，为了恫吓我。什么，库里亚努不是并没有明显的理由就被干掉了吗？他们也得时不时地秀一秀肌肉。可就那期间他们把这鬼炭疽给我装进了信封，邮票钱或许也是他们出的。可对伊万-彼得，他们连一张上面印着蒙娜丽莎的紫色餐巾纸都没寄。文学界的一些朋友，其中那些对我怀恨在心的人，通过什么文化交流到了那里，自言自语："且慢，老兄，这回也该让你他妈的这个正人君子尝尝我们的厉害了！"他们赶快用英文和丹麦文胡乱编一点东西，把餐巾纸塞进……不，一点儿都不……为了让我失去理智，他们无须遮遮掩掩。他们有他们的办法：在一个报纸上来一篇书评就可以把你搞臭，你都想象不到。在某人耳边窃窃私语一番就可让你声名狼藉十年。这不是我那些弟兄的风格。这里边应该有更为不寻常、更加复杂的东西。

第二天，我们俩便跑到了警察局，再一次走进一层那个宽阔的过厅，我们差一点把端着咖啡还是从那间办公室出来的安德雷娅给撞倒。我们又等了季尔杜什少校差不多半个小时。我们好像是在《土拨鼠之年》——前几年的一个电影里。还是电梯，还是卡夫卡式的走廊，还是有着宽大窗子外面下着鹅毛大雪的办公室，甚至（我们发抖了）又一次赶上了沃戈雷斯库中尉跟他老婆打电话。侦探小说变成了一部时间扭曲和反常的科幻电影……但是，我们马上平静下来，因为这一次那个主儿脖子上不再缠着红头巾，上半身也没有穿那件带条纹的套头毛衣（只剩下了啤酒肚），见到我们立刻就挂了电话，郑重地把我们请到里面。然后，一句话没说就打开了铁皮文件柜，带着那个比原来更加皱巴的出了名的信封回到了原来的那张小桌，粗暴地用指头从上到下把信封划开。

我们神情沉重地前额贴着前额阅读起那几页神秘纸，开头所写的事情已经使我们吃惊，越贪婪地一页接一页地往下读，就愈加震惊不已。

八

我们很快读完了丹麦文的那几页，都是报纸和杂志上一些文章的复印件，效果极差，模糊不清，还配了一张复印了多次的一个随便什么人的照片，从本·拉登到比尔·盖茨，说是谁都行，照片被水泡过，被严重划损。那几页纸的背面本应为白色，但已被圆珠笔划得无法辨认：像是三岁小孩画的幼稚画——几个小人，一种怪怪的联动机，似乎又像一些淫秽的性器官，也可想象成鱼缸里的几条鱼……智力发育不全特有的图案，要么就是老年痴呆症患者所为，这是伊瓦娜的"结论"，对此，她嗤之以鼻。

英文的那几页都是打字的，以 CV 开头，用的是斜体十二号字，像被老鼠啃过。每两年一次的展览，陈列馆……嘿！这么说，是个艺术家喽！我们用手拍了一下脑门。伟大的上帝啊，什么炭疽，什么魔法？原来是电子邮件艺术，老兄，我们怎么就没有想到呢？其实，齐奥塞斯库时期就有这种乱七八糟的东西。我本人就收到过我那些卖弄艺术的朋友寄来的荒唐邮件，里边有粘贴画、麦粒、刀片、未冲洗的电影胶片，那时我住在科良第纳①，每天五六次下八层楼看信箱，如同今天这样像患了强迫症似的必须查看一下自己的邮箱。跟现在一样，那时就没有任何人给我写信，可我从来都不感到失望。现在可好，正当我想入非非，那个部位已经发潮，眼巴巴盼望接到一个不太可能的女粉丝寄来的一封小情书时，收到的却又是一个电子邮件艺术，我简直愤怒到了极点。一听电子邮件艺术，我都想掏出手枪来！

急不得，接着往下看。那个主儿，丹麦人，自然是参加过无数次的展览，个人的还有团体的，尤其在北欧国家，比如瑞典、

---

① 布加勒斯特一个居民区。

丹麦、芬兰，还有英国，甚至以色列。在 CV 截至一九八三年的那些干巴巴的材料下面，是用墨水写的小字，长长的补充材料，从中可充分看出此人从事艺术的情况。

这里，我想请那些心理承受能力较差、心脏不太健康或者艺术知识较欠缺的朋友，以不去评论为宜，免得招灾惹祸。从 CV 关于艺术家参加土耳其双年展的消息得知，姑且认为确有其事（我回避那些真实的材料），一支弯曲的箭传递如下的说明："我的方案之所以被采纳，在于我提出在双年展期间，博物馆大楼的厕所每天只能使用三次。"在赫尔辛基，艺术家搞了一个即兴表演——当众放屁，芬兰各大报的文化版对此进行了简单评论。但遗憾的是，几家较反动的报纸却拒不刊登此节目剧照，这些照片表现的是艺术家在一家上流社会云集的豪华餐厅中间掉裤子的情景。"我认为，这是受到了那句(*我们贫穷但诚实*)①笑话的启发。"伊瓦娜一边哈哈大笑，一边评论道。我不知道在什么地方举办的三年展上他同样以嘉宾身份出席。他参展过一幅画作，画的是引导观众下楼梯去厕所，人们聚集的地方十分龌龊，在小便处和大便处之间一个相当糟糕的空间，整个快餐就是一块粉红色的大蛋糕，卖了几分钟的关子之后，把手指伸进嗓子眼，用刚刚从胃里吐出来的东西来喷射艺术爱好者们。二十多位当代艺术爱好者一个个衣服上都带着那次难忘经历的芳香回家，画家这样炫耀。

艺术家专修的是博物馆。在巴洛克大理石雕塑上吐一口吐沫，然后乘警卫人员不备，在沉甸甸的乌木镜框里的画作巴伐利亚一个国王的两只眼睛之间又吐了一口痰，把一段自产的小香肠用餐巾纸包裹着偷偷带进来，竖着放在苏麦尔石雕猫头上——大

---

① 原文为意大利文。

体上这就是小伙子活动的区域。正如克莱昂格迦所说,当人健康的时候,连这个也是财富……

艺术家所以对我们有一个并不过分的要求,由头就是大师慷慨地赠送我们一幅匠心独具的作品,以他的人格担保(因为原则上不署名),这是一张有蒙娜丽莎肖像、面部和胸部明显喷洒了艺术家自己乳汁的紫红色餐巾。杜尚的画作启发了他的灵感,但远远超出了那平淡无奇的胡须,作品制作了一千份,只要能找到地址,作者就寄往世界各地。工艺流程比画家的其他作品要复杂得多,每二十张餐巾一摞放在一平板之上,蒙娜丽莎朝上,像杰克逊·波罗克那样突然释放出的创造性进行一次性喷洒。所有这些重复五十次,致使艺术家筋疲力尽,让艺术家患了一次"痉挛",至今尚未痊愈。

即便我们这些长时间触摸过餐巾纸,甚至试图用指甲从蒙娜丽莎的微笑中抠掉那些发白斑点的人,都恶心地把它推向一旁,尽可能控制住自己不同的反应,硬着头皮接着阅读。下一个并且吊胃口的文件是寄往丹麦最大报纸的公开抗议信(因为那主儿不屑跟五流的小报啰唆),但迄今尚未公布。正文一鸣惊人。

九

"我同市侩猪猡纳粹们的斗争已历时三十年,他们利用我们腐朽'糟糕的'①的生活方式在该死的'他妈的'②西方为自己建造起了安乐窝。"抗议信的开头这样写道,无数的书写错误,证明作者的确怒不可遏。没必要全文转述。左一个蠢猪,右一个蠢猪,到处都是纳粹字眼,百分之二十五的印刷油墨都花费在这类称呼上了。如果从那些不合逻辑的推论和违反语法结构的错格中

---

①② 原文为英文。

重新构建故事的话，大体应该是这个样子：

我，奥拉夫·延森（譬如说），在世的（完蛋①）最大艺术家之一，如果不是最大的话，不久前蒙受了一次从未有过的当众羞辱，这是西方文明的堕落和一切价值观崩溃活生生的佐证，对此，伟大的尼采早有预言。今天，当领导我们的那些腐朽的纳粹正把几十亿投入全球化宣传时，当可口可乐和麦当劳像世界末日的野兽一样席卷全球时，当比尔·盖茨这个……整版长篇大论，指名道姓地列举了麦当娜、马拉多纳、布什、索尔维、特朗普、索罗斯、汤姆·克鲁斯、安德森、奥普拉 - 温弗瑞、希特勒、杰克 - 斯宾德卡鲁、乔治男孩（还有上百个，当然都是……），真正的文化却沦为值得怜悯的灰姑娘，而艺术家们则被推向乞讨的边缘。

去年在哥本哈根的那次双年展期间，发生在我身上的那令人愤慨的经历就是证明（是的，先生们，甚至我的故乡，那些被确认了的，我痛心地说《圣经》里的那句谚语："任何人在自己的国家里都不是预言家"）。尽人皆知，跨国体系（等等，另半页）使从这个城市到另一个城市旅行的艺术家们遭受可怕的贫困，以及冬天睡在公园里不怎么舒服，而宾馆饭店的惯常做法是举办国家博物馆的大型展览时只接待艺术家住宿几天，然后就让他们支付出一件原作，这种制度就是为了让宾馆饭店老板那群猪大发其财，在去年冬天我也利用了这个制度，在双年展期间我提交的方案是"吃他！"，我在全市最豪华的一泡屎大酒店住了十天，走廊里陈列着布德尔的雕塑，所有厅里都悬挂着法国特色玻璃雕花吊灯，客房里全是印象派的原作。真厉害！

但是，随着时间慢慢过去，一想到到头来还得交一幅作品我

---

① 原文为英文。

就惴惴不安，况且我又没有一丁点灵感。开始，我想把床上面波纳尔的画用刀子划破，给它来一个冯特纳式的一刀（女性阴部）。小圆桌上的那个日本瓷瓶似乎也对我有点意思。最后，我拼命发挥我的想象力，把目光集中在那把十八世纪的纯银茶壶上，它神气活现地站在饭店活页夹和电话机旁的玻璃桌上。我从市里回来，在外面喝得猛了一些，差一点把膀胱给胀破了。我把茶壶放在床前的地毯上，尽量瞄得准一点，可不知为什么射流还是分成了三叉。尽管如此，大部分尿液依然射进了茶壶，充满茶壶容积的四分之三强。我骄傲地抓起来，紧紧贴在胸前，乘电梯下楼（跟我一起的还有五个一看就知道是庸俗的蠢猪）直到大厅。我走到服务台，把茶壶往柜台上一放，甚至就放在了那个身穿笔挺西服的工作人员的鼻子底下。

接下来的那场交谈令人难以忍受。那个肮脏的纳粹对作品一窍不通，不仅如此，他甚至含沙射影地说什么这根本谈不上是一件真正的艺术作品，然后坚持让我支付一笔数目巨大的房费。你们想象得出，我当然大吵大闹，我叫来酒店的头儿，把四周沙发上的顾客也招呼过来，但情况却变得更加糟糕。女经理，那个倒霉的母狗，不仅认为服务台人员的估价合理（以什么身份？有艺术学历吗？是专业批评家吗？），反而指责说什么我毁坏了那把倒霉的茶壶，给我开出的账单相当于一辆劳斯莱斯外加全部配件的价钱。当时我就蒙了，不知后来又发生了什么，三个月以后从监狱里出来，为缴纳那张倒霉的账单，以及那帮蠢猪又给我加上了不知多少的住院费，我得劳动五年，干对社区有益的事情。这期间，我的那个作品被打开包装：茶壶被清洗，而尿液则不知不觉地被倒进了下水道。对文化艺术的破坏与令人窒息的廉价的文明相匹配，对比尔·盖茨的世界以及上述其他腐烂的纳粹分子的世界，对所有这一切，我表示最最强烈的抗议。

信的结尾是一长串跨国公司和庸俗的蠢猪的花名册，他们自以为所有的一切都可以用金钱购买。但他这个反制度的独立艺术家永远都不会被征服。最后一句话是用印刷体大写字母书写的。因此，值得我另起一行：

去他妈的休息，我是最好的

在那个了不起的日子，伊瓦娜跟我额头挨着额头，仔细查看那最后的一个文件，真不知是该像疯子似的大笑还是该痛痛快快地痛哭一场，最后的那个文件原来就是一张蓝色的方纸块。这张纸是从一张大纸上裁下来的，边缘上的胶是从蒙娜丽莎餐巾纸上弄下来的紫红色的小丝丝，角上是同样的笔迹，艺术家用圆珠笔填写的 CV，正是在这个最后的方方的纸上，事实上说出了整个荒唐事件的最终目的：要求我们对一个在反对制度的巨大斗争中被战胜但未被征服的人的命运不能麻木不仁。为了抵偿那区区一百欧元，艺术家情愿按照我的近照为我画一幅肖像，接着我就把照片连同那张钞票一起给他寄去。为了让我挤出一滴眼泪，他又补充道，如果在收到邮件的一千个人当中有三百人对他的报价给予肯定的答复，那么他至少就能够支付那把倒霉茶壶的赔偿金，而且他也可免除一年从事有益于社区的劳动。在方块纸的背面他还补充道，他对粉刷油漆哥本哈根公园的围栏和椅子已经感到腻烦，况且，恰恰基于他自称是艺术家才被赋予此项劳动的。他作为电视播音员感谢并祝愿我"*拥有一个极好的日子*" ①。

就在这时，办公室里忽然热闹起来。他们这里新来的同事原来是一位女士，这是一个比我们度日如年的警察局一个部门的女

---

① 原文为英文。

明星安德雷娅更为厉害的姑娘。季尔杜什和沃戈雷斯库完全把我们给忘掉了,他们围着特奥德拉忙来忙去,拿那些直接从美国联邦调查局弄来的了不起的工具(可至今却遗憾地在地下室里未开包装),拿那些早已结案的案例,甚至拿他们所擅长的用小壶煮咖啡等等来吹嘘自己。沃戈雷斯库使劲儿地收腹吸气,憋得脸青紫。而季尔杜什(得益于至今未婚且无老婆嘴巴方面的烦恼)呵护地趴在新同事的肩上,向她介绍着不知什么规章条例。

我们站起身来活动了一下筋骨,把所有材料装进信封,当心别再直接碰到餐巾纸:用一根折成两截的火柴杆夹住信封的一角。在神秘微笑着的蒙娜丽莎的脸上,闪闪发亮的小斑点逐渐清晰起来……我们向公务缠身极其忙碌的各位告辞时他们几乎没有注意到我们(再见,格尔特雷斯库先生!吻手,夫人!如果还有什么事情,粉末什么的,打算什么的,往后你们也知道路了,先生),我们又重新走进了外面那晃眼的冬天。

在火烈鸟商店和市政府前面的大街上,在被新下的雪覆盖结了冰的路面上,我们边走边溜冰,一路嘻嘻哈哈,叽叽咯咯地笑个不停。横穿马路后,从覆盖着白雪的奇什米久公园穿了过去。这是光荣的一天,一幅布加勒斯特冬景,就为这个,都值得原谅我们那许多的苦痛。我们把搅乱了我们生活的那个信封故事反复地思忖良久,最后得出了这样的结论:如里面确有炭疽,那就更加不可思议了。随着我们愈加远离餐巾纸,那个迅速离开的艺术家对我们来说却变得愈加可爱。什么事情,什么力量的较量,什么复印件还用圆珠笔涂涂画画的所有一切最终都会戳到他的痛处……

"这样说来,从某种意义上来说,他倒也值那些钱,"伊瓦娜说,随手拉住一棵树上的枝条弄得我浑身是雪,"咱们现在财政状况如何?"

"你真的问这个？你已经上过骗子的当，可你现在还要为这个给他钱？我原来可不知道钱会把你烧成这个样子。"

"不，我们不就是拿一百欧元玩一回吗？"

的确，我们是玩了一回：炭疽吓得我两手出了小脓疮，报纸使我颜面丢尽，偏执狂们躲在阴暗角落伺机行动。我们二人一起默默地走了几分钟。不知怎么回事，给假的奥拉夫·延森既发货又打钱（准确地说是照片和一百欧元的钞票）的疯狂想法征服了我。去他的，为什么不呢？哪怕是出于好奇，也值得，图的不就是让我们看看那主儿的反应吧？一百欧元又怎么着？嗯，本来就不该过多地考虑这个，有这么多的事情要办，可是……

"如果我收到的是一个有臭味的信封呢，谁晓得给你画的肖像用的是什么原料？"

"算啦，无非就那么几种可能性。"伊瓦娜开始笑了，"寄呗，那咱就给他寄呗！"

"好哇，为什么不呢？"科戈尔尼恰努在他的底座上，头上戴着一顶雪帽，胸部突出，望着那条结了冰的长长的大道：那么库扎大公哪里去了？我们在花店旁边的那家阿拉伯人开的兑换所换了钱，现在我们手里有了几乎崭新的一百欧元，在下巴底下快快地晃了一下就塞进口袋里了。

回到家里，我们就找我的那张近照。找到了在某书首发式上的一张照片：长发下面两只黑黑的眼睛。我们把东西装进一个信封，写上了装有炭疽的那个"信封"上的地址，而且兴冲冲地又跑到了外面的邮局，轻轻把信封推进了大门旁边的邮筒。

三个星期我都无所事事。我们心里一直犯嘀咕，不知信件到没到为哥本哈根椅子刷油漆的那个画家手里。自然，我们也时不时为那一百欧元而后悔，并且暗自问我们当时究竟中了什么邪。然而一想到在炭疽故事游戏中取得了那么大的成功，我们很快就以此而备感欣慰。

　　还絮叨什么？一天早上，我们去地税局办事，下楼时在我的邮箱里发现一本贴了封条的文学杂志（尽管我们没有订阅却每周都收到）下还真的有我们盼望已久的那个来自丹麦的信件。我们激动不已，迫不及待在汽车里就把信封拆开了。里面只有跟原来那张蓝色方块一模一样的正方形纸块（不过这次是白色的），上面画着他许诺的那个肖像。不过不怎么像我那时的样子，不过慢慢儿就开始像了。亲爱的读者，这就是所说的那张肖像，以此来结束我的这篇故事：

（张志鹏译）

我的青春魔幻之书

毫无疑问,达戈马尔·楼特鲁弗特的《猥亵之死》曾经是我青少年时期的读物,但遗憾的是(对正在失去独特性机会的现在的我来说)这本书竟然也成了我同代所有年轻人的心爱读物。正因如此,为了使这篇文章多少还值得一读,关于此书我真不知该写点什么。那时,楼特鲁弗特这个名字对我来说什么都不是,我读书既不关心作者是否有名,也不是为了文笔之美——我漠不关心地跳过所有那些描写部分,就像猫的眼睛忽略不动的东西那样——纯粹是为了猎奇,就像你所说的吸食纯正的海洛因那样。的确,这本书我没读过,没有像你所说的"如饥似渴地"读过,而是把它注射到了我的静脉里,血液则直接把它的花冠带到我的脑子里。与其让我只去描写现在的那些平凡琐事,通过电影的滥用,去描写希多妮娅的生活和变容,她那长长的颅骨和她那用人的槽牙做的项圈或者"通过下丘脑开凿运河"的那个沃尔登波里斯的狡猾,或者寻找欧罗里奥用来在七个处女的脊背上写出七种爬行动物的名称的那把有七个金刃的折刀,或者在我已经遗失了的老版本——那没完没了的一千一百四十页——想入非非性质的"干达三部曲"里成千上万的细节,我认为还不如让我简要讲述一下我是怎样弄到这本书的更加有趣。

那时我已经十七岁,连一个朋友都没有。夏天的时候,我习惯在那些陌生的街道上游荡,差不多晚上九点才回家。太阳光在那片楼区上方一掠而过,橙黄色的阳光每过一分钟都向琥珀色更进一步。一片安静与孤寂中,阴影不断从每个物体中流出。一个流浪汉从一辆沾满沥青的废弃胜利牌小轿车里钻了出来,锈迹斑斑的车门在他身后耷拉着。他走近时,我才认出来是我的发小让,他曾经给我讲过最好听的荤段子,他是马戏团一个穷工人的孩子。"我给你看点什么吧。"他对我说,于是我没有进五单元爬六层楼,而是同让一起朝着相邻的那栋楼走了过去。这是一幢老旧发黄的楼,布满了斑斑点点的地衣。我们爬上了一个消防梯,消防梯从下面一直到四楼几乎全都锈蚀了。"就在这儿,"让对我说。遮挡窗户的百叶窗是吸水木条做的,已经全都腐烂了,仿佛一阵风就会把它吹塌,我们俩双腿耷拉着坐在窗框上。让留下,我打开一扇百叶窗,从沾满锋利的玻璃碎片的窗框跳到了半明半暗的房间里。

这是一个家具陈旧的卧室:一张宽大的床,一面镜子,一把椅子,一张三条腿的小圆桌。床的上方是一个装着厚厚的破损图书的书架。唯一的一扇门在窗对面的墙壁上,用钉子钉着。最后几缕火红的阳光洒在房间里。"只有我一个人知道这个房间,"让说,"从现在起你也知道了,可不能让任何人发现……"我在那个散发着浓重新鲜木头气味的房间停留了至少半个小时。我用破旧的床单包裹着蜷缩在床上。我曾想永远都待在那里。下来时天已经黑了,让也早已走掉。从那以后,我再也没有见过他。

之后好几年,我几乎每天夜晚都顺着盘旋的消防梯进到那个寂静的房间,躺在床上,独自一人陶醉于此,看了书架上的所有图书,耳边响起的书名至今都觉得怪怪的:《基督山恩仇记》《扬帆》《帕尔马修道院》《笑人》(这些书我再也没有听说过,我向图书馆管理员询问这些书时,他们都说我在做梦)。其他的书我都不记得了,只记得《猥亵之死》。

连续几年,我翻来覆去地阅读《猥亵之死》。我常常读着它入睡,并且因为书中的场景而突然从梦中哭醒过来,宽蛾科小妹的故事使我激动不已。希多妮娅被囚禁在太阳神冰冷的科恩之角，沃尔登波里斯为了能够去看望那个无比牵挂却无法接近的希多妮娅，就通过讲述者的下丘脑开凿出了一个通道，我魂不守舍地关注着这条通道。最后一页，当希多妮娅把自己刚刚剥下来的血淋淋的脸皮扔到她父亲脚下怒吼"你认下我吧！"时，我总是感到那种激烈而控制不住的颤抖，那种立刻失去理智的感觉，我认为楼特鲁弗特书的所有读者对此都非常清楚。

可能是在我第十五遍阅读时，我丢失了那本原版书，它被埋在了被拆毁楼房的瓦砾堆下。那天晚上，已经很晚，几部推土机停工之后，我爬上了令人心酸的楼房，它只剩下一堆歪七扭八指向发黄天空的钢筋、混凝土和破木板，我在瓦砾里翻到满手是血，只找到了一卷皱巴巴的三十四页的《帕尔马修道院》（我在能找到的最详细的地图上都查了，找不到帕尔马这个城市），是一个叫司汤达的无名作家写的。过了几年，关于那个秘密的房间，青少年时期我幸福地看了几千小时的书，我现在回忆起来就像是在梦里一样。

我多次试图把希多妮娅史诗当成玛德琳蛋糕，重新找回当年的时光，但我发现想要找回过去的感觉是不可能的。再阅读时，我所看到的沃尔登波里斯不过是像若德－维克那样的黑手党，看到的是伊尔玛德·林多面孔的毛毛虫公主，看到他们当中的每一个都像地铁站广告牌上的电影海报，如此而已。又一本富有魔力的书被媒体炒作、过度需求、蓄意歪曲事实所毁掉了。被翻阅过无数遍的老书具有一种干锯末性质的膨松感和令人陶醉的芬芳，而所有现代版的书却丝毫没有。这样说来，那本真正的《猥亵之死》只在我那一代人当中还活着，当年，它却毁掉、毒害了我们的青春，使我们的青春变得既痛苦又狂躁。

（张志鹏译）

金炸弹

  我对当时绘画作品里凡是金黄色的东西全部用真的金箔表现感到惋惜。把一半和四分之一硬币用锤子长时间敲打，直到变成大片大片的金纸，像羽毛那么轻并且还要差不多透明，然后贴在有意大利柏树和城堡风景里神头像的光环、星星和太阳上。同样神话般的年代里，挂毯、绒绣制品以及沙发家具表面上所有闪光发亮的东西全部用从殖民地弄来的金丝、真丝和棉纱编织而成。圣母们的缕缕发卷是用金屑制作的，独角兽角的凹槽是用真正的珍珠母圈做成的……

  为眼前的这个故事，我需要非常非常多的黄金。比如说，遗憾的是，在什么也不会发生的所有这些描写自然风光的章节里（但我认为我的那些女性读者对此已经习以为常），至少有三个因素得用纯度为十亿开的先验的金箔和金丝加以包装：大海的浪峰组成的从呼啸的太阳直至岸边的一条火道，在我那位海滩女邻居手机上的组成 Samsung① 那个词的七个字母，以及她那金黄而茂密的秀发，卷成深奥、残忍和富有旋律的发卷搭在双肩上，就像是在罗纳尔多发廊那样。这秀发，就连古时的雕塑家，不管用多么精细的凿子，也不管他们的手腕多么灵活，都难以展示。但为了描写它，我给自己留出本文的四分之三的篇幅，与它面对面，恰似虚拟蝴蝶的两只翅膀，或者犹如世界色情杂志当中最色情的画面。热情洋溢，就像《对话录》中的苏格拉底，兴奋得几乎发

---

 ① 三星牌手机。

狂,感觉无论我写什么,都只想谈谈这金丝发、金波纹、金蜘蛛的几十亿只腿,我多想用我那既粗糙又厚重又滚烫的手抓住它,一遍,两遍,三遍,四遍,五遍,六遍地撑着,直到我仿佛来到那光光的后脑勺,上面粘着几根螺旋形的头发,属于躺在我旁边的那位女子,我们之间只隔着一米宽的碎贝壳形成的沙滩。

我每次都独自一人去海滨,而且每次晒日光浴都一丝不挂,周围的人也都一丝不挂。古犹太人走近为垂死者保存的圣餐盒时,总是怀着没完没了的谨慎,当年耶和华这样告诫他们说:"你们可不要跟女子有什么瓜葛啊。"我走近大海时也如此小心翼翼。去海滨之前,接连几天,有时甚至接连几个星期,我都拒绝性爱,而这使我产生一种奇怪的快感。因为大海生活在我全部的幻觉中,充斥于我脑中,满满的,都已溢出,就像葡萄酒从圣餐杯边流出那样。而在海滨,我只做一次爱,通常是在最后那个夜晚,跟一个刚刚认识的女人,常常是另外一个,可实际上永远都是同一个,因为她对我而言仅仅是大海而已。这才是海滨时光的实质,那些由沙、盐、海滩上的铜像(仿佛横卧在伊特拉斯坎人无边无际的棺材盖上)和自负的太阳呈现出的紫色和彩虹色的镜片效应所组成的海滨时光。彻头彻尾而又无名无姓的男女混杂,甜蜜得让人难以忍受,我们所有人都来自那咸咸的、湿湿的、淫荡的大海。然而,直到今年,我都没有真正认识大海,也没有真正了解女人。

她一般十点左右亮相,我像其他人一样,在很短时间之内就已学会了等她出现。照例先是日冕和一阵热核爆炸的冲击波。我们,光着身子的男人和光着身子的女人,从沙滩上坐着抬起身子,就像观看日食那样透过太阳镜癫狂地看着她。浑身流淌着美。她脚蹬闪闪发光的石英鞋,踮着脚,在她那消隐的体重下,高跟在林荫道上呈现出一道弧形。她下到由防波堤围起来的小海湾的沙滩上，在离海水非常近的地方铺上了一条床单，然后在沙滩上所有目光（包括海鸥的目光）的注视下，站在那里，脱起了衣服。唯有裸体，她才能真正被理解和描述。她总是只穿着裤衩，待上一会儿，皮肤牛奶一样白皙，任由海风微微吹拂。那时，她的耻骨便将阴唇间起皱的蓝色丝绒舒展开来。

实际上，她似乎曾是全人类理想的美。她似乎曾被人买卖，紧挨着藏红花、肉桂树和镀锌铜，在那些遥远的港口。她那女神般的壮实的双腿，可以支撑起庙宇的一角；她挺起硕大乳房时的自豪，恰似古罗马妇人夸赞自己孩子时的神情（"瞧，我的宝贵首饰！"）；她那马格德林时期①女人的长辫子，还有那用黄金和象牙制成的搽粉；凭借所有这一切，她似乎曾是穆斯林妻妾们的骄傲和世界贤哲们的骑手。小海湾处，她的裸体如此光彩夺目，以至于其余所有的躯体都死尸般黯然失色。你立刻发现，唯有她的乳房才真正名副其实：其他女人胸脯上要么只是乳头，要么干脆就是奶袋。她的屁股，连同腿根处那片幽暗地带，懒洋洋的，时不时地有意露出咖啡色的小星星，以及流苏状的另一种复杂结构，恰如两片贝壳间露出的嫩肉。她仰卧时，那一丛金毛在精心刮过的阴部之上，射出一束光，掠过肚皮，犹如儿时的自来水笔帽。她翻身后，波动的屁股上方，在腰间三角形部位，显出一块龙形文身。

我逗留了十天，每天都在她巨大而沉重的躯体附近，覆盖着她皮肤的不是青铜而是铁锰挥发出来的雾气。她进到海里时，也身穿这铁锰上衣，总是让海水只没到膝盖，总是高耸着两只乳房，在蔚蓝的天空下，描绘着自己的乳房和它们下面那甜甜的圈。然后沿着金色的光带向前，俯下身来，不时地用双手捧起一

---

① 指欧洲西南部旧石器晚期。

只水母,她明白所有人都在注视着她,因为她才是大海实质中的实质。她带着身上柔软的水的透镜和沾着盐的头发重新躺在我身旁时(天哪,我们之间同样是那一米的沙粒和破碎的贝壳),我深深地吸了口气,我从她身上抢夺过来的空气先钻进我的肺泡,然后进入血液,而我的血液又流至性动脉,在那里打开阀门,充满了滚热的织物。我紧贴着沙子,啃咬着,就像吞吃一个巨大的牡蛎那样吞吃着大海,就连远方的云和酒店我似乎都能吞下。我从头到脚整个变成了一个勃起的阳具,充满了激情和疯狂。

这位奶油和黄金女子年龄有多大?我估摸着得在一百五十亿岁至一百七十亿岁之间。宇宙泡沫中某个气泡的一点开始自己充气,与其他脱离,并逐渐组成我们的世界。光物质和暗物质争相导致银河受孕。若干万亿的金点一排排分布在蜂巢里。每一个里面,千万亿颗星星都产生出化学分子:各行星得天独厚的土壤。而在我们所生活的碎屑上,在咸咸的玻璃般的海洋里,出现了细菌蠕虫、菌类、三叶虫、鹦鹉螺以及真核生物。海水退去之后,在那潮湿的海滩上,留下的是两栖类和爬行类动物。鸟类和哺乳类动物开始在黑黑的树林里喧嚣起来,笨拙的灵长类动物则走进了热带草原。物种和人种毁灭物种和人种,民族毁灭了民族,文明兴起又毁灭(薛西斯[①]在哪里?艺术薛西斯在何处?),灾难周而复始(坍塌中的塔楼;不真实的耶路撒冷、亚历山大、维也纳、伦敦、罗马……),图书写出又焚毁,而到后来一个女人肚子里怀上了一个大公幽灵的小崽儿,还有一个细胞-卵子分裂和发育,重温了创世纪。胚胎便成为蜷缩在子宫里的一个女婴,而

---

① 薛西斯一世(约前519—前465),又译泽克西斯一世或泽尔士一世,是波斯帝国的皇帝(前485—前465年在位)。薛西斯一世是大流士一世与居鲁士大帝之女阿托莎的儿子。其名字在波斯语中意思是"战士"。

女婴从肉球里出生，就像从圆圆的大海里走出，最后长大并且继承了地球。因此，整个世界存在，就是为了成为一个美丽的女人。

她变得越来越白皙，越来越结实。那些在海边晒得黑黑的赤身裸体的男人和女人很快就给她起了绰号：金炸弹。女人们挽着男人们的手臂，恨不得一口把她给吞下去。她们开始理解SAPHO综合征①和比利蒂斯②了。那么，此前，她们在同她们一起生活的那些放荡的色鬼身上发现了什么呢？她们怎么会每天夜里都让他们那粗暴的交配工具弄伤了呢？什么时候爱情、色情、猥亵言行、用指头和舌头或者只用激情喘气触碰她们的乳头、催使双唇张开，曾经如此明显地与女性身体曲线、褶皱和湿润游戏联系在一起？不是随便哪个人的身体，而只是那个现在躺在床单上，两腿交叉，微笑着对着手机说话并且玩着脚腕上发烫的金脚链的女巨人的身体。

炸弹？更确切地说是导弹。任何人，哪怕只瞄过她一眼，躺在那乱糟糟的防波堤下的海滩上，赤身裸体，如梦似幻地晒着太阳，都会感到导弹射到了自己床上。并不是我胡思乱想，而是我原本就知道，深夜时分，酒店每个房间的影子里，每个男人都在拼命地吓唬自己的女人，折磨她，进入她，并非由于固定伴侣间的倦怠（"对不起，伤到你了吗？胡子没扎着你吧？……"），而是出于令人绝望的凶猛，这种凶猛在他们相交之初没有，也不可能有，因为可怜的玛达或者戈达仅是普通的女人，而一个男人需

---

① SAPHO综合征是主要累及皮肤、骨和关节的一种慢性疾病。SAPHO为下列5个英文单词的缩写，滑膜炎（synovitis）、痤疮（acne）、脓疱病（pustulosis）、骨肥厚（hyperostosis）和骨髓炎（osteomyelitis）。1987年法国医生夏尔诺等经过归纳，取每一病变的首字母，提出SAPHO综合征的命名。

② 指忧伤的少女情怀。

要更多，方能如火山喷发，并将山脚下的所有大理石城镇吞没在燃烧的岩浆之中。他需要骑在一颗金炸弹的腰部。接连几夜，只要做爱，都只跟那位将金耻骨埋入沙里的女人做爱，每回离开时，都会留下一道中提琴形状的凹陷。

今年夏天，我休假的最后一天，早晨，她还以她那女像柱的头顶支撑起天空，用手机打着电话，闪光的屏幕令她的脸部闪光，然而下午，那个对海风和贝壳情有独钟的女人没来海滩，当时我就知道，她的记忆圆盘已经沉入大海。只要环视一下周围便可知道，她已经走了：男人和女人躺在沙上已经炭化，冒着烟……一根根沾上盐的肋骨通过裂开的皮肤露了出来。大海本身充满了黏糊糊的海藻、烟蒂和纸屑。我在海滩上游荡了几个小时，任海浪打湿我赤裸的脚掌。夜晚，我在酒吧随便找了个女人，以泪水和口水把她搞得湿乎乎的，爱了她整整一夜。我在女人（无论玛达还是戈达）可怜的身上哭泣着，我进入她的身体，并非像走进一座寺庙，而是像步入一家甜品店。我已经知道，从此之后，我再也见不到那位奶和蜜的女神，在防波堤下的港湾里，包裹在她那铁丝、藤蔓、卷须、螺旋和黄金饰物的秀发里……

（张志鹏译）

关于达尔文的日记

二月二十五日

为了留住记忆,特做此记录。昨晚在埃德加酒馆①一场非正式的记者招待晚宴上见到了达尔文,那位古怪的英国人。新闻发布会现场气氛活跃,但若将细枝末节都记录下来也难逃乏味。相对于其间无中生有的蠢事,似乎只有达尔文更具吸引力。先记录下他的相貌:简直是晚年达·芬奇自画像的真人版。他越是静止不动,你越会觉得那里明明陈列着一幅达·芬奇的自画像。达尔文操一口地道的英文,纯正的罗杰·摩尔②或《奥涅汀航线》③的口音。

起初,达尔文很放松,面带微笑地给我们讲述自己童年的种种劣行。比如,用尖棍儿把小甲壳虫扎出来(这引起了一些女记者的愤慨);他爸爸盛怒之下对他的数落:"除了打猎、逗狗和抓老鼠,就再没有你感兴趣的东西了。你简直是家里的耻辱,你应该感到羞愧。"会场爆发出哄堂大笑。有人由此想到了保罗·麦卡特尼④钉在自家庄园门口的牌匾:"让你的吉他见鬼去,做点正经事儿,否则你就得把自己饿死!"署名是保罗的爸爸。

---

① 埃德加酒馆位于罗马尼亚首都布加勒斯特埃德加基内大街。
② 曾出演过七部007的英国演员。
③ BBC 20世纪70年代拍摄的一部电视连续剧。
④ 保罗·麦卡特尼(1942—):英国歌手,披头士乐队成员。

然后，达尔文讲到了他在比格尔岛①、加拉帕戈斯群岛②的旅行，讲到了有壳类动物，等等。这个老头概括能力不强，絮絮叨叨地说了很多。而在场所有人却更期待一场好戏的开场："差不多了，到此为止吧，说说猴子……"久等的好戏着实没让大家失望。达尔文是否相信自己的理论值得怀疑，或者说这只不过是个挣钱的噱头。他是怎么从合情合理的论据一下子跑题到谁也听不明白的胡言乱语的，这实在令人诧异。（笔没水儿了。没找到和会场里其他人一样的笔，接着拿绿色笔写吧。）

好戏开场，达尔文眼都不眨地就先讲了件荒唐事：他列举了几个不同物种，指出一种是从另外一种发展演变而来。他说在不同地层中发现的那些亘古不变的古老生物化石就是证据。"如果仔细对比这些化石，你就能够清楚地看出在几百万年的时间长河中……""诡辩，狡诈的论证，"阿根廷《国家》报社记者费尔南多·威德尔·奥尔慕斯反驳道。此人一副愤世嫉俗的相貌，一身从头到脚黑得彻底的肤色。"禁不起论证的诡辩！"他毫不留情地冷笑道，"如果上帝是万能的，按你的理论，他纯粹在做无用功。他有什么必要这边撒几粒化石，那边撒几粒。就是为了蛊惑我们？没事逗个闷子？"精准的批判，有力的还击，台下传来赞许的掌声。达尔文略显慌乱，但很快恢复镇定。姜还是老的辣。要知道，他现在靠游说过活，一场接一场的游说。人们蜂拥而至，简直像去动物园看狗熊。虽然没人相信他，但大家也不白来，都是要付款的，看场"怪物秀"而已。又有人举手了，一位仿佛来自虚幻世界的女记者，弱不禁风的外星人一般："请问达

---

① 澳大利亚的一座岛屿。
② 即科隆群岛。隶属厄瓜多尔。由19个火山岛组成，从南美大陆延入太平洋，约1000公里，被人称作"独特的活的生物进化博物馆和陈列室"，现存一些不寻常的动物物种。

尔文先生所谓的几百万年从何而来？据说，我们的世界只存在几分钟，只不过人类大脑被植入了错误的记忆，其中就包含这所谓的历史。"面对如此言论，达尔文无动于衷。他礼节性地朝这位小姐行了鞠躬礼，然后继续开始喋喋不休。

时不时地，你几乎要被他说服了，正如赫拉巴尔的故事：据说有个中学生，他对二加二等于五深信不疑，他的坚持迫使老师飞奔进办公室到教科书上去查找正确结果。奇妙的故事，荒诞至极，简直就是天方夜谭！"适者生存。最强的适应者会获得更多交配机会并将自己的优质性状传承下去。"（怎么个传承法？）"若干代之后，整个种群将适应生存环境，从而区别于其他种群成为最优良品种。这个种群将稳定为某一特定物种。地球生命之初，植物和动物拥有共同的祖先。也就是说，它们之间都有着千丝万缕的亲缘关系。"太有意境了，诗情画意的设想，只可惜距离真理实在遥远。现实世界中一切的一切都平淡得让人扫兴。地球扁平得像块木板（地质学家尼基塔·斯特内斯库[①]在其一研究成果中明确指出），木板上方布满繁星。你可以随手摘下星星，像对待毛茸茸的鸟宝宝那样把它们握在手掌间。月亮忽闪着长长的睫毛，咧开小嘴微笑着。鲜红的太阳从冥府冉冉升起，驾着火焰驿车，横跨天空，再回归黑暗。无数科学论著都操持着类似观点。动物是无意中的创造，它们聚集到一棵树下，由亚当赋予名称。明摆着的事实嘛，传统上不都是这样说的，但怎么那么糟心，总还觉得有难言之隐！其实有些时候，我倒更喜欢达尔文或弗洛伊德（爱因斯坦就算了，什么事都得有个限度……）这类想入非非的人构造的虚幻世界。

---

① 尼基塔·斯特内斯库（1933—1983），罗马尼亚诗人、作家、散文家。

二月二十七日

我正在阅读《阿里克桑德利亚》,阿莱克桑德鲁·马彻顿①的正史。这本书讲述了英雄的诞生及陨落,其中谈到那些野蛮人妇女用石头和木头攻击他。这些妇女"周身像猪一样毛茸茸的,眼睛如星星般闪亮"。

还是继续说达尔文(前天真把我累趴下了)。会场的人们一边说着话,一边也没耽误吃喝:大口地嚼着美食,一罐接一罐地喝吉尼士啤酒。不一会儿工夫,男人们的脸蛋就泛起红晕,快活得好似狄更斯小说里的人物。女记者们也挑挑拣拣地选了些食物,却没有忘记继续抛出问题。仍然是些无稽之谈,即使问题还没杜撰成熟,达尔文也能立即给出答案:如果某人缺失了一只手,那他的孩子生出来为什么不是个残疾?达尔文不是说了吗,人的特征是会被继承下来的?很显然,眯着眼睛的时候我们看不到什么,那眼睛为什么会发展出这个功能?兰花怎么进化出的模仿能力,模仿成雌性昆虫的样子来招引雄性昆虫授粉?如果对基因和染色体概念一无所知,达尔文怎么有勇气提到遗传问题?一名法国人,马塞尔·普鲁斯特,开始火上浇油:很明显,我们从祖父母那代继承了眼睛的颜色,或者从父辈那里继承了鼻子的外形。但我们又如何从未曾谋面的曾祖父那辈遗传了把手指插在头发里想入非非的习惯?或者,从一位去世很久的叔父那里继承了朗读诗歌的阴阳怪调。这位叔父读诗的腔调竟然与他未来的侄子如出一辙?

为了远离晦涩难懂的理论重新回归猴子正题,与会人员想方

---

① 阿莱克桑德鲁·马彻顿(前356—前323),曾经是罗马尼亚历史上著名的谋略家和领导者之一。

设法导引达尔文，拿他寻开心。尊敬的学者难道早先没有听说过这样一件事（会场一片会心的微笑）：在学者出版《人类的由来及性选择》仅仅两年之后，一位在柏林留学的罗马尼亚年轻人写道："达尔文说，我们的达尔文大爷，／人类就是猴子，／我长着大猴子的四肢，／那么米莉难道是只小猫？"你看，这位身穿毛皮大衣的年轻人与他的德国情人享受着无忧宫的畅快生活，他推导出的结论就是，他的米莉托生于猫科动物。"真了不起！"我们面前的这位绅士哈哈大笑。达尔文先生不知是否听说过超自然物理学家乌勒穆兹？他描述说在一个管子中隐约看到了"两个人如何从猴子还有一串长得看不到头的干秋葵进化而来"，讲话的人顿住了："秋葵用英语怎么说？"

三月一日

《阿里克桑德利亚》里有类似情节，或者《星际迷航》更生动："哥特人、无尾猕猴、琼脂、艾克索斯、蒂维斯、索廷、克萨纳尔戴、克萨散、克里芒德、塔尼、克埃尼、马耳他汀、豪哈尼、阿克拉曼蒂、阿姆弗里克、波索克洛夫、法拉奇、亚拉兹、西索契亚、尼基叶尼和乐斯克乐塔尼。当魔界统治世界时就会出现类似语言，人们对魔鬼顶礼膜拜；他们会吃掉基督教徒，吞噬人们的孩子；父母将眼睁睁看着自己的孩子被烤熟吃掉。"

有关达尔文的话题是永恒的，而且在不断扩展。我发现人们的兴趣远不止停留在验证他理论的正确性上。前天的工作被 G 先生打断，他建议我去参加一场圆桌讨论会。会议主题有关科学蒙昧主义及以理性为名对教堂持续百年的迫害。一些神职人员被处以火刑或被骆驼拖拽五马分尸，因为他们胆敢宣扬人类是模仿上帝的面孔和特征创造出来的。我拒绝了建议，毕竟当一个地方容不下情理之外的事物时，也就更不可能有争论的一席之地了。但是，在这套理论销声匿迹之前，我倒不会完全排斥蒙昧主义，因为至少还可以从中找到一些作诗的灵感。就在几天前还有人指出，胎儿在母亲腹中发育的过程就是人类进化所经历的整个过程。这简直就是一首赞歌，精彩的赞歌！多么崇高而大胆的想法！显而易见，这些歪理邪说站不住脚，它们的创造者和那些背叛信仰的追随者就好像调味料里的辣椒粉，是我们批判性思维的必需品。

……最后，招待晚宴进行到一个小时左右，达尔文大爷严肃起来。他的疯狂举动仿佛一朵黑色郁金香终得彻底绽放。他缓慢而庄严地起身，却险些顶翻了面前的桌子。他狮吼一般大声宣布："女士们，先生们，让我来告诉你们真相，人类是从猿类进化而来！"他的脖子上还挂着餐巾，眼神缺乏目标，却明显在蔑视一切。我的脑海中显现出法利纳塔①的形象，他昂首挺胸，在浴火中重生，中气十足地嘲讽地狱："是的，是的，是的，我该死，人是从猿类进化而来！"

即使事先一再被警告过，在场记者和其他好事者仍然被达尔文的气势震慑得瞠目结舌，甘拜下风。桌子被挤翻，采访机、手机、杯子、脏盘子纷纷滑落在地。可以看到会场外医护人员已做好急救准备。但还好，这次救护车没派上用场。英国人达尔文老了，他最近感到十分疲倦，不再有精力像往年一样把咖啡馆或会议中心搞得天翻地覆而成为街头小报的谈资。他到底是不是还在坚信自己的理论？产生如此怀疑是因为，在那一声震撼的宣示之后，达尔文似乎一瞬间清醒过来，重返现实。他摔坐回椅子，愣愣地盯着面前的盘子。他身着斜纹软呢西服，开心果色的领花滑

---

① 但丁《神曲》中的人物。

稽地挂在脖子上，那形象好像是从发黄的旧版《两个世界月刊》①上剪下的报摘图片。记者们坚持不懈地继续挑唆，满心期待再截获哪怕一点点、一点点的花边。但是，他们只能依靠读心术了。达尔文老人只是沮丧地小声念叨了一句"对牛弹琴"②，然后就彻底沉默了。一出好戏就此收场。对于冠冕堂皇的骗子来说今天还不错：展台上所有的《物种起源》销售一空。即便是两倍的上货量，相信也必能售罄。签售处排起了长龙。上帝般慈祥的达尔文老爷爷手握鹅毛笔忙碌着，一旁的咖啡已只剩空杯。

走上埃德加基内大街，浮云明暗相间地点缀在苍穹，空气中弥漫着春天的气息。卡巴莱餐馆③的几只黑猩猩演员，身穿迷你小衣服，手拉手地走向卡普莎饭店④；红毛猩猩顶着乱蓬蓬的毛发驾驶着宝马、奥迪穿行在胜利大街上；一群莱斯·克兰⑤正在莫扎迪斯酒店门口烧烤，距离有些遥远，看不清在烤什么。

转过街角，一轮明月升起。我踮起脚，抚摸月亮那富有弹性的脊背、天鹅绒般的睫毛。车静静停在小岔路的阴影中。当我用电子钥匙打开车门时，月亮眼中流露出似水的温柔。

(李昕译)

---

① 创刊很早的法语杂志。文学水平、思想水平很高，主要介绍各种相对法国而言的海外见闻，各个地方的风俗、政治、文化等等，内容包罗万象。像雨果这样的大家也多在上面发文。可以说是一部了解法国和与法国同时代的世界各地社会面貌变迁的百科全书。
② 原文为拉丁文。
③ 一种有歌舞表演的餐馆。
④ 位于布加勒斯特市内，是具有悠久历史的综合性大酒店。
⑤ 莱斯·克兰（1933—2008），美国著名脱口秀主持人，曾获得格莱美诵读大奖。

速示器[*]

我不相信速度。也许是因为与生俱来的巴纳特[①]人基因，我的聪明程度和反应速度在家里并不出众。对于仓促做出的事情我总要反悔；而打字机打出的每一页纸，若非从头复核过，我会备感难受；一切决定，如果立马执行，我必定会留有遗憾。我阅读慢，写字也慢，可以说是难以想象地慢。你基本上见不到我一次性完成两页纸的写作。我并不怎么在稿纸上涂抹，因为我会一笔一画地研磨每一个字母，我有足够时间斟酌自己的所作所为。然而，我也一度试图改变自己不紧不慢的生活轨迹，把"速度硬塞进生活"，让即将发生的事情超前发生。我企图变成——至少在某些方面——"飞毛腿冈萨雷斯[②]"。我的愿望产生于人类成功登上月球的时代，这直接导致了速示器的问世。

速示器并不是那时我的首次尝试。我做过很多东西，都止步于不同程度的试运行阶段。记得其中有个纸板飞碟，飞碟内部装载两个充满液化气的气球。夜晚，它被放飞升空，同时携带一枚依靠电池供电的小灯泡。放飞第二天，报纸报道说，有目击者看到布加勒斯特上空出现了货真价实的飞碟！我的所有作品基本上都在设计阶段停工。只有一件，差一点成就了我的另一项"大事

---

[*] 速示器是一种短时呈现视觉刺激的仪器。在知觉、记忆和学习等方面的研究中，经常要用适当的仪器来刺激呈现给被试者，以记录他们的反应。

① 罗马尼亚东部地区。
② 1956年第28届奥斯卡最佳动画短片的主人公。

业":那是一只气垫飞船,还是纸板做的(事实上,就是图画纸)。它的动力来源是一个带螺旋桨的小马达。但那时,我没钱买马达,于是只能每天手举着飞船上上下下地航行,飞过熨斗,飞过沙发床边的箱子。之后,我又发明了一台"永动机":线圈管内放置一个螺旋叶片,管内电流流动驱使叶片旋转。螺旋叶片连接一个直流发电机,叶片旋转的同时为自身制造电流。太有才了!螺旋叶片依靠电流驱动旋转,旋转又可以持续提供电流。可惜,永动机没能成功运转。我还制造过一支试管大小的火箭。理论上,化学反应产生的能量将推动小火箭升空。虽然我的化学成分配比十分合理,火箭却只在吐出相当传统的一声嚏后,就偃旗息鼓地停在底座上一动不动了。

这些手工作品的诞生并非缘于什么科技爱好,纯粹是时代的产物。那时,所有同学都在建造遥控小轮船、航空模型以及天晓得其他什么东西。所有人都虔诚地订阅《科学与技术》杂志。埃德蒙德·尼古拉工程师会在杂志中揭示物理学、星际旅行、原子世界的奥秘。《科学与技术》以及《迷你工艺学》提供各式各样的设计草图,囊括几乎所有你能想象出来的工艺作品。而这些作品仅仅用硬纸板、金属绞合线、几个二极管、几块电阻……就能制作成型。毫无疑问,那是个乐观的年代。人们光明的未来自然而然,一如既往地依赖于苏维埃政权,同时,电气化也一步紧跟一步地渗透进人们的生活……至今我家里还保存着几本技术爱好者工具箱系列丛书的小册子。其中一本的内容是指导你如何独立制造一台电视机!那时的每周四,天刚蒙蒙亮我就会从床上爬起,小跑到杜纳里①的报刊亭去购买《神奇的科学故事》和《冒险者俱乐部》。现在我仍然清晰记得杂志封面的设计风格以及上

---

① 布加勒斯特北边一小镇。

面罗列的标题：《奥莉亚娜、我和杰米（一）、（二）、（三）》，或者《金陨石》，又或者《天卫二的日出》。说实在的，直到今天这些标题都还让我激动得汗毛直竖。

那个时代值得一提的事情多得很。记得有一天我去买杂志，报刊亭却突然消失了！竟然被拆掉了！报刊亭还有坐落在旁边的大楼都不见了。大楼里曾经经营着 B. P. 哈斯德乌图书馆和一个食品商店。这些商铺连同在大楼阳台上晒太阳的住户房客们，都似乎悄无声息地被小轮车推走，沿着滑轨消失在舞台深处——斯特凡大公大街扩宽了。记忆中，除了发明创造，还有一位住在巴尔布·沃克莱斯库大街的姑娘留在脑海中。那时的我，每天都会凄凉地从她家别墅前经过。还有我的小报记者生涯：我独自撰写一份班级手抄报。报纸图文并茂，配有插图和漫画。我将其命名为《待宰猪猡的嘶吼》。小报抨击的对象是一名绰号为"猪猡"的同学。我为他在头版位置刊登编者按连载，不断把他发配到阿拉斯加、马里亚纳海沟、火星……

我的七年级在遭遇学习速记的惨痛挫折后结束。那时我制造了一台速示器。事情是这样的：《科学与技术》发表了系列文章《快速阅读课程》。文章说，如果你按照课程的指导坚持学习几个月（你必须先参考第一篇文章制造一台速示器），就能够保证你的阅读速度提高四倍，同时又兼顾对内容的理解。但事实完全不是那么回事……实在说不清这文章为何如此吸引我，其实我也就是看东西的速度慢了一些。我基本上不去图书馆借书，因为还书的时候，图书管理员老头总是对我表现出诧异与不满。是的，可以理解，我总是只看对话部分……我的阅读总是跳过描写部分。爸爸常跟我说："只有描写部分才能看出作者的水平。"他还经常威胁说要检查我的读书效果，瞧瞧我到底看明白了多少。我看书就是囫囵吞枣。虽然我也会被书中的内容逗得前仰后合或者感动得泪流满面（曾经有一本书丢失了封面，很久以后我才知道这本书叫《牛虻》），但我从来不关心作者或他的写作艺术。假设所有书的产生过程都如同生产线上的果酱罐头，那对我来说也是完全无所谓的。鉴于这个原因，如果在我人生中每天只阅读两本书，那我确实需要借助什么来提高阅读速度。说不清楚，也许是受电影《欧米克朗》的影响吧。电影讲述一个外星人钻进了一个普通人的身体。于是这个人只大致翻了一遍《大百科全书》，就把书中所有内容记住了。又或者，简单点说吧，我喜欢"速示器"这个词。这个词很长一段时间都在我的头脑中占据着极高的地位，直到后来更加迷人的"费纳奇镜①"出现才算作罢。什么是"速示器"？在当时的思想观念中，这似乎并不十分重要。重要的是如下问题：它是什么做的？让我轻轻舒口气来告诉你，无非还是那亘古不变的硬纸板、几枚图钉和内裤上拆下来的松紧带。因为父母不会给钱让我去买小发动机、晶体管或其他什么复杂配件。就是在如此条件下，耗费了漫长假期里的整整一天时间，我造出了"速示器"。

竣工的"速示器"简直像个断头台：一块立着的纸牌子，下面可以拖动，并以不同速度滑行；一扇长方形纸板窗口。牌子上粘着一段文章（你可以有四种选择：一篇影视评论、一篇关于合作化的文章、一段台历上附赠的小笑话，还有一篇什么，不太记得了）。小窗口覆盖在选定的文章上，但一次只能露出一行文字。你可以依靠图钉和松紧带调节牌子滑动的速度。开始时，滑动要确保正常的阅读速度，然后逐渐加快。这样直到最后，按照说明书所述，你只需要瞥一眼就能把整行文字尽收眼底，而不用再逐

---

① 1832年由比利时人约瑟夫·普拉陶和奥地利人西蒙·冯施坦普费尔发明，可播放连续动画，是早期无声电影的雏形。

字阅读。我于是开始浮想自己如外星人欧米克朗一样成为同学间活生生的传奇人物：七年级三班的格尔特雷斯库①读完了所有的书！

　　说到做到！有了设备，剩下的就是认真做事了（不认真做事也是那时我的最大缺陷之一）。起初不太顺利，图钉总是迸落到地毯上，松紧带因长时间与内裤一起清洗已经老化，不是扯断就是像嚼过的口香糖一样松松垮垮的没有弹性……不过，小窗口中的文字终归还是滑动起来，我开始逐行阅读关于合作化的文章。但这篇文章在放入"速示器"之前我已经读过无数遍，早就烂熟于心了。所以没过多久我又开始从书或者报纸上剪其他文章粘在牌子上。剪的时候还得眯起眼睛，以防提前看到文章内容。

　　一切进展顺利。文字一行行从小窗口掠过，虽然只是瞄上一眼，但文章内容我自认为还是很容易掌握的。于是，我不再遵循课程指导，每天依自己所能不断提升小窗口文字的移动速度。整行的文字忽忽从眼前飘过，字母仿佛火车站的广告牌一样不断变换。那段时间，为了缓解眼睛疲劳，我停止了正常状态的阅读。超凡脱俗的实验坚持了大约一个月，我养成了只能通过小窗口看东西的习惯，那感觉就好像中世纪的骑士戴着头盔在窥视。白天，我连续不断地生吞下一篇篇文章，文章精髓（或者说字母）精油一般从"速示器"中挥发而出。晚上做梦，字母嗖嗖从眼前飞过，消失在漆黑的夜里。又一个星期过后，大街上一家家商铺——食品店、鞋店、面包店、国营服务社的招牌都看不太明白了，似乎对我充满了敌意。无数个傍晚，我充满仪式感地经过"意中人"家门口（后来才发现，事实上，整个假期我一直在面对着错误的"意中人"家门口叹气），门牌号码剧烈地在眼前跳

---

　　① 指作者本人。

动，以十分之一秒的速度不断变换。大街转角处的牌子，巴勒布·弗科莱斯库的名字也变了，令人头晕目眩地依次切换为格里高利·阿莱克桑德列斯库、海利亚德·勒杜莱斯库、埃玛努艾尔·艾莱内斯库……

彻底崩溃了。我的眼球时不时地抽搐，难受得我只能用手指去压制这防不胜防的跳动。我的耳朵总是听到奇怪的说话声，语速飞快，听不明白在讲些什么。我不能站着不动，否则周围的一切就会以一级方程式赛车的速度运行。但我仍然没有放弃我的"速示器"。我对自己说：当然，目前我觉得不舒服，也读不了什么，也许这是必须的，可能就是个过渡期，是通向最终成就的必经阶段。成功之日，即使每一行字以毫微秒的速度闪现，我都能将其清晰、永久地刻印在脑海中。我继续坚持。小窗口每次罩到文字上的那一下，都仿佛在切砸我的后脖颈，但凡哪句速读练习必须从头开始，就能感觉到冰冷如刀刃般的寒气袭来。如今每一行文字行云流水地出现在小窗口，然后像烟卷儿冒出的青烟消散到房间里，再飘进眼睛，刺痛我的神经。"速示器"着火了？抬起眼睛，四周如底片般黑暗，只见面前墙上挂着的阿达卡莱岛[①]画作下面出现了恐怖的文字"Mane, Tekel, Fares[②]……"

月底，父母终于发现了我的不对劲儿，于是带我去见社区诊所那位始终坚守岗位的女医生。从小就是这位女医生给我看病。我的屁股被扎了无数针眼儿，她的青霉素和链霉素可以包治百病。遗憾的是，至今她也不记得我妈妈的名字，仍然称呼她"格

[①] 罗马尼亚多瑙河中的一座岛屿，铁门水电站修建后，被水淹没。

[②] 这些文字来源于意大利作家翁贝托·埃科创作的长篇小说《玫瑰的名字》，该书首次出版于1980年。作者以侦探小说形式在书中再现了中世纪的历史和文化，讲述了意大利境内以图书馆闻名基督教世界的圣本尼迪克特修道院七天内发生的六宗命案及其调查的故事。

尔特雷斯库夫人"……别的事不太记得了,印象中只有女医生缝在白大褂胸前口袋上的名字,这一排字母让我极其反感:它们是活的,在女医生胸前如一条条饥肠辘辘的小蛇爬来爬去……猛然一阵恶心,然后毫无悬念,我照旧被扎了一针。

整整两周,我没有受罪去阅读,我开始慢慢康复了。首先(先要治疗我的恐惧感),我把老字母表里的字母握在手掌中,那感觉好像攥着一堆恐怖的毒蜘蛛。开始时这些字母着实让我憎恶:A以蜂蛇游走的速度闪电般地变成了B,B变成了C,C又换成了W……我花了几天时间才让它们稳定下来。然后,我可以读一些报纸的标题了,但还完全顾不上标题的引申含义、什么难以想象的改变、不祥的预兆,等等。开学后,表面上是恢复正常了,但很长一段时间,写满文字的一页页纸还是让我心惊胆战。"这现象解释起来很复杂……"善意的朋友们今天如此解释。

这就是优秀而具年代感的"速示器"以及我的速读课程的故事。中学后,手工艺热忱暂告一段落,我又开始为其他异想天开的事情奔忙:音乐、天文位相……甚至还梦想过要成为坎代米尔中学乐队的一名鼓手。我的文学追求大概始于十一年级,也是从那时起,我终于确定了自己的理想。谢天谢地,散文是门慢艺术,写作散文是,阅读散文更是。尽管如此,我觉得"速示器"也并非全无用处:对于文学评论家来说,"速示器"有时也不失为理想工具,比如当他们需要每个星期撰写评论,而评论内容关乎长篇小说,或者有关其他更长内容文章的时候。"速示器"制作起来很容易:硬纸板、图钉、内裤上拆下来的松紧带……

(李昕译)

爱尔兰奶油

不知道您是否有机会体验右舵驾驶汽车行驶在左侧路面上，也就是说，英式驾驶。我可有过类似经历。不瞒您说，那是一次相当奇异的旅程，感觉简直就是奥利佛·萨克斯[①]在其一本著作中描述的：有一种脑部疾病致人产生幻觉，它把你从快乐拖入恐怖：你会觉得自己缺了半边身子；你会觉得周围的亲人，比如妻子或者父亲，不再是他们本身而已经被别人取代，只不过这些人长得更像你的亲人，他们伪装起来密谋对付你；又或者某种古怪的感觉环绕着你：你站在一米开外注视着自己的背影，就像有些电子游戏那样。大概就是这种体会，那时你不认为是脑子出了问题，而是整个世界都底儿朝上地颠倒了。行驶在公路相反的一侧，简直就像做梦，总感觉有什么不对劲儿，乍一看好像微不足道，但又事关整个世界，从根本上说还牵扯到你自己在这个世界中的位置。蜷缩在宽大的路虎汽车后座上，我快要窒息了。那个傍晚，在爱尔兰，感觉上我们一直逆向而行，随时会与另一辆车相撞。

当然，造成如此错觉，我的头脑也并不一定就像您想象的那么完全无辜。出了贝尔法斯特没多远，我们抵达路边一家酒馆小

[①] 奥利佛·萨克斯（1933—2015），英国著名脑神经学家。他根据对病人的观察，写了多部畅销书。

憩。大家点了爱尔兰咖啡①。那个年代（一九九三年），我们真不知道爱尔兰咖啡是什么。既然第一次来到爱尔兰，这个德洛伊教徒②的国家、吉尼斯啤酒的国度以及詹姆斯·乔伊斯③的祖国，我们只想品尝些当地特产。侍者送来满满的热咖啡，装在白兰地用的大号酒杯里；一个小盘上托着两小板香浓的"八点以后"巧克力④，仍然是那深绿色的传统包装。等到饮完咖啡起身离席，竟然感到有些头重脚轻。事实上，爱尔兰的"爱尔兰咖啡"更像某种威士忌而非咖啡。太阳渐渐西沉，汽车驰骋在公路上，两边的景物飞速退去。我的酒劲儿越发强烈起来。

过了边境（纯属个人直觉），我们继续向爱尔兰共和国前进。汽车在去往安娜梅琪⑤的丘陵地带穿行。夜色渐浓。司机也并不比我们"清醒"多少，唠唠叨叨的，只有他自己才明白在说什么。似乎是英语吧，但十个单词能听懂一个就不错了。很幸运，

---

① 是以爱尔兰威士忌为基酒、以咖啡为辅料调制而成的一款鸡尾酒。相传，都柏林机场的一位酒保为了心仪的女孩，将威士忌融入热咖啡，首次调制成爱尔兰咖啡。

② 德洛伊教是历史上统治过爱尔兰的凯尔特人所信奉的宗教，是多神教。传说德洛伊教祭司会各种法术。

③ 詹姆斯·乔伊斯（1882—1941），爱尔兰作家、诗人，20世纪最伟大的作家之一，后现代文学的奠基者之一，其作品及"意识流"思想对世界文坛影响巨大。

④ 英国一个知名巧克力品牌。每块巧克力是方形薄片，内有薄荷夹心，外是黑巧克力。口感清新不腻，是雀巢公司巧克力中的精品。该巧克力被列入半奢侈品行列。

⑤ 位于爱尔兰北部，在爱尔兰语里是"踏实之地"之意。那里建有泰隆·加思里中心。1971年，著名戏剧导演泰隆·加思里去世，他生前立下遗嘱，将其故乡莫纳汗的豪宅捐赠给爱尔兰政府，作为艺术家创作、栖息之地。此后，爱尔兰和北爱尔兰的艺术学院超越政治分歧，一起翻修了这处寓所，将其改造为极其适合艺术家居住的地方。后来，加思里中心继续扩张，购买了附近的花园、湖泊和农舍，建成了一处450公顷的、庞大的创作基地，为世界各地的艺术家、作家、诗人提供了一个绝佳的创作环境。

同行的一位女诗人坐在司机身边，她虽然不懂英文，或者说得益于不懂英文，却跟司机"交流"得兴致盎然。与我同在后座的另一位女诗人，半倚在对侧的角落里盯着窗外。对于她们二位来说，我也就是个不成熟的大男孩。而这两位女士之间相互憎恶到极点，从奥托贝尼机场①出发，乘坐达罗姆航空②到西斯罗机场，然后，换乘爱尔兰航空直至贝尔法斯特，两个人谁也没有搭理谁。真不知道怎么就拼凑出我们这支怪异的罗马尼亚组合。如果她们照此保持一路的话，那将会十分有趣了。我们继续朝爱尔兰腹地行驶，目标是泰隆·加思里文化基地的安娜梅琪中心。我们将在那里停留两个星期。

　　爱尔兰并不大，我们的旅程却出奇地漫长。中途再次短暂休息，我喝了一大杯加冰掺水的吉尼斯啤酒。直到午夜，终于抵达目的地城堡。司机停车熄火，汽车大灯照耀下出现一堵高大漆黑的围墙。没有了路虎持续不断的轰鸣，四周突然陷入一片寂静，让人不禁打了个激灵，真心觉得还是马达响着更好一些。大灯熄灭，我走下车子。天空中布满璀璨繁星，迷人的景象似曾相识。如此表述，您可别以为我要讲述爱情故事了（不太算吧）——老天保佑，不是您想象的那样，与其中一位或者两位女诗人一起发生些什么——我只是有了兴致与激情再描绘一下这十一月的天空，这密密麻麻群星闪耀的爱尔兰天空。深邃的苍穹延伸向远方，倾斜了一般倚靠在城堡乌黑的墙体上。棱角分明的城墙隐匿在黑暗中，夜空却被点点繁星装扮得璀璨生辉。数不清的光点簇拥着，无穷无尽地遮蔽了夜空的黑暗。光点你拥我挤，它们或者聚成一大团，或者被排挤出来溶解在冰冷的夜色中。出奇地寒

---

① 罗马尼亚首都布加勒斯特的国际机场。
② 罗马尼亚航空公司。

冷,但我们却并不急着走进城堡。大家站在车边,向明亮而神秘的夜空凝望。穹庐广阔笼罩无尽黑暗,那里好像刚刚滑过闪闪亮的冰川融冰,把摔得粉碎的冰粒撒在我们头顶。

晚餐简单得很:一位木讷的厨娘迅速地把一大块布丁每人分了一份,然后就引导我们回到各自宽敞的房间。房间是真的宽敞,就此而言我的句子里可是头一次不带嘲讽意味。城堡很深,装修讲究得堪比佩雷斯①。回房间的一路上色彩不断变化,到处都是镜子、枝形吊灯和寓意丰富的画作。楼梯两侧的墙面被改造为多宝阁,塞满了旧书,陈设着各式武器。我经过了无数极其宽大的房间,非常多,每个房间都有两层楼高,昏暗的房间里摆满旧式家具。城堡里的一切都冻得硬邦邦的,室内比室外温度还要低。我们怎么能在这刺骨寒冷中连睡十四个晚上?最终,那两位女诗人先被安排住进了陵寝一般的居室,这倒也跟她们的风格很搭。而我也被遗弃在一座有三个房间的"地下墓室"中。我的房间有客厅、书房(书房角落里陈设着一座巨大的陶瓷地球仪、收藏着版画和一架小型望远镜)以及卧室。卧室正中一张华盖大床,那简直就是皇帝的待遇,或至少男爵级别吧。与睡眼惺忪的厨娘道过晚安,我被独自留在了黑暗的房间里。摸索着走向卧室,打开门,屋内只有淡淡的夜光,婆娑的树影与星光倒映在窗棂上。光线是如此凄凉而纯粹。一不小心碰倒了床边的行李箱,箱子盖子被摔开了。我没有顾上脱外套(不脱也就不脱了,无非心理别扭些),就开始在行李箱里翻找起睡衣来。翻腾了半天,连睡衣我也放弃了。寒冷开始搞得我眼泪鼻涕一起流出来。双手早在大家各自回房前就冻得没了知觉。不行,我得穿着衣服睡,

---

① 位于距离罗马尼亚首都布加勒斯特以北约130公里的南喀尔巴阡山,被认为是欧洲最美的城堡之一。

只能这样了。

在床边坐定,极地般的寒冷让我恐惧,不知该如何熬过这一宿。这时,猛然感到床铺那头有股暖流,是错觉?伸出手掌顺着床罩往前摸了摸,我一下子蹿了起来,真是热乎的!可是,床铺那边高高拱起,呈现一个硕大的身体形状,怎么会有人蜷缩在我的被窝里?各种相当愚蠢的念头从头脑中闪现:房间分配错了吧?把我与别人分到一起了?有那么一瞬,我竟然想到有可能是一具刚刚被切断了脖子的尸体。我赶忙从床边站起,浑身哆嗦,这可不只是被冻的。怎么办?我不知道该向谁求救,我连电源开关在哪儿都还没搞明白。谁在那儿?在这爱尔兰的腹地,城堡的中心,我房间里的床铺上?我下意识地向窗前移动,找寻光亮。然而《呼啸山庄》的情境却出现在脑海中:铁青色鬼魂用拳头敲打着玻璃,"让我进去,让我进去……"恐怖加重了我的呼吸,窗户瞬间就蒙上了一层雾气。我战栗着迅速做出决定,向床边蹭去,这勇气纯粹来自走投无路。猛的一下掀开床罩,事实却让我瞠目结舌。华盖大床里上演了一出闹剧。在我的床上,深陷在铺着床单的垫子上的,竟然是,一只羊!

羊侧躺在床的一边,个头很大,毛茸茸的,还有些臃肿。它的四蹄僵硬地伸展向床外沿。我在做梦?我梦游了?我落到某个超现实主义风格的捣蛋鬼手里了?有人在布丁里给我下了药?我又想起了《族长的没落》[①]里那幢老朽的宫殿:宫殿里母鸡穿行,母牛占据庄园的阳光露台。"怎么了这是?"我自言自语。得把它赶出去,至少赶出我的卧室。见鬼!我该怎么做?如果它一跃而起,在这寂静的城堡中如临末日般的嘶声咩叫那该有多可怕?最终,我揪住了羊的一只耳朵,这耳朵的手感跟抹布似的。用力拽

---

① 哥伦比亚作家加西亚·马尔克斯的作品。

了拽，羊肚子里缓缓发出咕嘟咕嘟的声音。试探一下那几条朝我伸着的羊腿，好像空心的法兰绒质地，毫无生命迹象。哈！不是真羊啊！

原来是个羊形橡胶热水袋，表面覆盖了一层带小卷卷的混纺仿真羊毛。确实是熬过寒夜的最好办法，比加热这塞满老式家具的"庞大飞机库"省事得多。昏头昏脑地笑了笑，我从箱子里翻出睡袍，换掉外衣，将已冻得青紫的身体哆哆嗦嗦贴着我热乎乎的小绵羊钻进毯子。怀抱小羊，直到熟睡，眼前过电影似的跑着漫长旅途中的景象：死气沉沉的建筑无一例外地在一层配个小酒馆；辨不清外形的树木一棵棵从车边掠过，消失在茫茫夜色中，它们仿佛也被车大灯晃花了眼睛。

第二天一大早，小羊仍然热乎乎的，但我可不能再搂着它了，毕竟它不是女主角。我的爱情幻想品种繁多，但绝不包括这只羊。如果昨晚床铺上是个橡胶女人，而不是这搞笑的羊，也许，你知道的……不说这些没用的了。早晨，我认识了一些爱尔兰诗人。这些诗人将把我们的诗歌翻译成他们的语言。事实上，这是几位小伙子，两个星期的时间，他们将在宿醉及合唱阴森的叙事诗中度过：

> 有这样一家酒吧，
> 我们如此向往——
> 它的名字叫天堂——①

小伙子们也有别的事情要做。在厚得用刀才能划开的雾气中，顶着刺骨严寒，他们神经错乱了似的围着城堡边的湖泊跑

---

① 原文为英文。

圈，一天至少十次。他们还带来了情人，算是一群嬉皮风格的忠实粉丝吧。情人们散落在城堡每个角落，房间里，走廊里，无处不在。她们不修边幅，剪得寸把长的头发毛毛糙糙，颜色各异，蓝色、绿色、棕红色。如一些爱尔兰人一样，她们都有着赤褐色长雀斑的皮肤。这些姑娘说起话来不可理喻，他妈的这，他妈的那，毫不掩饰，三分之一的话语都带着脏字。夜深人静，你时常可以听到阵阵调情的呻吟声从城堡深处传来。除了这特殊的生物群体，城堡中还有个人物——比利。总看见比利举着条水管子浇灌墙根下的野蔷薇花丛，无论谁从旁边经过都要拍拍他的肩膀。他身着破旧的工作服罩衫，时不时地也运送烧火用的干柴。毫无疑问，比利就是个园丁或勤杂工，我觉得。直到最后我才搞明白，比利竟然是招待我们的泰隆·加思里中心的负责人，一位享有世界声誉的剧作家。

　　从比利口中我听到了伯爵夫人的故事。抵达城堡的第三天或第四天，偶然和比利在饭桌上坐到了一起。我们把亘古不变的布丁送到嘴里咀嚼："感觉怎么样？"比利嘴里塞满了食物。"嗯，还行吧，"我操着艾奥瓦口音的英语回答他。"诗翻译得怎么样了？""哦……进展不太顺利。"女诗人们过分自命不凡，她们虽然对英文一窍不通，却永远对翻译成品表示不满，很显然是因为她们觉得听着不舒服。另一方面，不羁的爱尔兰诗人缺乏耐心去仔细研究，他们对我的翻译工作置之不理，宁愿相信自己的直觉。终日不断的宿醉使他们郁郁寡欢，似乎除了诗歌，没什么能唤醒他们。安娜梅琪之旅于他们而言就是个捞外快的机会，他们并没有全身心投入，无非从中渔利罢了。"你见过伯爵夫人了没有？""哪个伯爵夫人？"可恶的爱尔兰诗人（那些爱搞怪的浑蛋）从来没提起过。安娜梅琪城堡有个幽灵，数十人亲眼所见，而且这位伯爵夫人的身份有法律文件为证。"三楼朝北墙上挂着的镜框你们没看见吗？那份爵位证书。""没有，真没注意。""嗯……好吧，故事说来话长。我尽量长话短说。"据说十六世纪时身为城堡主人的伯爵夫人被刺杀在城堡某个房间里（具体哪个房间就不知道了，每个来访的客人都觉得是在自己房间），从那以后城堡的生活失去了平静。伯爵夫人时不时光顾某个在城堡过夜者的房间。可惜，她是纯粹的民族主义者（"我们今天称之为右翼极端分子，"比利冷笑道），她只在有纯正爱尔兰血统的人面前现身……"哦，"我说，尽量表现得很失望。"不过，希望还是有的。只要愿意，你至少可以做一个晚上的正宗爱尔兰人。是这样：你只须一口气喝下一整瓶爱尔兰威士忌！那样，伯爵夫人的灵魂也是有可能出现在外国人面前的……找机会我给你买一瓶，米尔沙①，"比利许下诺言，起身离席。"他妈的，伯爵夫人，"我自言自语，一边努力吞咽没有香气、没有颜色也没有味道的布丁，一边注意把"他妈的"说得字正腔圆。

早上，翻译工作继续艰难进行，照旧一片混乱。下午，我特意坐到两位女诗人之间，以防止她们像野猫一样打起来（她们仍然互不理睬。如果一方朗诵诗歌，另一方马上通过粗重的鼻息表示不屑一顾。不时地，其中一个还要把我拉到一边说另一个的坏话，告诉我对方在旧体制时期的政治劣迹和性丑闻）。傍晚时分，我满心期待地回到我的小羊身边。它总是耐心地、热乎乎地等我归来。十天之后，爱尔兰绿②让我腻烦到极点（事实上，那十一月的天气里只能看到白霜和浓雾）。只有它满天繁星的夜晚是如此无与伦比，美轮美奂。点点星辰仿佛抛撒在天空的高纯度海洛

---

① "米尔沙"是在称呼作者。本文作者全名的罗马尼亚语发音为米尔恰·格尔特雷斯库，比利的英文口音把"米尔恰"读成"米尔沙"。

② 爱尔兰人对绿色情有独钟。绿色，不仅是爱尔兰的国家色，也是爱尔兰国旗的主色之一。

因粉末，真想长眠在那星光璀璨的穹庐之下。

　　结局还算圆满吧。诗集告一段落，工工整整地被输入了我们似曾见过的最先进的笔记本电脑。虽然电脑厚得堪比木地板，屏幕还是黑白的，但对我来说已然是个奇迹了。此外，那些在醉醺醺状态下翻译出来的诗歌也让人无话可说：真没比酒醉后生下的孩子好到哪里去。如果把这些诗歌翻译回罗马尼亚语，那将是罗马尼亚文学中前所未有的……但这又有何妨？最后那晚，欢乐的小伙子们在女粉丝的簇拥下弹着电吉他放声歌唱。女粉丝们陶醉在不知所云的歌曲中：

　　　　有这样一家酒吧，
　　　　我们如此向往——
　　　　它的名字叫天堂——

　　与之后的节目相比，小伙子们的表演着实才华横溢，因为，紧接着我们就被要求唱几首罗马尼亚歌曲，富有民族特色的……与两位女诗人紧张协商后才发现，只有《好汉如此畅饮》这一首歌我们三个人都会唱。一番斟酌，三个人哼哼唧唧地表演了起来。完全不在一个调上，比我们之间迥异的诗歌风格差别还大。一位女诗人操着低音嗓子磨锯齿般地挤出歌词；另一位"女汉子"则惊住了爱尔兰人，她的声音好像发源于潮湿的洞窟，还带着些许低俗。"星期一、好汉们、星期二、兄弟们"——罗马尼亚语的发音一定让利奥波德·布卢姆①的同胞们甚感奇特……前嫌尽释，我们称兄道弟，相互拥抱亲吻，一起载歌载舞直至午

---

　　①　爱尔兰作家詹姆斯·乔伊斯《尤利西斯》中的主人公。

夜。比利信守诺言,为我准备了一瓶威士忌(尊美醇①)。他用盖尔语②朗诵了多首诗歌:盖尔语听起来也怪怪的,比我们的"好汉"好不到哪里去。我躲到一个小角落,竭尽全力成为一名真正的爱尔兰人,"至少一个晚上吧。"可是,再怎么努力,一瓶酒也只喝下去一多半。

也许我的诚意感动了上苍……那个晚上,伯爵夫人现身了!传说得到了证实,是真的!伯爵夫人并不是虚无缥缈的;没有叮当作响的铁链缠身;没有用拳头敲击窗户(让我进来,让我进来……),但也确实见所未见。那是我一头倒在床上一个小时以后,衣服也没顾上脱,陷在我的华盖大床里,伴着热乎乎的小羊。昏昏沉沉中,猛然被卧室门沉重的吱扭声惊醒。伯爵夫人闪了进来,她一侧身体沉浸在刺眼的星光中,更显得陷在黑暗中的另一侧神秘而不可捉摸。伯爵夫人爬上床,钻到我身边,口里浓重的威士忌味道让人晕眩。身边的小羊被一把撇了出去,气鼓鼓地落到床边。她把我的手移到两腿间,舌头就塞进了我的嘴里,能感觉她舌头中间有颗金属小珠子。我揽过伯爵夫人的头,她的头发硬挺挺的,如无数尖刺扎在脑袋上,是发胶的效果。我把手伸进她的上衣,在胸前摩挲,伯爵夫人的一个乳头上挂着颗小小的铜环。我褪掉她的内裤,抚摸她下身粗硬而稀疏的体毛。伯爵夫人在我耳边窃窃私语,声音沙哑却又激情四射:他妈的这,他妈的那。我揉捏着伯爵夫人冷冰冰的屁股(后来逐渐热乎起来)。整晚我与伯爵夫人缠绵在一起,无数次地做,各种各样地做,翻江倒海地做,直到伯爵夫人充满快感的呻吟回响在我的床头,我

---

① 是爱尔兰威士忌里面产量和销量最大的,也可以说是最有名的。
② 主要用于苏格兰和爱尔兰等凯尔特文化区,发音类似德语。包括苏格兰盖尔语和爱尔兰盖尔语。

的卧室，城堡的中心，爱尔兰的腹地，德洛伊教、吉尼斯啤酒、詹姆斯·乔伊斯的祖国。一大早，光着身子的伯爵夫人局促地在床上翻找丝袜。她的头发是绿色的，左边臀部粗重地标记着"带走①"，另一边写着"我②"。随后，两行大字消失在衣服布料里，小铜环立马也被遮盖起来。一声"拜拜！"嘴里的小铜球金光一闪，伯爵夫人的幽魂就此蒸发在空气中，了无痕迹……

　　早晨，在城堡围墙下我们与比利相拥告别。众多人中，只有比利起了大早为我们送行。那时他放下手中的园艺剪，暂时停止修剪篱笆的工作亲切地问我："你最后见到了该死的伯爵夫人？"透过清晨的浓雾，我这才看清比利的脸，"我相信是的。"我一边回答，一边走向等在门口的宽大路虎。两位互不说话的女诗人早就坐到了车里。司机骂骂咧咧地说着听不懂的英语，将车打着了火。随后，汽车冲进弥漫大地的浓雾驶上公路。安娜梅琪的神秘古堡渐渐退出视线。再次踏上来时的路途，朝着相反的方向，我们跑在爱尔兰曲曲折折的道路上。

（李昕译）

---

①② 原文为英文。

钟医生的故事

当郁闷的钟——"钟"这个名字，直译过来的意思就是"操着猜疑的眼神遥望大海的猴子"——回到家，他所经历的一切我们着实不敢轻易记录到纸上，但其实这些情节倒也不难想象。钟被绑架了。他被强行带到了另一个王国。国王哄骗他为王国所有百姓装上了牙齿，却拒绝支付一文钱。不但如此，还抢走了他的牙科治疗椅，嘲讽地送了钟三个毫无用处、劣质而破旧的罐子。钟的七彩獠牙咬得咯咯响，让人听得毛骨悚然。一路上的巨石被他的大脚踢了个遍。

"普雷斯利！普雷斯利！我要把你大卸八块！"钟有气无力地嘶吼着，却又只能徒劳地挥舞双爪。这名字对钟来说简直就是场噩梦，让他颜面尽失。怎么能如此愚蠢！怎么能这么轻易地就上了当！……那个无赖的敲门声打破了钟诊疗室的宁静。诊疗室大门上标示着营业时间：

钟医生

初级保健医师

口腔治疗：周一 14：00—16：00

　　　　　周三 10：00—12：00

酷刑：　　周四 16：00—18：00

　　　　　周五 6：00—10：00

砍头：　　周六 8：00—16：00

　　　　　周日　　休息

普雷斯利坐到椅子上开始提要求：

"砍头，谢谢。头就不用洗了，我有点感冒。"

那天压根儿就不是周六……钟取出圆木砧板和斧头，悲催的他甚至没有忘了准备好绳索。然后，钟就被自己的绳索绑上了。不幸的钟医生又能怎样？"老兄，跟我们走一趟吧，去把我们国家所有人的牙处理了，我们没钱付给你！"

回忆戛然而止，热血再次涌上心头。愤怒使得巨人钟的脸变成了蓝色。暴怒之下，巨人抓起陈旧的铁熨斗可着劲儿地扔了出去。看，发生了什么？铁熨斗落下的地方出现了一处圆形湖泊，湖水清澈，波光粼粼。湖中心显现出一座美丽的岛屿。岛上植物繁茂，密匝匝的棕榈树、桉树、巨杉间长满了杜鹃花、丝兰花和鼠尾草。树林间有一座巍峨而古老的城堡，城堡的外形恰似一个铁熨斗。城堡高处的窗户锯齿状排列着，里面传出阵阵温柔、甜美而迷人的歌声。一缕缕金色的头发不时从窗口飘出。毫无疑问，城堡里居住着美丽的仙女。是仙女们在歌唱，是她们在用性感而忧郁的嗓音召唤对岸的钟医生。巨人钟医生围着湖边绕圈子，希望找到一条小船渡过水面。但，什么也没有。于是，他深深地将苍穹之气吸入胸中，燃烧起内心全部的欲火，用尽力气吹向湖水。熊熊烈焰蒸干了湖水，湖水向两边退却，闪出一条足够宽的道路。湖底满是尖锐的贝壳和啤酒瓶子碎片，钟左蹦右跳，从两面水墙的中间穿湖而过。随后，整整两年，钟在密密层层，长满鼠尾草的树林中披荆斩棘。终于，在一个阳光和煦的下午，巨人来到了城堡脚下。

城堡是炽热的。钟医生不断地咒骂，呼呼吹着被烫伤的爪子。他谨慎地进入走廊，小心翼翼地不碰到城堡墙壁。走廊两边排列着编了号码的小房间。所有房间都房门大开，里面装饰着鲜花图案的墙纸，颜色、主题各不相同。然而，所有房间后的墙壁上都悬挂着同样一幅壁毯，图案是几位体态丰盈的仙女，她们的胸部珍珠一样洁白。仙女们坐姿各异，优雅地围绕在绿松石般碧蓝的水岸边。每个房间里各有十位熨衣姑娘。她们十分快乐，用古老的熨斗熨烫着衣服。熨斗在她们手中滑过垫子，滑过衣袖、小裙子、小上衣、床单或枕套，小心地绕过纽扣，谨慎地抚平布料上的绣花。巨人钟嗅到了只有天堂才有的香气。他知道这香气来自加热熨斗的材料，不是普通木炭，而是香炉里所用的那种香脂和香料。十位姑娘中有九位披着金色秀发，另一位则是红色头发。巨人探头向房间里张望，姑娘们都友好地打招呼，甜甜地笑着，露出脸上的小酒窝。

"有谁的牙齿有问题吗？"他问道，有些不知所措，似乎在没话找话，因为每位仙女的牙齿都健康洁白得如珍珠一般。

姑娘们笑了。她们围绕在巨人四周翩翩起舞，甩起散发着香气、蕾丝镶边的玫瑰色床单将巨人缠绕。九百四十位仙女——钟医生爬上螺旋形楼梯，站在城堡二层与三层之间观察起来。很显然，那九十四位红发姑娘没什么用处，她们是最差劲的熨衣女工。她们熨烫过的长衫短服上被熨斗烫煳的半月形痕迹随处可见。于是，钟医生无情地把红发姑娘们赶出了城堡。失魂落魄的红发姑娘们哭泣着，紧紧抱着她们的铁熨斗逃到了小岛的边缘地带。她们用圆木搭建起简陋的小屋，在鼠尾草间安顿下来。

我们的钟医生在金发仙女们的怀抱中度过了七年时间。仙女们像对待襁褓中的婴儿般宠溺着钟。她们用绣花缎子、皇家御用金银丝锦缎为他包裹身体，将最细腻的滑石粉搽上他的臂弯。钟枕着仙女们纵横交织的金色发辫，幸福地酣睡在逍遥宫中。真希望能永远停留在这样的生活中，永远安息于此。甜美的歌声绕梁飘忽在耳边；浓重而油腻的香气沁人心脾；纤细粉嫩的手指轻轻触摸着他的肌肤；一切的一切犹如黎明的曙光沐浴着我们长满獠牙的巨人。他昏昏沉沉地徜徉在无尽的快感之中。

然而，唉！好花不常开，好景不常在，快乐不长久！正如先知的真知灼见，字字真金：

> 背运迟早来
> 现身正当时

在凶险的森林中艰难过活，日日与毒龙和巨型胡蜂抗争。日复一日，年复一年，红发姑娘们被磨炼成了真正的女斗士。她们可以熟练地使用梭镖与"瓦塔拉"———一种所向披靡，威震密林的武器。第七年年末，复仇的欲火熊熊燃烧，红发姑娘们冲向了日夜莺歌燕舞、纸醉金迷的城堡。熨斗城堡的铁铸墙基实在不足以保护可怜的金发仙女们，城堡很快即被攻陷。金发仙女们顾不得披上薄如轻雾的衣衫，一个拉着一个的辫子，仓皇逃上五条帆船，带着她们肩胛骨间的身份标记，远远逃向世界的尽头。钟医生，他的铠甲叶片刮带下无数长长的金发，落魄得如刮胡子毛刷一般。好不容易保住性命，他只得游水逃到湖对岸，像狗一样使劲甩干泡湿的身体，然后不慌不忙地再次踏上回家之路。

唉！阿凯娜、阿巴巴巴柔萨、阿波伽利萨、阿布萨罗玛、阿布利塔、阿卡、阿奇杜萨、阿科思塔塔、阿库拉特萨、阿库莎库萨、阿德列恩丽娜、阿朵拉梅塔、阿福斯托塔塔、阿格伽、阿荷哈、阿尔卡特拉、阿马尔可塔、阿木比兹萨、阿木菲布拉哈、阿木如拉帕塔、阿默拉（还有你臀部上的小瘩子）、阿默尼奥蒂塔布尼库鲁孔萨斯达、阿木莱萨塔、阿木兹塔、阿娜拉、阿娜格拉玛、阿娜佩斯塔、安代布拉泽、阿努拉塔、阿努米塔、阿努恩克塔塔、阿殴、阿殴丽塔、阿潘蒂奇塔、阿布拉西欧洛姬斯塔、阿罗甘塔、阿拉罗甘塔、阿拉帕莱塔、阿斯塔（忘了你的孪生姐妹阿雅了）、阿兹兹卡、阿祖祖丽卡、奥瑞卡、奥斯库尔塔塔、阿旺卡尔塔、阿芙阿比拉、阿西奥娜、阿雅哈、阿尤巴兰卡、阿扎木奇蒂塔、阿扎木多米塔、阿扎扎扎扎、巴阿阿阿阿阿阿、巴阿阿巴、巴阿尔贝卡、巴尔贝库阿……修尔索拉拉、尤卡、尤米塔、尤苏法、祖尔利亚、祖塔门娜、祖塔、祖薇依卡、祖扎、兹苟马蒂卡、泽扎尼娅，还有你，令人念念不忘的，卡比！巨人翻山越岭行走在暴风雨中，他念念不忘岛上的生活，不禁叹息：再也看不到此情此景了，我荷尔蒙充沛的身体再没机会品尝这世间极乐了……

越想越赌气，巨人抡起一直用缆绳绑在背后的大车轮，狠狠掷向山脚裸露的岩石。没想到车轮砸下之处显现出一个圆圆的山洞，洞口大得足以通过像钟一样高大壮硕的巨人。钟猛烈摇动车轮轮毂，将卡在洞口的车轮清理出来，他又要开始新的冒险了。谁知道上天会不会再赐予他一位公主或者仙女？谁知道他有没有可能再主宰一座宫殿，一座立柱上镶嵌象牙的皇宫？山洞在岩石中向更深处延伸，巨人钟艰难前行。边走边看，洞内环境让他惊讶：粗糙的岩洞内壁浸泡在不知何处流下的汩汩水流中，石壁上悬挂着各种奇形怪状、没有眼睛的昆虫。一点一点摸索向前，漆黑的岩洞尽头逐渐出现若有若无的一抹光亮。慢慢地，慢慢地，亮光越来越强烈，直到完全展现在钟的眼前——那是清透纯正的蓝宝石的光芒。价值连城、肥厚而巨大的宝石密密麻麻长满岩洞，环绕在巨人周围。宝石牢牢扎根在洞穴中，好像琥珀里禁锢的千年飞虫，又似只在童话、在梦中才会出现的生物，总之，非这个世界所拥有。这些宝石，似乎正伸展着手臂召唤巨人。那一闪一闪晶莹剔透的折射光，犹如无数七彩小嘴儿在无休止地重复叨念某一句话。山洞继续延伸，错综复杂，时而上坡时而下坡。

直到最后，洞体猛然宽阔敞亮起来，一处宏大的地下空间出现了。这里的石壁上也满布着熠熠生辉的蓝宝石。而地下空间正中，堆积着三米多高的各种人间宝物，应有尽有。奇珍异宝，只有想不到，没有找不到的：金项链、银项链交织纠缠在一起打着永远也解不开的结；晶莹剔透的玉杯，雕刻着精美绝伦的图案；镶嵌蛋白石的纯金高脚杯；珍珠装饰的十字架；四周嵌满祖母绿宝石的大主教冠冕；各式各样的盘子，形态各异的金币、银币；成堆的钻石大得像核桃，肆意散落在地面上；皇冠、教皇权杖、包金圣骨、宝石戒指、鳄鱼手镯……数不胜数。一条肥胖的毒龙大蛤蟆一样摊卧在价值连城的珍宝间。它有十二个脑袋，都大睁着眼睛野蛮地瞪着被珍宝晃花双眼而呆愣在入口的巨人钟。突然，一个脑袋的长嘴巴里蹿出蜥蜴一样的长舌，猛然缠住钟的腰部，用异乎寻常的力量把钟拽向长满匕首一样尖锐牙齿的大嘴。钟的两耳嗡嗡作响，他有些蒙了。当反应过来后，十分出乎意料地，毒龙已然轻柔地把他放到脚前，塞到珍宝环绕的膝盖间。那十二个脑袋满是善意地观察起钟来。右边第二个脑袋说话了：

"你好啊，这位先生！你看，是这么回事，我就不兜圈子了。我是……当然，我们，是蓝宝石山洞里的毒龙。"

"我猜到了。"钟不留情面地打断了毒龙，他的意识逐渐恢复了。

"据说，我们的任务是看守这成堆的……"

"它说得太保守了。"最左边一个脑袋插嘴道，"总之吧，是相当可观的一堆金子和珠宝……"

"……多得数不过来！可恶！可恶！可恶！我诅咒这些装腔作势的富豪、地主和有钱人！全世界的无产者们，团结起来吧！"

"喂！收起你的那套理论！"另一个脑袋开始"和稀泥"。"老二就这样，他唯恐天下不乱。"这个脑袋换了个口吻解释说，

"据说，我们的使命就是守护财宝。好吧，那就守护吧，要不又能怎样？难不成我们还能从这里跑出去？是，我们的脑袋可以穿过洞穴钻出去，但这肉嘟嘟的身体，这肥硕庞大的身子连着我们所有人哪……只有你，大夫，你能帮助我们。"

"对，只有你，大夫！帮帮我们吧，大夫！"所有脑袋异口同声地哀求起来，"我们等了你一千年了！天哪！我们就这样消磨了一千年！"

"那些富豪老财荒废了我们的青春！"老二叹息道。

"好吧，兄弟们，但你们从哪里知道我是医生？"

"这还用问？你看，你是个长满獠牙的巨人。况且，打老远就能闻到你身上整牙材料的味道。老八，你来，说说咱们的计划？"

"你看哈，我们是这样想的，您老人家是不是能帮我们分开，就跟分开泰国那对连体兄弟似的，把我们这条毒龙分成十二条蛇？然后我们就能从这洞里逃出去，忘掉所有的金银财宝……"

"……一条一条分开，彻底分开，确实有点伤感。"

"你觉得怎么样？同意吗？"

巨人注视着毒龙笨拙的躯体，很久。然后，又花了更长时间盯着成堆的宝物。他脸上的表情好像扑克牌的人物难以捉摸。他抽出爪子，不慌不忙地打理起指甲来。

"多少钱？"钟慢吞吞地，觉得气氛营造得差不多了，冷冰冰地掷出一句话。

"啊，多少钱都行，什么都行！都拿走！"十二个脑袋齐刷刷挺直了，"你能背多少背多少。啊，不，还有我们，我们也能帮你背。"

巨人斜眼瞥了下毒龙。

"这儿实在也没什么东西，尊敬的先生们。这样吧，我愿意为你们效劳,这是因为我喜欢你们。但得明确一点,从现在起谁说了算?"

"都听你的,主人!"老六大声喊道,其他脑袋也随声附和。

"很好。那看看我需要你们做些什么。首先,所有宝物你们都得给我运送回家。"

"我们运!"

"那么,现在,你们给我讲个故事。"

"你会讲《祖尔巴兰的抗争,来自库阿特拉的巨人》吗?"第四个脑袋悄悄问第一个脑袋。所有人安静下来,凝重的气氛中,第一个脑袋讲起了故事。要知道,所有的巨人以及每一条毒龙都最爱听古老的神话故事。第一个脑袋讲得绘声绘色,巨人钟和其他脑袋都被故事中一个接一个的冒险经历深深震撼。直到第一个脑袋讲完了,大家还都意犹未尽地沉浸在情节中。似乎整座石头山也陷入对情节的思考而没有意识到故事已经结束了。还是钟医生打断了大家的沉思。

"第三个条件:你们帮助我实现统治世界的计划。借助你们的力量,再加上蓝宝石山里的珍宝,我们一定能在世界上称王称霸。"

"钟大夫万岁!"十二个脑袋群情激昂,呼声震天。

接下来,钟医生开始工作了。先用车轮毂给毒龙注射麻醉剂。待毒龙昏睡过去,钟医生将每个脑袋从其长脖子根部斩断,与庞大的躯体分离。然后,用绳子将这十二根长肉条分别扎好,处理得就像一捆捆覆盖着鳞片的肉卷。熨衣仙女岛上带来的鼠尾草特制成药剂,敷在每条脖子的伤口上。待麻醉药失效,十二条毒龙苏醒过来。它们在岩洞里蹿来爬去,陶醉在喜悦中。毒龙们尽可能把嘴里塞满珠宝,一条接一条地爬出地面。巨人也出来了,背着满满一堆价值连城的宝物。赶路途中,他们从遇到的第一座大城堡处买下一大群佣工,随后开始攻占周边国家。强大而精明的毒龙将军们率领队伍,围困一个堡垒又一个堡垒,周边国家相继陷落。最后,十分遗憾,十二条毒龙只剩下十一条。毒龙老二在已占领的土地上发动起义,巨人只得将其处决正法。

钟医生如愿以偿地统一了天下。之后,厌倦了多年的流浪生活,他越来越思念自己小小的牙科诊所,想念留在家里待他归来的忠诚老婆。戴着头盔,穿着铠甲,胸前挂满战斗勋章,鼓号手开路,衣着靓丽的年轻随从列队两边护卫前行,巨人钟衣锦还乡,激动无比。

一切还是离开时的样子:泛着磷光的苔藓地衣,波光闪闪的水塘,还有泥泞神秘的火山。古老的巷道顶棚依然垂下根根钟乳石。疲倦的英雄敲响了诊所的大门。他的老婆应声开门,岁月并没有在她身上留下任何痕迹。

"你去哪儿了,倒霉蛋?走了这么久?"老婆犀利的目光紧盯着钟,"你身上的金头发是怎么回事?跑哪儿浪荡去了?"

"亲爱的,听我解释……"巨人结结巴巴,冷汗呼呼直冒。

然而,老婆才懒得听辩解,一把抓起粗缆绳把钟捆得透不过气来。

(李昕译)

阿达－卡雷赫，阿达－卡雷赫

　　就像我写字时，用圆珠笔在纸上写的每一笔每一画都沾染上霉菌，而留下我笔迹的每一页纸都会翘棱、变黄，然后像一片老叶似的翘起。为了不让灾难和不幸追上我，我越写越快。

　　就像再看我所写的东西时，每一个光子在撞击我的每一页纸、反弹起来并且穿透我的视网膜的过程中似乎都会变老，像一颗胡椒那样蜷缩起来，从里面发出的不是光，释放出的却是一股令人窒息的灰尘，就像用一个生了锈的大头针扎在昆虫标本板上死蝴蝶翅膀上的粉末。

　　就像吃饭的时候，调羹盛着汤汁轻轻转动，带动里面的一根面条也随之转动起来，调羹从汤盘到嘴的途中生锈、腐蚀，变成一颗颗氧化物流到荷兰纯麻桌布上那样，并且只有一滴软软的、不断再成型的汤会升向天空，直到也沾满蛆和蠼螋。

　　就像做爱时，从我肚子里释放出的几十亿只小纸船钻进我女人的体内，在一个尚未被认识而奇怪的世界中，穿过险恶的峡谷，通过无情的小瀑布，在布满蛤蜊的海滩上成千只的小纸船搁浅，其余通过透明的吻管冲向前方，与管壁摩擦而起火，被没有眼睛的生物捕杀，直至一条小帆船在一座气势恢宏的圆形要塞周围那风平浪静的水域暂时停靠。就在那里，在狂风暴雨的天空下，等待它的则是一片废墟，一片完完全全、一望无际的废墟。石头上的石头没有从卵巢城堡中存留下来。

　　就像所有桥梁在我过去之后都坍塌。

就像所有的星星在我进入梦之后都爆炸。

就像我们的记忆是一个骨灰盒。

就像我们的思想是一口破钟。

现在我还记得画着阿达-卡雷赫岛的那幅油画的气味。每当我在床上蹦跳时,那个有浅黄色清真寺尖塔的绿色的小岛也一上一下地跳动起来,而前景的那个土耳其女人,忽而在多瑙河那有点儿刺眼的浅绿色的深处,忽而在天空的蓝色污秽中浮动起来。开始那几天,我那小小的房间里直到天花板都弥漫着油彩的气味,我一开窗户,就真的看见那气味像瀑布沿着粗糙的预制板从五层楼直泻而下。虽然恶心,但好玩儿,就像汽油和硬橡胶、核桃树叶和天然橡胶,甚至跟我们楼后院那只死猫的气味等差不多。油彩还没干,有几次我用指甲扎一扎,就像扎黄油似的,直到让爸爸逮个正着,接下来就老一套抽出他那条皮裤带。最后,油画要了我们二十五列伊,这对我们刚刚搬到斯特凡大街并且凭借自己的能力对小单元房进行装修的工人家庭来说可够贵的。我们那栋楼工程还没有完工,周围全是要铺设下水道的泥泞的沟渠。虽然电梯还没有安装在让人眩晕的烟筒形状的电梯间里,我们家人却已经开始正儿八经地干起活儿来了。首先拿胶皮辊子粉刷墙壁,每个房间图案都不一样,我的房间是咖啡色的枝条,微红色的花朵,凄凉的棕榈树。然后全部再喷洒一遍闪光的云母粉,从亲戚朋友家搜罗来一些家具,甚至还买了一台大收音机,按下启动键,猫眼亮了之后发绿光。绝对禁止我玩收音机,但下午该睡觉的那几个小时,我就没完没了地按键,有时把几个键同时按下,转动那个硬硬的、半透明同样是塑料做的旋钮,直到指针在粗布上的屏幕从柏林移到华沙,然后再到莫斯科。我尤其喜欢盯着那个绿绿的眼睛,随着机器越来越热,那个像无价之宝的宝石一样的眼睛也变得越来越绿。一天，我正在悄悄地听着广播剧，爸爸竖起耳朵听居室里有没有响动（他把一只女袜放在头上往后压住头发，这样就可以随时观察我到底睡没睡觉），这时有人敲门。我听到了说话的声音，其中还有一个陌生女人的声音，这可是我们楼里这个小小的世界里少有的事情。以前来过一些忏悔婆，手里拿着小册子，封面上写着"我是道路、真理和生命"，来过带着瓶瓶罐罐换旧衣服的吉卜赛女人，她们没完没了地讨价还价，此外，在新年之前还来过搞洗礼的神父，我们家人从来不给他们开门，总是隔着门跟他们说："我们不搞洗礼，我们有别的信仰！"除了瓦西里卡姨母，也就是我妈的姐姐之外，就没有别的什么人了。她那甜甜的声音我特别清楚。非常奇怪，我从床上爬起来，照了一下镜子（一个身材瘦弱的九岁男孩，只穿一条破裤衩，也在看着我那两只黑黑的眼睛），然后我就走到我们房间之间的那个小门厅。我扒开门缝儿向里面看。桌子旁边坐着一个穿着打扮特别花哨的女人，跟她一比，我们家人就好像落上了厚厚尘土的服装店里的那些人体模型，几乎看不出来人的样子。那女人一边拿小调羹吃着苦樱桃果酱（这是待客不可少的东西），一边不停地说着话。她从一个很大的手提包里取出几张马粪纸，在我们家人鼻子下面晃来晃去。这位"太太"很奇怪，跟我们楼里所有妈妈都不一样，她们在灶台边做饭总是弄得满头大汗，手里还常常拿着一块抹布往外轰苍蝇。可这位太太那双蓝蓝的眼睛闪着光，睫毛膏涂抹得不均匀，就连涂着口红的两片嘴唇中间的牙齿都沾上了口红的痕迹……我真想偎依在她的怀里，就穿着那条破裤衩，我的两只咖啡色的胳膊搂着她的脖子，脸贴着脸，两只眼睛在房间那半明半暗的绿色影子里闪着光……

过了睡觉时间，妈妈向我解释说那是个画家。让他们看了好几种不同样式的油画，他们从中选了三种：为起居室选的是花卉,小门厅是一匹母马和一匹小马驹,而我那间屋则是阿达－卡雷赫岛!不开心吗?我们就要有真正的油画了,而不再是那种从杂志上剪下来的带猫的照片,以及各家各户差不多都是两个小孩子相互亲吻的刺绣了。我连着几个小时望着我墙壁上闪闪发光的那几棵棕榈树,就像看什么神奇之物,几乎什么也看不懂。我床的上面也要有(也就再过一个星期)一幅真正的油画了,金色的镜框,里面画着非常美丽的东西,就像我在安全警官的儿子鲁齐安家里看见的那样。

没过几天,新画好的那几幅还散发着油彩气味的油画来到了我家。我才不在乎那些花儿还有指甲尖黑泥那么一丁点儿大小的马呢。我的那幅画画的是阿达－卡雷赫岛,同那些棕榈树和那台大收音机一起为我组成了一个奇妙的世界。看得我都成独眼龙了。我用手指头戳了戳,甚至用舌头舔了舔。我知道金色画框里那长方形画当中的每一笔每一画,另外那两幅画镶着玻璃,不知为什么,我的那幅画压根儿就没有。油画的右下角是我念不出来的一行字。"阿达－卡雷赫,阿达－卡雷赫……"这是收音机里的一首歌,从那里我知道的这个名字。那时候几乎每天都播这首歌。一个女人把它唱得柔和而快乐,这是一首土耳其歌曲,因为妈妈告诉我说,阿达－卡雷赫岛上住的都是土耳其人。这是多瑙河上的一个岛,虽然妈妈从来没有去过,可是关于这个岛,妈妈对我说,就好像是她过去的一部分。可对我来说,就是一个与音乐结为一体的岛,一个词儿有时被唱得那么带劲儿,以至它那柔和悦耳的长音穿透墙壁,又扩散出来进入我们工人住宅区,把制冰厂里所有那些湿乎乎透明的巨大冰块融化,把冬卡－西摩织布厂里织布机上的棉纱搅得乱作一团,让铁路工厂的水压机和车床生锈,让小区角落的那个汽水厂大转轮的蓝色虹吸管爆裂。

我在床上一边蹦跳一边看墙上的油画,看得我一到夜里就梦见一个奇妙的景物，或许是我用两只眼睛或者一只眼睛能够看到的最使人震惊的景物。这就是多瑙河，但不是我以前上学时知道的那条抽象的河流，而是一条容纳百川的裹挟着绿色和蓝色的枝条藤蔓的水流，它宽达数公里，一望无际，在峻岭峡谷中间汹涌咆哮。这是一条不见首尾的水平瀑布，无数个液晶漩涡，融化的玻璃状停住不动的巨大水滴，一条雄伟的脐带状的水流，一条从月亮或苍穹的石英球体上坠落而下的雄伟水流。水流在咆哮，在翻滚，像几十亿条透明的鳄鱼、玻璃状的狗鱼，像带着有毒鱼子的鲃鱼那样冲向猎物。水流被擎天石孩状的危崖阻挡而水花四溅。这就是《拉卡桑》里的多瑙河，我从未见过的多瑙河，可二十年之后，我在火车上看见时认出了就是那个样子。只是在那个具有标志性的梦中，在湍急的水流中间，竖立起了羊水中的怪胎，一个有清真寺和清真寺尖塔的狭长绿色地带。

为了尽可能多了解一些我的那个岛的情况，我逐个问了食品店里卖糖果饼干的女售货员、报亭的那个残疾人、我们楼后面的那些朋友，还有先锋面包厂的工人。所有人都知道，阿达－卡雷赫就像他们身体上的一个生命器官，一个想象中的胰脏，甚至或者就是心脏，但是谁都不知详情，比方说你不知道你的胰脏实际什么样，或者你全身的骨头是不是每一根都是另一种颜色。就是多瑙河上的一个岛，土耳其人住着的，还有就是一首歌。

那是一九六五年。在我爷爷家找到了藏在房梁后面一个葵花子酥糖盒子里一把又大又沉的银币。上面有宠臣的头像和王冠，四周写着费迪南国王。"妈妈，你快说，费迪南国王是谁呀？"我问在过道石头上砸核桃的妈妈。妈妈告诉我说，以前他们是国王。学校现在不让提他们了。"连这个你可都别说，因为不允许。"在用家织缎子做的大方巾装饰起来的墙壁上，挂着撒上蓝色或者红色玻璃粉末镜框的圣像。圣徒、天使、上帝是怎么回事？从前他们在哪儿生活？尤里·加加林到天上去过，可没有在那里找到他们。有一回，我在一个画册里看见过一幅奇怪的图画：耶稣从坟墓里出来，而周围全是罗马士兵，就像历史书里画的那样，那些士兵吓得随时都准备逃跑。"妈妈，耶稣生活在罗马人那个时候吗？"我问。妈妈不知道对我说什么。在学校连耶稣都不让说。

后来，我长大了。不在床上蹦跳了。画着阿达－卡雷赫的油画让苍蝇给弄脏了，翘棱了。镜框上的涂料也脱落了。不再时兴胶辊粉刷墙壁，我们家又重新简单地粉刷了一遍，在顶棚四周油漆了一道道。这种粉刷叫"镜子"，的确，你如果长时间凝望白色顶棚，就会在顶棚的石灰里看见打仗的场面、古老的城市，蛟龙和女人裸露的乳房，用带珍珠的指环穿透她们的乳头。我也看见了我自己，一个身子骨单薄的少年。我还玩那台大收音机，终于打开了后边那个带孔的马粪纸板，一转动那个发黄的塑料按钮，线圈就沿着铁杆滑动起来，看得我真开心。那时候，各种语言的声音断断续续地同歌曲搅和在一起。指针沿着伦敦、巴黎、维也纳、布拉格、华沙等城市名字活动，那时我想我永远也去不了那些地方旅行。以前我还时不时收得到昔日的歌曲"阿达－卡雷赫，阿达－卡雷赫"那诱发乡愁的曲调，后来则越来越稀少，似乎变得更加遥远。"这里是莫斯科广播电台"的节目广播销声匿迹，"孩子们，晚上好"保留了下来，开始"风向图"广播，这是一个科普节目。就是从这个节目里我首先知道了宏伟的铁门水电站工程，这个将由罗马尼亚社会主义共和国和南斯拉夫社会主义联盟共和国修建的工程就在拉卡桑，这个地方非常雄伟险要，多瑙河像一个水平的瀑布流淌着。我还了解了那个为巨大水电站供水的水库，水库有着巨大的闸门、地下水轮机房，知道了前所未有的巨大的叶片。我了解到，两个相邻的社会主义国家人民之间兄弟般的友谊才能使这一大胆的工程变为现实,这个工程将为两国提供很大一部分所需要的能源。但是,我可不知道欧尔绍瓦将消失在水下。在对阿达-卡雷赫岛真正有所了解之前,我曾对它有过特别丰富的幻想。我同样不知道,从那时起,在水库充满泥泞的库底,在这个岛上居住的将会是鲇鱼和小体鲟鱼。由于当时还想象不到的一次历史性的改变,尽管我们终于几乎可以去收音机指针所指向的所有城市(不现实的,就像艾略特那样不现实)旅行,可我们却永远再也见不到阿达-卡雷赫了,那个当时还是实实在在的岛,那个有着一棵棵实实在在的草,实实在在的柱形清真寺尖塔上的每一粒石灰,实实在在的神话般的阿拉伯地毯上的每一个图案——实实在在的,实实在在,而且毕竟透明,像废墟中的这个世界所有的城市、云、思想和蠕虫。那个岛在我还来不及变得成熟之前就将消失在水下,就像你青春期结束时胸腺吸收到胸腔里一样。并且必须让它消失的目的,对我而言,就是从一个童年的神话变成一个曾经被人居住过的具体地方。

一九七〇年被水吞没的阿达-卡雷赫岛的悲剧,同《圣经》神话里所说的被大洪水淹没的大地一样,在我后来十年的思想中是逐渐清晰起来的。那时,我尽可能全面地从资料中收集信息,即使不能从时代的浪潮中建造起一个具体的世界,至少也能竖起一个构架,依靠它我能够支撑起我的幻想与乡愁。我从旧报纸里找到了几篇文章和几张模模糊糊的照片,我拿图钉把照片固定在还"装饰"着我房间的油画的画框上。就在油画下面那张小时候被我跳塌的床上,我已经和最初的几个姑娘做爱了。姑娘们从未听说过阿达-卡雷赫岛,她们竟然不相信它会在我这个饥饿诗人的脑子里存在过。我被连续几小时的性爱掏空了内脏,像一个软软的气球在屋内飘浮,向她们讲述着同一个故事,我感到难为情的恰恰就是故事是我编造出来的。但是，跟我们这些迷失在荷兰麻布床单迷宫里的人的区别是，故事是真实的。

阿达－卡雷赫曾经是多瑙河上的一个岛，长两公里，宽不到半公里。位于一个名叫拉卡桑的地方，这里水流变窄，水流穿过一个大峡谷，岩石高耸入云。名字取自扬库－胡乃道拉当年为抗击土耳其人修建的第一批防御工事。土耳其人来时，他们把它称为岛上要塞（阿达－卡雷赫）。奥斯曼帝国和奥地利帝国之间边界上的那些破烂标记常常变来变去，一会儿放在岛前，一会儿置于岛后，连岛的名称和地形图都变更多次。一七一六年的地图上标出的名字是卡罗莉娜，可是后来因为费兰茨·约瑟夫在土耳其人面前逃跑时，把自己的皇冠埋在了岛上（恰恰就埋在四周被水环绕着的菱形地段的几何中心位置，皇帝的炼丹术士这样写到）。一七一七年，埃乌捷尼亚·德·萨沃亚在这里修建了一座当时最现代化和最令人生畏的城堡。除了这座城堡之外，在岛上生活着的只有不伤人的地中海蝎子，还有在草丛里软软地钻来钻去的黄肚无毒蛇。一位匈牙利植物学家在阿达－卡雷赫岛上发现了十八种世界上其他任何地方都没有的开花植物。

持续了将近百年对要塞的反复争夺之后，这个岛屿才得以安宁，这样，在奥斯曼帝国解体过程中，几百名逃犯，其中多数为海盗，藏匿在堡垒的废墟里。他们是土耳其人、吉尔吉斯人、阿拉伯人和波斯人，语言使他们相互仇视，而信仰又让他们团结一致。他们几十年修建起的小村落后来又被水淹没。他们不像当年那样斗来斗去，慢慢变成了卖葵花子酥糖和饮料的人，他们酿制米酒，制作铜器，制作雪茄，或者干脆成了渔民。他们弄来缠着面纱的女人，让她们头上顶着罐子给他们运水，给他们生儿育女。病态的欧洲寿终正寝之后，这个土耳其化的岛屿便脱离它的祖国，于一九二二年，通过全民公决归属罗马尼亚管辖之下。

两次世界大战之间这段时间是这个岛屿神话般、充满魅力的辉煌时代。就在那期间，它要么被称为"罗马尼亚王国的翡翠指环"，要么就被叫作"浮在多瑙河上的花篮"。相继而来的地方长官执行了一项自治的政策，结果使原来贫穷的小屯子变成了世外桃源，正如扬·巴尔布在一首诗歌里所写："在一个土耳其式的多瑙河那里，\ 在种植着烟草的那草木凋零的土地上，\ 在善恶之间，绽放着的该是，\ 洁白，挺拔的城堡。"一座座白净得耀眼的房舍聚集在清真寺周围，它们中间矗立着清真寺尖塔，从那里穆安津抑扬顿挫地向穆斯林们通知祈祷时间。如同十八世纪由方济各会修道士修建起作为教堂一样，那么清真寺这个建筑则是献给先知的，在伊斯兰教长米斯津·巴巴在岛上完成诸多善举之后，这个建筑获得了那个新的清真寺塔尖，而这位教长被安葬在尖塔脚下。然而，清真寺，整个岛，乃至伊斯兰世界的最大的奇迹曾经是（现在仍然是，只不过在康斯坦察清真寺里因为缺乏场地仍然被卷着而已）那块当时世界上最大最著名的波斯地毯，当时它装饰着清真寺的大厅。地毯长十五米，宽九米，重达五百公斤。为表示对葬在那里的穆斯林圣者的敬仰之情，一九〇四年阿卜杜勒·哈米德苏丹二世把地毯赠给岛上全体土耳其居民。那些白天踏上神话般的地毯并做礼拜的人，把自己的前额深深埋在那厚得不得了的地毯里，夜晚就梦见天堂……

妈妈对我说，她还是小姑娘的时候，上了年纪的土耳其人赶着小毛驴车到村子里来。他们卖的都是有东方特色的东西：软软的玻璃一样透明的葵花子酥糖、核桃酱、桃仁蜜糖、无花果蜜饯。因为人们没钱，土耳其人就拿好吃的换我们的鸡蛋或者玉米棒子。他们特别喜欢小孩子，常常把甜食白送给像我妈妈那样最最穷的孩子们。那些这样穿过蒙特尼亚的土耳其人应该都是从阿达-卡雷赫那边过来的。

除了这些传统的小生意之外，岛子的繁荣和声名鹊起是由于制作两次世界大战期间闻名遐迩的穆斯林雪茄。那些土耳其女人坐在巨大车间里的工作台旁，一边互相取笑和说着段子，一边在手掌和胸脯上揉搓着烟叶，然后把卷好的雪茄装进散发着芳香气味的木盒子里，包装上面写着元帅、王国、巴福拉、阿里卡德里等标牌。岛是自由港，工厂进出口都免税，就这样意想不到地繁荣起来，居然成了欧洲各王室名门望族们那种会绕着烟圈且有芳香味烟雾的雪茄的供货商。卷烟厂最早是一个名叫阿里·卡德里的渔民建造的，他很快成了居民中的苏丹。他在清真寺旁边修造起来的宫殿式豪宅是整个阿达－卡雷赫岛上最为富丽堂皇的建筑。"整个岛子都装在阿里·卡德里的肚里，"一篇通讯里这样说。三十年代，岛子是固定在多瑙河中间的一艘游艇。街道两旁到处都是从来不打烊的咖啡馆和不收摊儿的市场，走私和贸易就像《卡萨布兰卡》里那样在当局宽容的眼皮底下肆无忌惮，在哪怕一颗印度大麻或一小勺果子露的诱惑之下，就可在层层面纱下面展开一个个情爱故事。

岛子第一次"沉没"发生在一九四八年，当时历史浪潮赶走了它那东方式的安逸与舒适。店铺不是被收归国有就是被关闭，就连卷烟厂也转到了国家手里。可这个河心岛变魔术似的得以死里逃生，因为在所有人的头脑里和心目中，它至少像一块东方地毯或者就像一首歌。

但是，对罗马尼亚人来说简直不可思议的灾难还是发生了，一个未来的暴君弹指一挥，地球上最受上帝眷顾的宝地之一似乎不存在一样就给抹掉了。后来当齐奥塞斯库毁坏教堂，拆毁布加勒斯特的历史中心，要毁掉人面陆龟，毁掉罗马尼亚乡村的时候，整个国际社会都表示抗议。但是，对阿达－卡雷赫岛的犯罪行为正是发生在前总统在所有人心目中是一位英雄的时候——他反对华沙条约军队入侵捷克斯洛伐克,他应邀乘坐英国女王的金马车兜风并且访问了尼克松的美利坚。有谁会抗议,又有谁能理解?一方面,我们有一位民族英雄以及同水电站紧紧联系在一起的经济利益;而另一方面,水域当中的那块弹丸之地上又是一小撮土耳其人……共产党的宣传十分到位:是的,罗马尼亚旧城欧尔绍瓦将要消失,但是,在现代化国家里将要建造起一座现代化城市——崭新的欧尔绍瓦。是的,阿达-卡雷赫岛是要被水吞没,但将再生另外一个奥斯特洛夫——西米扬,将会把清真寺还有部分城堡迁移到那里。这种说法毫无意义,因为西米扬从未变成另外一个阿达-卡雷赫岛。实际情况是,岛上的城堡已经被炸毁,岛本身也被推土机铲平。的确从清真寺运走了几块石头,可那几块石头却被扔在杂草丛生的新岛后就算完事了。让阿达-卡雷赫岛上那差不多一千名土耳其人做出自己的选择,要么成为罗马尼亚公民,要么就移居土耳其。除了几个上了年纪的人故土难离,实在不愿离开他们度过了青春年华之地外,其他人都永远地离开了。在伊斯坦布尔还有安卡拉,后来又出现了阿达-卡雷赫标牌的服装厂,它们生产的服装物美价廉。拉昆牌葵花子酥糖也叫阿达-卡雷赫牌酥糖,就连今天在金角市场都有出售。

很长时间以来,在明月当空的夜晚,那些留在新欧尔绍瓦的人聚集在多瑙河岸边,河水清澈如镜时,可以清楚地看见水下的旧岛——他们顽固地那样称呼它,他们在多瑙河河底不仅清楚地看见了清真寺、阿里·卡德里的宫殿和穆斯林工厂,还看到了他们自己家还有街坊四邻家卖甜食和清凉饮料店铺的柜台。此外,那些仍然穿着肥大灯笼裤、抽着水烟袋的老人一个个相继死去,说不定依然梦想着《古兰经》里所描绘的天堂:仙女遍地,大米鸡肉蘑菇美食成山,此外还有神鸟。

从那枚曾戴在罗马尼亚王国指头上的翡翠留存下来的仅仅是

一首歌，一首由埃利·罗曼谱曲、格里苟留作词的歌曲《阿达－卡雷赫，阿达－卡雷赫》，还有由罗姆鲁斯·迪亚努写的长篇小说《阿达－卡雷赫之夜》，不过这些早已被忘掉了。

只是在上了大学之后，我才明白我生活在一个什么样的世界。每天广场上消失的都是那些必不可少的东西。每一天源源不断的小道消息讲的都是关于安全部门无处不在、无所不能、无所不知的神话。在我每天上学的路上，都要经过那些静静的小巷，两边是店铺，灰墁的外墙面上充斥着怪诞的图像：蛇发女怪和擎天巨神，翅膀竖起来支撑着一个露台的天使……店铺前摆放着的几大盆夹竹桃散发的气味简直令人发疯……不时见一个画着圣者和圣徒的小教堂，附近便是一群教徒，淡黄的房屋年久失修，墙皮斑驳。一天，我看见在原来一座教堂处，几台挖土机挖斗里装着的都是圣者们。我看见被撕扯坏了的画在圣像头上的光环和翅膀，苦行者以及末日审判画像，这些被装上几辆卡车运往瓦砾堆。那可是一个有史以来最神圣、最灿烂多彩的瓦砾堆。我看见用钢缆绳把带十字架的拱顶拉倒在地。我看见了废墟，很多的废墟，越来越多的废墟。我看见另外一些教堂被放在轮子上，连同神父和所有一切，像一些先验的有轨电车那样，被一股脑儿移到几十米以外的地方。然后把那些朴实无华的教堂用比它的穹顶还要高的灰色大楼遮挡起来。那些不知由什么圣像画家在什么年代谨小慎微绘制的教堂墙壁外面，堆放着一层层的少数民族工人区的垃圾箱……我看见了市中心那个最美丽的小山丘怎样像广岛那样被摧毁，我见证了就连一个人们倾诉痛苦的殿堂标志都未能留下。

我生就的命运怎么也这样奇怪啊！我在废墟中间成熟，在一堆堆废墟中间上学，在废墟中间恋爱。有时我认为，做罗马尼亚人就意味着要当废墟守护者、废墟建筑师、废墟情人。一个古老的瓦拉几亚传说讲的是建筑工匠马诺勒,他要建造一座世界上最漂亮的教堂,白天砌起来,夜里就坍塌。我有时认为,他故意建立起来的仅仅就是废墟,就像在赫利奥波利斯、特罗亚、特诺奇提特兰、庞贝以及这个可悲的地球上所有地方一样,就像我们生活的宇宙废墟的一个天主教弥撒死亡纪念经那样。

一九八五年,黑暗、寒冷和饥饿使得领导人的事业日臻完美。就像民主德国那些绝望的公民冒死越过两个世界之间的高墙那样,罗马尼亚人也开始从边界出逃。他们的高墙是多瑙河。他们中的勇士泅渡去自由得多的南斯拉夫,从那里再去西方。他们要在岸边的柳树间躲藏许多天,然后在月黑夜里跳入水中,尝试多次在水库前水流较平缓处泅渡。他们被快艇追捕和边防军从近处当头射杀,或者被船桨打入河底,这样,他们当中有几百人丧命。命令是不带活的上岸。有多少尸体在阿达-卡雷赫岛前慢慢沉到了水底?就在那个水面上曾经浮着花篮的地方,多少躯体竟然被鱼虾一点点蚕食?多少躯体将会碰到因河底淤泥动荡而暴露出来的穆斯林圣者米斯金·巴巴的尸骨?阿达-卡雷赫像一条巨大的黑海菱鲆在河底凸显,然而那些年代回迁而来的却是死者,很多很多的死者在水中直立着,身子不断晃动,他们的脊背却被鱼和梦想扯得稀巴烂……

他们全身缠着杂草并且被鲇鱼的胡须蹭来蹭去,也许还在不停地晃动着。就在一九九八年,我来到了魂牵梦绕却从未目睹过的那个岛,距岛仅几十米之遥。可糟糕的是此处水深达几十米。为了写一篇关于那些在拉卡桑前被杀害者的通讯,我去了一趟新欧尔绍瓦,采访了许多当地人。后来,我登上了一条渔船,午夜时分,我试图弄明白泅渡多瑙河意味着什么。我知道一道聚光灯光束就能定位你,接着你就完蛋了。那位划桨的土耳其老人没有在岛上居住过,可为了做生意去过那里无数次。他在点缀着大坝的颤动灯光的照射下，默默地划着桨。过了一会儿，他停下桨，"就这儿，我们下面，就是阿达－卡雷赫，"他告诉我，"大概它中间，差不多就是阿里·卡德里宫的所在地。"大体这里就是弗兰茨·约瑟夫皇帝埋藏自己皇冠的地方，我自言自语道。

整夜我们都待在漆黑的水面上。土耳其人在湖面静静地划着船，一会儿往这儿一会儿往那儿，好像他真的看清楚了岛的轮廓。他在清真寺的尖塔上方、卷烟厂的上方、一个名气很大的歌舞厅上方、一家大咖啡馆上方都停了停船。我每一回都深深地凝望水下。我看到的仅仅是一个生着一双黑眼睛男人的面孔。似乎我本人曾经就是岛，似乎就在我的上方，仰面平卧，溺水而亡，又乘渔船漂浮。那时我回忆起，在我们脑海深处有一个被称之为岛的地带。我们大家都有一个深深沉没在脑海中的岛，我们绝望地寻找它，就像寻找我们生命的那颗熔化了的金刚石。我们自身以及我们的世界都已深深沉没在时间的水流和宇宙记忆的水流之中，就像一个永远也不再实实在在存在的阿达－卡雷赫一样。

每当我看一只手表时，我都清楚地看见指针转动，同时也在随之磨损，因锈蚀而变得越来越细微，后来就彻底消失。表盘本身也在磨损，上面的数字变得模糊不清，通过表盘的裂缝，那些小得不得了的齿轮清晰可见。直到时间的冲击波把它们也从金属表壳里吹飞，就像刮走蒲公英绒毛那样。而我的表壳就像一个牛肝菌那样在手心中萎缩。

每当我跟你说话时，我都清楚地看得见你怎样变老。你全身怎样布满皱纹，你的两个乳房怎样在汗津津的乳罩里下坠，你的双手怎样被老人斑覆盖，你的皮肤怎样被疣画满星座。当你弓腰驼背进进出出，像剑龙那样同时脊椎也清晰可见时，你身后留下一股陈年又返回尿液沉重组织的香水气味。

每当我为自己买下一座城市并把它捧在手心时（就像以前施

219

主们偶尔拿着玩具教堂），我的城市却不能持久，给我盗窃走，一刻不停地被盗窃。蜘蛛们从天花板沿着分泌出的一缕蛛丝垂下来盗窃它。厨房的蟑螂啃咬它。我自己的呼吸，我那老化的肺的气喘毁坏着它。我从来没有在一个城市中生活而不使它像水里的糖一样在我周围溶解。我从来没有看过一幢房屋而看不见它怎样向一边倾斜。我从来没有睡过一张床却未被我梦境中坦克般的重负压垮。

……我的职业也就由此而来：废墟建造者。我的志向：废墟建筑师。我的嗜好：观看废墟。请不要问我关于欧洲那些被遗忘和遗弃的地方。妈妈她本人曾经就是这样一个地方。我自己现在就是这样一个地方。请你们聚集在我周围，打开我的脑壳并注视我的脑子：它一定会在你们的眼皮底下像一个石膏造型那样变成粉末。而它的粉末同我一辈子都生活在其中的废墟粉末掺和在一起而分不出彼此。

（张志鹏译）

第四颗心

　　书恰似蝴蝶。通常，书合"翅"而栖，仿佛一只只停歇于绿叶，正伸出细长口器吮吸露珠的蝴蝶。当你打开一本书时，她就飞起来了。品读书，犹如驾驭一只硕大的蝴蝶。你骑在她布满细密鳞片的脖颈间，她扇动着翅膀带你翱翔。然而，书不只有一对翅膀，而是几百对。这似乎在昭示，她不但可以在丰富多彩的现实世界里，把我们从一朵花带向另一朵花，更可以载着我们飞入成百上千的不同世界。书的世界里，一些似乎就是我们自己的生活，而另一些世界里，却居住着不同的生灵，只在梦中才会出现的生灵。

　　八岁那年，我读了人生中的第一本书。那是一个春天的傍晚，我倚靠在床上，感觉那本书好大，支撑起来就像一顶彩色帐篷，似乎能整个将我罩住。阳光从宽敞的落地窗射入房间，照亮了书页。窗外浮云朵朵，书页上的光亮逐渐暗淡，天空转为咖啡色，直至沉入黄昏。一列列有轨电车不时从街上驶过。一窗之外，永恒的城市在喧嚣。

　　书中的故事有关一个女孩，细节已经模糊不清了。只记得那本书很大，满是插图。妈妈不知从我的哪个表兄那里借来，看完了，就必须还回去。因此，读过之后，这本书踪迹全无。从此，我再与此书无缘，也许是因为我不记得书名，更别提作者了。青少年时期，我徒劳地找遍了各大图书馆，而之后出现的互联网也爱莫能助。没有地方能再找到这个故事，有关一个有着三颗心的女孩的故事。逐渐地，我惊讶地发现，每一个人都有这样一本丢失的书，它散落在童年深处某个角落里。我们的记忆如此清晰而深刻，但这本书却消失得了无痕迹。

在一个偏僻的社区医院里，一个女孩诞生了。然而，妈妈却对医生说，等一下，她的肚子里好像还有东西。随后，在所有人诧异的目光中，妈妈又生出了一个珍珠色的薄皮小口袋，如小孩儿般大小，有着鱼鳔的形状，薄薄的皮膜上有一些化学痕迹，似乎是凌乱而模糊不清的某种符号。在筋疲力尽的妈妈注视下，医生拿起亮晃晃的手术刀在接生台上划开了小口袋。小口袋里的东西呈现出来——简直不可思议！难以想象！

小口袋里面被有序地隔出不同的小兜，每个小兜都装着新鲜而炽热的器官：手指、小牙齿、咖啡色的眼睛、一些小骨头、几段软管、一个肾脏……除此之外，透着玫瑰色的小口袋里还有三个大一些的小兜，三颗心脏慵懒地跳动着：一颗水晶的，一颗铁质的，一颗则是铅质的。"从来没见过自带零配件出生的孩子。"一位医生努力平复下心情感叹道。事实上，这倒也符合常理，他叨咕着，微微一笑。你无须是名医生也能理解：上天造人犯下的最大错误之一就是任由人类娇弱的身体随日月慢慢磨损，而脆弱的各种脏器被包裹在柔软的系统之内却没有自我再生的能力。也许从今往后，所有孩子都能这样诞生出来，医生暗自思忖，心中充满了希望。

但是，女孩之后再也没有哪个孩子如此装备齐全地来到人间了。小女孩在城市边缘一个有着黄色院墙的小院里慢慢长大。那时她没有心脏。院子里种着一棵梨树，树上挂满了肥厚多汁的梨子。妈妈在树上为小女孩挂起了摇篮。但她却更喜欢去折磨草丛和泥土中的小生灵。她眼中看不进任何人。她不和别人说话，只在独处时喃喃自语。她整日整日地坐在院中，面向铁栅栏，目视栏杆如何在雨水的浸泡中渐渐布满铁锈。

无计可施的妈妈想起了薄皮小口袋里的心脏。某天下午，小女孩像往常一样正在午睡。她面朝上静静躺在自己的房间里。小小房间内塞满了无人问津的玩具。妈妈悄悄走到她身边，解开小女孩儿左胸下两枚像小肚脐一样的皮肤纽扣。胸腔的小门打开了，肋骨下面显露出椭圆形的空间，空间四壁被一层粉紫色的薄膜所覆盖。妈妈尽可能地小心谨慎，将温热柔软的水晶心放置进去。

小女孩睡醒了，她感觉到无与伦比的幸福，一种从未有过的体验。她的皮肤光洁了，头发更加柔亮。她的双眼充满生气，开始好奇地审视周围的世界。她第一次看到了遍布房间各个角落的布娃娃。她第一次望向妈妈，布娃娃中最大的一个。她扑过去，紧紧地、全身心地拥抱了她。她跑到屋外，瞬间融入蔚蓝的天空、夏日的朵朵白云和锦簇的花朵。小女孩去闻青草的味道，去摆弄地面上的土块。她终于打开了院门，一条小路从家门口蜿蜒通向社区学校。

小女孩上学了。几年时间里，她把塑料直尺罩在眼前，窥视"彩虹"里的同学；她用舌头品尝过墨水的苦涩；她在玻璃教学黑板上，用粉笔画出一个个字母，发出咯吱咯吱刺耳的声音。午休时间，她吃下一个三明治和一串葡萄，然后和同学们奔跑游荡，穿行在只有两座落寞篮球架的院子里。小姑娘渐渐长大了，她的身体不知不觉发生改变。下午放学回到家，她把自己反锁在房间内，开始着手履行奇特的仪式。

她坐在床头存放被子和毯子的床箱上，拉开床边冷藏柜的抽屉，取出随出生而来的装有身体零配件的小袋子，然后开始把里面的东西配向身体各个部位。一个接一个，小女孩或是有了两只各具七根手指的手，或是额头上长着一只眼睛，或是脚踝上长了耳朵，又或者嘴巴长到了肚子上。好像其他女孩子在试穿妈妈的裙子和高跟鞋，小姑娘对着镜子把试装"零配件"作为消遣。轮到试装心脏了。她先把铁心放到胸脯里。铁心在胸腔里变成了赤红的铁块，好像刚从锻炉取出一般。它使小女孩内心燥热无比，慌乱无措，饥渴般地追求未知事物。即使并不是心甘情愿，这种需求却好像空气不可或缺，否则，就会感到窒息。小女孩立即从身体里拽下心脏。它是如此炽烈，如此让人惊慌失措，小女孩决定再也不要做这样的尝试了。

轮到铅心了。安置到身体里的铅心变成了一个装有漆黑而浓厚液体的袋子，暗暗透出忧郁的靛蓝色光。难以描述的悲伤感几乎将小姑娘撕碎。看不到方向，辨不清未来，沉重的悲观情绪笼罩了她。没有什么是真实的，这个世界如此荒唐，只有无尽的黑暗与虚无。如果没有来过这个世界，或者能尽快结束这暗无天日的生活该有多好。小姑娘快要支撑不住了。她用仅存的一丝气力取出了铅心。她要把这颗心永远封存在小口袋的隔间里。看来，只有水晶心才是货真价实的，小女孩只愿水晶心永远留在胸腔内。

然而，换心的问题远远没有结束。秋天来临，当中学校园里的栗树被暴风雨吹弯了腰时，小女孩觉得她的水晶心在逐渐变得黯淡无光。一天又一天，水晶心的跳动越来越微弱。女孩儿站在镜子前把水晶心托在掌心，仔细端详：它的清澈无瑕正被一种像盐又像石灰的物质缓慢侵蚀，好像首饰盒里的珍珠正在老化一样。直到有一天，水晶心变得极其易碎而彻底浑浊不清了。无论如何，没有心的非人类生活是难以忍受的，女孩儿只得将炽热的铁心挂进了身体。

带着铁心，女孩儿走过了她的少年与青年。她恋爱了，被爱情折磨得死去活来。结婚、生子、离婚、再婚。躁动的铁心让女孩儿的生活快节奏地变化，交替经历幸福与不幸，把她一次次推到难以承受的苦痛边缘。女孩儿长成了女人，曾经的小女孩儿生下了自己的两个孩子并将他们抚养成人。两个孩子长大后又相继离开。凌乱不堪的生活把她拉入深渊，连一根可以救命的稻草都无处可抓。

当女人的第二个孩子结婚后，炽热的铁心慢慢开始消亡。仅仅几年时间，女人左胸下的铁心一点一点冷却，颜色逐渐加深，变得越发沉重而冰冷。再次站到镜子前，女人看到悬挂在胸腔内的第二颗心已经被铁灰所包裹。女人不敢抬头看镜子中的脸，一张已被时光摧残的面容。别无选择，留下的只有令人恐惧的铅心了。

女人回到童年的小屋，将沉重的铅心装配到位。胸腔中反射着铅心暗淡、悲伤、绝望的光芒。女人躺倒在妈妈曾经的床上，一心等待末日来临。童年时的一幕幕画面，青少年时期的点点滴滴，过电影似的从头脑中闪现。她孤孤单单地过了几年，生活在憋闷的空气中，周围充斥着各种药的味道。她很少从床上爬起，几乎不再像原来那样把心托在手上对着镜子去观察。

一天黄昏，女人感到无比凄凉，从未有过的痛苦。她拽出那颗心，打算放到地板上任由它去破碎消亡。一阵突如其来的搏动阻止了她。猛然间发现，铅心并没有像另两颗心一样走向毁灭。相反，它有了肉感，沉甸甸如水果一般。女人被吓住了，赶忙把心放回她干枯瘦弱的身体。她知道要有奇迹发生了：第四颗心，上天又赋予了她一颗永恒的、超凡脱俗的心。

拳头般大小的这个器官，在痛苦与绝望中慢慢获得滋养。它逐渐生出鲜嫩的肢体与关节，好像刚刚冒新绿的蕨类植物，正努力将依然蜷缩的枝叶伸展开来。死亡渐渐临近，暮年的女人在等待中观察着心脏的变化。她很快发现，胸腔中的器官显露出一个小小的脑袋了。她长出了下巴，眼睛还被一层薄膜覆盖着。她的皮肤新鲜、细嫩而白皙。托在手掌上，小东西沉甸甸的，却又极其娇弱。渐渐地，渐渐地，一个完整的胎儿长成了。橙子般大小的一个孩子，安静地蜷缩在掌心。"上天保佑我的重生。"老人低声说道。她缓缓把手掌伸向镜子，将刚刚出世的纤弱小躯体送入无边的镜像世界。微小又脆弱的女儿离开妈妈游向了镜中虚无的世界。我们，都来自这个世界；我们，也终将回归这个世界。这时，安宁笼罩了衰老的女人，哪一颗心也没让她体会过如此的平静。女人永远合上了双眼。

就在同一瞬间，某个遥远的社区医院里，一个迷人的小姑娘诞生了……

这就是我生命中读到的第一个故事。久远的那时，这本书如一顶帐篷，让我藏匿其中度过一个又一个下午。它是我驯服的第一只蝴蝶，我驾驭它为我而飞翔。从那以后，更多的蝴蝶被我掌控。我骑上它们柔软光滑的脖颈，感受无数书页翻飞，随它们振翅翱翔在大千世界中。但是，我仍在找寻那第一只坐骑，那只遗失的蝴蝶。我惊讶地发现，在读过的所有故事中，成百上千的故事中，无论小说、叙事诗、传说或者传记，都有一根纤细而结实的丝线牢牢将它们与童年的故事联系在一起。

（李昕译）

"蓝色东欧"译丛(部分书目)

第 一 辑

- 《石头城纪事》(小说)
  【阿尔巴尼亚】伊斯梅尔·卡达莱 著　李玉民 译

- 《错宴》(小说)
  【阿尔巴尼亚】伊斯梅尔·卡达莱 著　余中先 译

- 《谁带回了杜伦迪娜》(小说)
  【阿尔巴尼亚】伊斯梅尔·卡达莱 著　邹琰 译

- 《石头世界》(小说)
  【波兰】塔杜施·博罗夫斯基 著　杨德友 译

- 《权力之图的绘制者》(小说)
  【罗马尼亚】加布里埃尔·基富 著　林亭、周关超 译

- 《罗马尼亚当代抒情诗选》(诗歌)
  【罗马尼亚】卢齐安·布拉加等 著　高兴 译

第 二 辑

- 《我的疯狂世纪（第一部）》（传记）
  【捷克】伊凡·克里玛 著　刘宏 译

- 《我的疯狂世纪（第二部）》（传记）
  【捷克】伊凡·克里玛 著　袁观 译

- 《我的金饭碗》（小说）
  【捷克】伊凡·克里玛 著　刘星灿 译

- 《一日情人》（小说）
  【捷克】伊凡·克里玛 著　高兴、杜常婧 译

- 《终极亲密》（小说）
  【捷克】伊凡·克里玛 著　徐伟珠 译

- 《等待黑暗，等待光明》（小说）
  【捷克】伊凡·克里玛 著　杜常婧 译

- 《没有圣人，没有天使》（小说）
  【捷克】伊凡·克里玛 著　朱力安 译

- 《花园里的野蛮人》（散文）
  【波兰】兹比格涅夫·赫贝特 著　张振辉 译

- 《带马嚼子的静物画》（散文）
  【波兰】兹比格涅夫·赫贝特 著　易丽君 译

- 《海上迷宫》（散文）
  【波兰】兹比格涅夫·赫贝特 著　赵刚 译

- 《父辈书》（小说）
  【匈牙利】瓦莫什·米克罗什 著　许健 译

第三辑

- 《乌尔罗地》（散文）
  【波兰】切斯瓦夫·米沃什 著　韩新忠、闫文驰 译

- 《路边狗》（散文）
  【波兰】切斯瓦夫·米沃什 著　赵玮婷 译

- 《第二空间——米沃什诗选》（诗歌）
  【波兰】切斯瓦夫·米沃什 著　周伟驰 译

- 《无止境——扎加耶夫斯基诗选》（诗歌）
  【波兰】亚当·扎加耶夫斯基 著　李以亮 译

- 《捍卫热情》（散文）
  【波兰】亚当·扎加耶夫斯基 著　李以亮 译

- 《索拉里斯星》（小说）
  【波兰】斯塔尼斯瓦夫·莱姆 著　赵刚 译

- 《遗忘的梦境——查特·盖佐短篇小说精选》（小说）
  【匈牙利】查特·盖佐 著　舒荪乐 译

- 《流星——卡雷尔·恰佩克哲理小说三部曲》（小说）
  【捷克】卡雷尔·恰佩克 著　舒荪乐、蒋文惠、程淑娟 译

- 《神殿的基石——布拉加箴言录》（箴言）
  【罗马尼亚】卢齐安·布拉加 著　陆象淦 译

- 《十亿个流浪汉，或者虚无——托马斯·萨拉蒙诗选》（诗歌）
  【斯洛文尼亚】托马斯·萨拉蒙 著　高兴 译

第四辑

- **《耻辱龛》**（小说）
  【阿尔巴尼亚】伊斯梅尔·卡达莱 著　吴天楚 译

- **《三孔桥》**（小说）
  【阿尔巴尼亚】伊斯梅尔·卡达莱 著　施雪莹 译

- **《接班人》**（小说）
  【阿尔巴尼亚】伊斯梅尔·卡达莱 著　李玉民 译

- **《绝对恐惧：致杜卞卡》**（小说）
  【捷克】博胡米尔·赫拉巴尔 著　李晖 译

- **《严密监视的列车》**（小说）
  【捷克】博胡米尔·赫拉巴尔 著　徐伟珠 译

- **《雪绒花的庆典》**（小说）
  【捷克】博胡米尔·赫拉巴尔 著　徐伟珠 译

- **《温柔的野蛮人》**（小说）
  【捷克】博胡米尔·赫拉巴尔 著　彭小航 译

- **《无常的夏天》**（小说）
  【捷克】弗拉迪斯拉夫·万楚拉 著　张陟 译

- **《赫贝特诗集（上、下）》**（诗歌）
  【波兰】兹比格涅夫·赫贝特 著　赵刚 译

- **《垃圾日》**（小说）
  【匈牙利】马利亚什·贝拉 著　余泽民 译

第五辑

- 《壁画》（小说）
  【匈牙利】萨博·玛格达 著　舒荪乐 译

- 《鹿》（小说）
  【匈牙利】萨博·玛格达 著　余泽民 译

- 《两座城市：论流亡、历史和想象力》（散文）
  【波兰】亚当·扎加耶夫斯基 著　李以亮 译

- 《另一种美》（散文）
  【波兰】亚当·扎加耶夫斯基 著　李以亮 译

- 《思想的黄昏》（随笔）
  【罗马尼亚】埃米尔·齐奥朗 著　陆象淦 译

- 《着魔的指南》（随笔）
  【罗马尼亚】埃米尔·齐奥朗 著　陆象淦 译

- 《乌村幻影》（小说）
  【罗马尼亚】欧金·乌力卡罗 著　陆象淦 译

- 《裸浴场上的交响音乐会——罗马尼亚20世纪小说精选》（小说）
  【罗马尼亚】诺曼·马内阿等 著　高兴等 译

- 《我行走在你身体的荒漠——立陶宛新生代诗选》（诗歌）
  【立陶宛】阿纳斯·艾利索思卡斯等 著　叶丽贤 译

- 《魔鬼作坊》（小说）
  【捷克】雅辛·托波尔 著　李晖 译

第 六 辑

- 《简短，但完整的故事》（小说）
  【波兰】斯瓦沃米尔·姆罗热克 著　茅银辉、方晨 译

- 《三个较长的故事》（小说）
  【波兰】斯瓦沃米尔·姆罗热克 著　茅银辉、林歆、张慧玲 译

- 《挑衅》（小说）
  【阿尔巴尼亚】伊斯梅尔·卡达莱 著　李焰明 译

- 《娃娃》（小说）
  【阿尔巴尼亚】伊斯梅尔·卡达莱 著　张雯琴、宋学智 译

- 《天堂超市》（小说）
  【匈牙利】马利亚什·贝拉 著　余泽民 译

- 《秘密生活》（小说）
  【匈牙利】马利亚什·贝拉 著　余泽民 译

- 《蓝色阁楼寻梦》（小说）
  【罗马尼亚】阿德里亚娜·毕特尔 著　陆象淦 译

- 《两天的世界（上、下）》（小说）
  【罗马尼亚】乔治·伯勒伊泽 著　董希骁、【罗马尼亚】梅兰（Mara Arion） 译

- 《生命边缘的女孩》（小说）
  【罗马尼亚】米尔恰·格尔特雷斯库 著
  张志鹏、林惠芬、陈进、李昕 译

- 《希特勒金钱》（小说）
  【捷克】拉德卡·德内玛尔科娃 著　姜蔚茜 译

第七辑

- 《致爱丽丝》（小说）
  【匈牙利】萨博·玛格达 著　舒荪乐 译

- 《对欢乐史的贡献》（小说）
  【捷克】拉德卡·德内玛尔科娃 著　覃方杏 译

- 《患病的动物》（小说）
  【罗马尼亚】尼古拉·布列班 著　陆象淦 译

- 《去往巴巴达格》（游记）
  【波兰】安杰伊·斯塔修克 著　龚泠兮 译

- 《伊莎贝拉的中国情人》（小说）
  【斯洛伐克】爱莲娜·西德维格优娃 著　荣铁牛 译

- 《木屋旅馆》（小说）
  【阿尔巴尼亚】迪安娜·楚里 著　陈逢华 译

- 《迟来的莫扎特》（小说）
  【阿尔巴尼亚】巴什金·谢胡 著　李玉民 译

- 《弗拉迪米尔·霍朗诗歌精选集》（诗歌）
  【捷克】弗拉迪米尔·霍朗 著　徐伟珠 译

- 《瓦斯科·波帕诗选》（诗歌）
  【塞尔维亚】瓦斯科·波帕 著　彭裕超 译

- 《恰佩克散文精选集》（散文）
  【捷克】卡雷尔·恰佩克 著　徐伟珠 编译

・部分书名为暂定，以出版时为准・